Marie Laure de Shazer

L'Odyssée Intérieure de Pénélope

Les rescapés
de l'ouragan Katrina

Éditions Dédicaces

L'Odyssée Intérieure de Pénélope
Les rescapés de l'ouragan Katrina
par Marie Laure de Shazer

Du même auteur :

- Les Jean Jacques Rousseau en Chine.
- Laura déchiffre les vingt mondes. Les caractères chinois peuvent révéler l'origine du monde ou des mondes. (Editions Française et Chinoise).
- Quatre vies dans le jardin de la Louisiane (loi 1921-1968 interdiction de parler le français en Louisiane).
- Le village d'hommes.
- Chinese for everyone : for all ages and Learning styles (Editions Anglaise et Chinoise).
- Chinese characters for everyone: Sherlock Holmes in the Chinese lands.

Dépôt légal :
Bibliothèque et Archives Canada
Bibliothèque et Archives nationales du Québec

ÉDITIONS DÉDICACES INC
675, rue Frédéric Chopin
Montréal (Québec) H1L 6S9
Canada

www.dedicaces.ca | www.dedicaces.info
Courriel : info@dedicaces.ca

Marie Laure de Shazer

L'Odyssée Intérieure de Pénélope

Les rescapés de l'ouragan Katrina

1 - Ulysse Dans Le Jardin De La Louisiane

Le jour où l'ouragan Katrina a frappé de plein fouet la Nouvelle-Orléans, j'étais en vacances à Athènes avec ma mère. Au milieu de l'après midi, un hurlement lointain et mystérieux déchira soudain le silence de la chambre d'hôtel où nous nous trouvions.

— Qu'est-ce que c'est ? dis-je en me tournant surprise.

— Oh, sans doute le vent ! répondit ma mère.

— Le vent ? Mais il n'y a pas un souffle d'air.

Le sombre pressentiment m'envahit alors que quelque chose qui nous dépassait était à l'œuvre. Une semaine auparavant, Père nous avait demandé de nous agenouiller devant la statue de Poséidon, le dieu de la Mer, et de prier pour que ses voyages fussent agréables. Nos amis passionnés de la Grèce antique avaient idéalisé Père et l'avaient surnommé Ulysse le grand, car c'était un marin exceptionnel qui savait non seulement manœuvrer son bateau sur le dos des vagues dansantes, mais aussi qui revenait toujours sur sa terre cajun, malgré les intempéries.

Un mois s'écoula. Malgré l'évacuation massive de la population, nous étions revenues et nous nous enfoncions d'un pas rapide, à longues enjambées nerveuses, au cœur de la Nouvelle-Orléans, par des routes jonchées de branches gémissantes, tordues et brisées. Appuyées l'une à l'autre, nous nous réchauffions, têtes baissées, affrontant le vent et l'averse qui cinglaient les murs des maisons délaissées. En nous dirigeant vers notre habitation, nous contemplions d'un air las le paysage lugubre, bruissant, frissonnant sous les rafales.

Le vent sifflait et je partageais sa fureur. Ma Chère Louisiane avait été meurtrie, irrémédiablement flétrie dans sa chair; ses souffrances me déchiraient le cœur. Les sanglots des Louisianais s'envolaient dans l'air pour venir se poser aux pieds des arbres. Eole en colère semblait confirmer les dires: « la Louisiane est maudite! »

Les tournants des sentiers embués, les digues effondrées, les épaves éventrées, les maisons saccagées, les toits décollés, les arbres mutilés, les vitres écharpées, les voitures encastrées dans les murs, tout venait rappeler l'horrible tragédie qui avait secoué la population louisianaise. Plus nous nous approchions de notre demeure, plus nous avions l'impression que l'ouragan chancelait derrière nous, comme pour s'effondrer dans un désolant abîme.

Quand nous arrivâmes devant la palissade de notre maison, nous fûmes ravies que l'œil du cyclone, allumé par la haine, ne l'eût pas engloutie. Mais notre joie nous abandonna lorsque nous entrâmes dans le salon, où se tenait grand-père. Celui-ci nous annonça une nouvelle qui nous terrassa: la veille de l'ouragan, Père était parti en mer, et depuis ce jour, il n'était pas revenu nous rejoindre dans le jardin qu'il avait construit et baptisé « le jardin de la Louisiane ».

L'émotion m'envahit et mon cœur se déchira soudain, comme ces vagues déchaînées qui s'écrasaient violemment contre les rochers et avaient emporté avec elles les corps déchiquetés et mutilés par l'ouragan. J'étais ivre de douleur et des pensées noires galopaient sous mon crâne comme un cheval débridé. La gorge serrée, je me tournai toute tremblante vers grand-père et lui dis:

— Sais-tu quand papa viendra nous rejoindre ?

— Ne t'inquiète pas, Pénélope ! répondit-il d'un ton calme et rassurant. Tu sais bien que ton père est semblable à Ulysse le grand, un homme comme lui ne fait jamais naufrage. Souviens-toi de la guerre de Troie ! Malgré toutes les difficultés qu'Ulysse rencontra au cours de ses voyages en mer, il réussit à regagner sa terre natale. Dans son royaume d'Ithaque, personne ne croyait à son retour, sauf Pénélope qui ne se résignait pas et espérait toujours que son Ulysse reviendrait.

— Combien de mois, d'années, Pénélope a-t-elle attendu son retour ? lui demandai-je d'une voix triste.

— Pendant vingt ans! Sois patiente comme elle mon enfant! Aie confiance en ton père, il va bientôt te rejoindre dans le jardin de la Louisiane. Et pendant que tu l'attends, je te conseille de lire l'Odyssée d'Homère et de penser à la déesse Athéna.

— La déesse Athéna ? repris-je.

— Oui, c'est elle qui a aidé Ulysse à regagner sa terre natale. Pense à elle, et je suis sûr qu'elle t'aidera à retrouver ton père

— Ah Bon? Mais comment pourrai-je la rencontrer?

— En pensée, en regardant les objets, les gens et le paysage qui t'entourent. Tu pourras de cette façon analyser les étapes du voyage de ton Père en te référant aux îles sur lesquelles Ulysse s'est rendu. Si tu pries ensuite la divine Athéna, ton père viendra d'ici peu te rejoindre dans le jardin de la Louisiane

A ces mots, il sortit de la pièce et je restai seule avec mes yeux brûlés de larmes retenues et mes angoisses. Pendant que le silence tombait, lourd et inquiétant, Mère demeurait assise, au coin de la cheminée, en tissant des draps blancs qui me rappelaient les voiles que Père affalait. C'était moi qui les avais brodées et qui avais peint sur le devant de son bateau deux grands yeux ouverts pour écarter les mauvais esprits.

Pour échapper à l'atmosphère étouffante et lugubre, je décidai de m'éloigner de la maison et je me dirigeai en hâte vers le jardin de la Louisiane, en pensant à ce que grand-père m'avait raconté de mon enfance. Lorsque je suis née, Père a expliqué à ses amis pourquoi il m'avait donné le prénom de Pénélope: « Si Ulysse avait eu une fille, leur disait-il, il l'aurait sûrement nommée ainsi. ». Il ajoutait que pendant sa grossesse, Mère avait reçu des serviettes de bain et des couvertures avec le mot « Pénélope » imprimé dessus. Les proches de la famille lui avaient aussi donné des œufs qu'elle faisait rouler sur ses seins pour avoir un fils. Après ma naissance, on lui offrit des œufs bouillis. Je suis sortie en quelque sorte d'un œuf. Dix ans plus tard, après un long voyage sur les océans, Père m'emmena pour la première fois dans le jardin qu'il avait aménagé et baptisé le « Jardin de la Louisiane ». Je me souviens encore de ce petit matin où il me fit visiter ce lieu. Nous étions aux premiers jours de l'été 2002, et nous traversions les rues de la Nouvelle-Orléans sous une chaleur étouffante qui enveloppait nos pieds mouillés par l'humidité.

— Pénélope, me dit Père, ce que tu vas voir est unique. J'ai bâti ce jardin pour rendre hommage au grand poète Homère et à la Grèce antique qui a instauré la démocratie.

— Ah bon ? Et qu'allons nous faire là bas ? demandai-je intriguée.

— Eh bien, la coutume que j'ai instaurée veut que chaque fois que nous irons au jardin de la Louisiane, nous devrons adopter un personnage de la guerre de Troie et jurer de préserver les langues et les cultures anciennes. Ainsi, les coutumes anciennes dont personne ne se souvient et qui se sont évanouies avec le temps continueront de vivre dans ce lieu.

— Mais ce jardin est-il accessible à tous?

— Oui bien sûr, et il sera gratuit.

— Et même l'âme de grand-mère pourra errer dans ton jardin?

— Aussi, répondit-il en baissant la tête. Les morts ont aussi leur place dans mon jardin et tu sais, continua-t-il, j'y inviterai aussi les gens à réfléchir sur la responsabilité de l'homme face à la précarité de sa vie.

— Et tu crois qu'ils le feront?

— Certainement, certainement. Maintenant rentrons, dit-il songeur.

Pour en revenir à ma naissance, cinq ans après ma venue au monde, ma grand-mère d'origine grecque avait été emportée par un cancer du sein. Pour soulager son chagrin, Père avait décidé de construire le jardin de la Louisiane. Avant que l'ouragan ne détruisît la Nouvelle-Orléans, il m'y emmenait souvent. Et là nous jouions ensemble à la guerre de Troie. Père était déguisé en Ulysse, et moi, en Pénélope. Bravant les terribles obstacles mis sur sa route par les dieux, Père luttait pour me rejoindre et me délivrer des mains des prétendants avides, qui attendaient l'annonce de sa mort pour m'épouser et accaparer le pouvoir. Comme pour eux la guerre de Troie, l'ouragan Katrina nous avait séparés, et j'étais sa Pénélope qui espérait un jour, malgré tout, le retour d'Ulysse.

J'étais dans ces douces pensées quand j'arrivai au jardin de la Louisiane. En franchissant le portillon du jardin, je fus soulagée et ravie que l'ouragan n'eût pas emporté les deux chênes préférés de Père. Ces deux arbres étaient sacrés, car c'était devant eux que nous fixions la date de son retour, et lorsqu'il levait l'ancre pour quitter le port, je le regardai au loin perchée dans un de ces deux chênes.

Pendant que mon regard balayait le jardin imprégné de souvenirs, je revis Père courir au combat avec un seul mot à la bouche: « Vengeance ». Il devait délivrer la belle Hélène qui avait été enlevée par Pâris, le fils du roi de Troie. Le bruit des lances et des javelots remplissait ce lieu magique et Père se battait farouchement pour cette reine infidèle, tandis que moi, je luttais pour le revoir.

Epuisée d'avoir trop médité, je m'assis sur un rocher et sortis de mon sac un crayon et une feuille de papier. Malheureusement, je n'avais pas assez de mots pour décrire le départ de Père. Mon encre laissait des traces de douleur sur cette page blanche que je noircissais. Les fuites de mon stylo représentaient les larmes de désespoir qui coulaient sur le sol. Je n'osais les essuyer tellement j'avais mal. Pendant que je regardais ces traces, je pensai aux empreintes de Père que l'Ouragan avait cruellement effacées.

Mes jambes, effleurant le rocher, se mirent tout d'un coup à trembler. La peur me glaça le sang, car je songeais à Sisyphe condamné à pousser éternellement un énorme rocher dans le pays des morts. Ne voulant pas connaître la même destinée, je me levai et me mis à contempler le paysage du jardin de la Louisiane, qui ressemblait à la Grèce Antique.

Père y avait sculpté de ses propres mains les dieux grecs comme Zeus (maître des dieux et de l'univers), Dionysos (le dieu du vin), Aphrodite (la déesse de l'amour) et Hestia (la déesse du foyer). Le gouverneur de la Louisiane l'avait surnommé le grand Pygmalion, en hommage au sculpteur de Chypre.

Ces statues qui attiraient le regard des passants se trouvaient à quelques mètres des troncs des deux chênes sur lesquels Père avait gravé nos deux noms: Pénélope et Ulysse.

Quand il revenait de ses longs voyages en mer, les amis de grand-père, jouant le jeu, faisaient l'éloge de ses exploits. Ils l'accueillaient à bras ouverts et lui disaient:

— Ô toi Ulysse, le rusé, le résilient, sois le bienvenu sur la terre d'Ithaque.

Et Père répondait:

— Je suis honoré de votre accueil, mais dites-moi où se trouve Pénélope?

Alors, grand-père s'empressait de répliquer:

— Elle t'attend dans le jardin de la Louisiane.

Hélas, depuis le passage de l'ouragan Katrina, nos amis étaient assaillis de doutes et se demandaient si Père, surnommé Ulysse le grand, regagnerait un jour sa terre Cajun!

Soudain je sortis de mes pensées et la vue des branches détachées des arbres me rappela les bras de Père que l'ouragan avait séparés des miens et je me hâtai de partir loin du jardin de la Louisiane, dont les sentiers jonchés de débris ressemblaient aux ruines d'Athènes.

II - Le Cheval de Troie d'Angleterre

Le jour était à peine levé lorsque je me réveillai. J'avais songé toute la nuit à la divine Athéna, car grand-père m'avait dit qu'elle m'aiderait à retrouver Père. Malgré la tempête dévastatrice et les rafales qui avaient secoué la Nouvelle-Orléans, je redescendis, sous l'influence de la mélodie du vent, le chemin jonché de feuilles roussies et jaunâtres. Combien de fois avais-je gravi avec Père ce sentier caillouteux et sinueux. Au loin, nous entendions les voix des commerçants qui interpellaient les clients, et nous regardions les cheveux bleus du Dieu de la mer se jeter sur les rochers et inonder les grèves. Père me disait que la mer savait déchiffrer les signes du destin car elle ressemblait aux lignes de la main. Depuis son départ, mon avenir était devenu un bateau solitaire sans gouvernail, balloté par le vent glacial sur les eaux sombres et immenses.

Quand j'arrivai devant le portillon du jardin de la Louisiane, la brise du vent souffla mon désespoir et caressa en même temps les larmes qui coulaient sur mes joues. Une pluie d'angoisse tomba sur mon ventre et en le touchant, j'avais l'impression de broder un voile de douleur. Je rassemblai mes forces et me dirigeai vers les deux chênes. Assise à l'ombre, je guettai et implorai la nymphe Echo de faire résonner la voix de Père dans tout le jardin. Hélas, elle resta sourde à mes lamentations parce que je n'étais pas Narcisse, l'homme qu'elle avait aimé.

Déçue, dépitée, abattue comme les rescapés de l'ouragan Katrina, je retournai aussitôt dans ma demeure et allai chercher dans la chambre d'en haut la boîte mystérieuse qui contenait les cassettes de Père. Je la posai sur une table et m'assis pour réfléchir. En face de ces cassettes sacrées, mes mains tremblaient, parce que Père ne m'avait pas donné la permission de les toucher. Tandis qu'une mauvaise rafale courbait les branches des arbres, je me retournai inquiète, me demandant si des ombres ne s'étaient pas approchées pour venir me regarder aux vitres. Plus mon cœur battait lourdement, plus j'entendais le souffle du vent à ma propre poitrine, comme si l'on respirait derrière moi.

Pour dissiper ces craintes irrationnelles, je résolus de braver l'interdit et d'écouter les cassettes une à une. Mais quelle ne fut pas ma déception, elles ne contenaient que des chansons; Père n'avait jamais pensé à enregistrer sa voix et mes espoirs furent anéantis comme les cultures dévastées par la grêle. Alors, pour exhaler ma colère je jetai toutes les cassettes à terre et me mis aussitôt à briser les miroirs qui avaient absorbé le beau visage de Père. Tous les objets qui entouraient cette pièce m'apparurent comme la nymphe Echo, des traîtres. Ils avaient effacé ses souvenirs.

Soudain, la porte s'ouvrit et Mère apparut devant moi. En voyant l'état désordonné de la chambre, elle prit peur et appela sur-le-champ un psychiatre qui s'empressa d'annuler tous ses rendez-vous pour nous recevoir, car j'étais selon lui un cas urgent à secourir. Je me sentis alors comme la belle Hélène que tous les guerriers devaient délivrer des mains du jeune fils du roi de Troie, Pâris. Qui n'aurait pas voulu sauver la belle Hélène, la spartiate, la plus belle femme du monde!

— Docteur, que c'est gentil de vouloir me secourir et de vouloir m'aider à retrouver Père, lui dis-je.

— J'espère vous être utile, me répondit-il. Dites-moi avez-vous une idée de l'endroit où se trouve votre père?

— Non aucune! Mais ne vous inquiétez pas! Mon père est comme Ulysse le grand, un homme comme lui ne fait jamais naufrage.

— Vous vous appelez Pénélope, n'est ce pas?

— Oui, c'est cela. Mais depuis le départ de mon père, j'ai modifié mon nom. Je m'appelle dorénavant Painope.

— Painope?

— Oui, quand je souffre de ne pas voir mon Père je deviens Pain, la douleur.

— Et ope?

— Quand j'ai l'espoir de revoir mon père, je deviens Ope (Hope, prononcé à la française, le h n'est pas aspiré), l'espoir.

— Quel âge avez-vous?

— J'ai treize ans, mais je suis plus mûre que ceux de mon âge.

— Ah bon?

— Oui, je ne lis plus Harry Potter mais des livres très sérieux tels que les mangas grecs, l'Iliade et l'Odyssée, Jason et la toison d'or, Orphée, Thésée et le minotaure, et les douze travaux d'Hercule. J'ai peur, docteur, de faire partie des Morons comme mes camarades de classe.

— Des Morons? reprit-il

— Oui, des Morons. Ce terme se trouve dans le Wikitionnaire québécois avec la fameuse citation un Moron de la pire espèce.

— Vous voulez dire que vous avez peur de faire partie des mormons? Souffrez-vous d'hallucinations?

— Non pourquoi?

— Parce que vous me dites que vous avez peur de devenir un mormon et d'adhérer à leur cause religieuse. Je me demande si vous vous prenez pour Moroni, le dernier prophète des mormons. N'ayez pas peur de m'avouer que vous souffrez d'hallucinations! En effet, certains de mes patients se disent être Napoléon, Jésus-Christ, le Pape, la reine d'Angleterre, Jeanne d'Arc, et même certains de mes clients se prennent pour.....

— Se prennent pour …? repris-je

— Saddam Hussein!

— Non, sans blague?

— Non, sans blague ?

— Oui, je vous assure et ils essayent de se pendre dans cette pièce. Ils s'imaginent être comme Saddam Hussein le jour de son exécution.

J'étais tellement assaillie de doutes que le docteur ouvrit son tiroir et me montra les cordes que ses clients lui avaient laissées. Puis il reprit d'un ton sérieux:

— Et vous, vous pensez donc que vous êtes le dernier prophète des mormons.

— Mais non pas du tout ! lui dis-je d'un ton irrité, je disais que j'avais peur de devenir un Moron, et non un adepte des mormons

— Mais qu'est ce qu'un Moron ?

— Eh bien, selon le plus grand dictionnaire de notre époque cybérique, « wikitionnaire », le mot Moron vient du grec ancien môrós qui veut dire idiot, et je ne veux donc pas être perçue comme une imbécile congénitale, une sous douée. J'ai peur de faire partie des Morons car mes camarades ne lisent plus de textes anciens y compris les mangas grecs! Le grec que j'aime tant docteur, lui dis-je en pleurant, est en voie de disparition, c'est un peu comme les dinosaures. Oh mon Dieu! Qu'ai-je dit docteur, il ne faut plus mentionner en classe ces animaux à cause de tous ces religieux fanatiques qui sont contre la théorie de l'évolution de Darwin. Il paraîtrait que les surdoués en grec ancien descendent des dinosaures.

— Les surdoués en grec ancien descendraient des dinosaures? reprit le docteur qui ouvrit grand ses yeux dans lesquels je vis briller une lueur inquiète.

— Oui, les surdoués en grec ou en latin sont un peu comme les dinosaures; quand vous dites que vous parlez ou écrivez ces langues anciennes, vous apparaissez aux yeux des Morons(ou des imbéciles congénitaux), comme une espèce en voie de disparition, donc à éviter à tout prix! En revanche je n'ai rien contre les mormons pour lesquels le grec est important, car ils peuvent convertir de nouveaux disciples à leur religion!

— Ah, je comprends maintenant vous êtes en fait une surdouée en grec ancien.

— Oui, c'est cela, je suis une surdouée de la mythologie grecque et non une sous douée ! C'est si rare de nos jours !

— Euh… Euh.. Dites moi, votre père s'appelle bien Ulysse, n'est-ce pas ?

— Oui, c'est cela.

— Et il vous a donné le nom de Pénélope, et vous êtes sa fille et non son épouse ?

— Oui, c'est cela.

— Je suppose, poursuivit-il, que si vous aviez été un garçon, il vous aurait appelé…

— Oedipe, lui dis-je en souriant.

Le pseudo docteur Freud actionna soudain le piston de son stylo et se mit à coucher à toute vitesse sur son papier vierge mes délires vertigineux. Il écrivait plus rapidement qu'un torrent qui se jette dans le Mississippi. Les épopées de la Grèce antique semblaient l'inspirer et je l'imaginai en dieu de l'Olympe voulant aider Père à regagner sa terre cajun. Quand il eut fini de noircir sa page blanche, il leva les yeux vers moi et me dit d'un ton grave :

14

— Pénélope, pensez-vous que votre père vous donnera bientôt de ses nouvelles ? Et si oui, comment ? Que faites-vous en attendant le retour de votre Ulysse ?

— Que de questions pertinentes et Freudiennes ! lui répondis-je. Il suffit que la divine Athéna pénètre dans mon inconscient pour que je reçoive de ses nouvelles. Pendant ce temps-là, je suis Pénélope qui attend son Ulysse dans le jardin de la Louisiane.

— Le jardin de la Louisiane ?

— Oui, dans la Grèce antique les dieux habitaient un lieu enchanteur au dessus des nuages : l'Olympe. Alors mon Père a construit pour les passants, les amoureux et les flâneurs un endroit au dessus de la mer : le jardin de la Louisiane.

— Ah oui, je comprends maintenant. Vous raisonnez vraiment comme Homère.

— Comme Homère au féminin ! ajoutai-je.

— Homère au féminin ? reprit-il. Homère serait donc une femme !

— Oui, c'est bien cela.

— Qui a émis cette thèse ?

— Eh bien selon la célèbre et fiable encyclopédie en ligne, dont les contributeurs sont des spécialistes de tout niveau culturel et social, le premier à avoir lancé l'idée fut l'écrivain anglais Samuel Butler dans l'auteure de l'Odyssée, en 1897. Sa thèse postulait que l'Odyssée aurait été écrite par une jeune femme sicilienne du septième siècle avant notre ère. Malheureusement je n'ai pas trouvé de manga grec traitant de ce sujet !

— Tiens, je ne savais pas que nous avions des mangas en grec ancien, fit-il, je pensais qu'ils étaient tous japonais ! Il faudra m'en apporter un lors de votre prochaine visite.

— Docteur, ne répétez pas à maman que « manga » veut dire bande dessinée. Elle en serait malade !

— Ah bon, pourquoi ?

— Parce qu'elle pense que cela fait trop gamin, immature, vous comprenez je suis une surdouée ! Quand elle me demande ce que je fais avec tous ces mangas grecs, je lui réponds que je les dévore des yeux. Ma réponse lui plaît tellement qu'elle m'imagine en train de déguster des sushis à la sauce grecque. Alors ne dites rien à maman!

— C'est promis, je ne lui dirai rien sur vos sushis à la sauce grecque, dit-il en souriant.

— Merci docteur!

— Dites moi, que voulez-vous faire plus tard?

— J'aimerais habiter dans la ville d'Homer.

En Grèce?

— Non, en Louisiane, nous avons une ville qui porte le nom du poète.

— Ah oui, j'oubliai…. Et que feriez-vous là bas?

— Eh bien, j'aimerais étudier les langues anciennes et faire comme Oscar Wilde, qui obtint la médaille d'or de Berkeley en grec ancien. Je serais une espèce rare avec tous les mangas grecs que je lis.

— Vous voulez donc passer un diplôme de langues et civilisations anciennes dans la ville d'Homer, située en Louisiane.

— Oui, c'est cela, mais mon père me disait souvent: « Le diplôme ne fait pas l'homme mais l'homme fait le diplôme ». De nos jours nos dirigeants sortent des grandes écoles. Résultat une incapacité notoire à diriger un pays digne de ce nom, leurs diplômes leur gonflent la tête comme une montgolfière. Nos anciens comme Homère n'avaient aucun diplôme mais seulement de la pensée et c'est pourtant grâce à eux que nous sommes là.

— Vous avez bien raison, répondit le docteur en notant mon commentaire(le pseudo docteur Freud pensait que malgré mes délires homériques, j'étais une personne brillante qu'il fallait sauver à tout prix).

— Vous savez, docteur, poursuivis-je, les jeunes de mon âge se vantent de leur Nintendo, de leurs jeux vidéo et des jouets qu'ils ont, mais il leur manque tout le temps quelque chose.

— Ah oui que leur manque t-il puisqu'ils ont tout dans notre société de consommation?

— Eh bien, les livres!

— Les livres?

— Oui, les jeunes de mon âge ne parlent pas de livres qu'ils ont chez eux, mais juste de leurs biens de consommation qu'ils entassent dans leur chambre. Je m'ennuie sans arrêt quand je leur rends visite. Ce que mes camarades de classe ignorent c'est que les livres, parfois, nous aident à vivre. Nous, notre rôle docteur, notre rôle à nous, c'est de les aider à survivre comme on le fait pour les langues anciennes. Comme disait l'auteur des misérables, Victor Hugo,

« La lumière est dans le livre. Ouvrez le livre tout grand. Laissez-le rayonner, laissez-le faire».

— Ah oui, c'est juste dit le docteur en baissant la tête, vous êtes en réalité une espèce rare. Si j'ai bien compris vous avez peur que les futures générations deviennent comme le grand poète italien Pétrarque qui se désolait d'être incapable de lire les épopées d'Homère en grec ancien.

— Oui, c'est cela, si nous ne parlons plus le grec ancien nous serons alors des barbares, dis-je d'une voix triste.

— Des barbares? reprit le docteur en me regardant d'un air inquiet.

— Oui, pour les Grecs de l'Antiquité le mot «barbare» voulait dire qui ne parle pas grec.

— Ah Oui en effet, je comprends, répondit-il rassuré. Cependant il ne faut surtout pas vous inquiéter, il se trouvera toujours un helléniste même rare comme Ronsard qui, à l'image de celui-ci, ambitionnera de lire l'Iliade en trois jours.

— Oui, vous avez raison docteur, mais il nous faudra des siècles pour former des humanistes mondialistes, ajoutai-je avec humour.

Soudain, la sonnette retentit annonçant la fin de la séance, et avant de quitter son bureau, le pseudo docteur Freud me donna un livre sur la raison et un paquet de philtres. Il me conseilla aussi de lire l'histoire d'Œdipe. En échange, je lui remis un souvenir de Grèce, une statuette de la divine Athéna et le livre « Homère au féminin » du philosophe Raymond Ruyer.

Une fois rentrée à la maison, après l'entretien avec le spécialiste, je me dirigeai vers ma chambre et m'étendis sur le lit. Pendant que je m'assoupissais, je sentis sous mon oreiller un objet dur que je saisis. C'était un petit cheval de bois que Père m'avait offert pour mon anniversaire et qui l'avait sculpté dans un morceau de chêne. Je songeai avec nostalgie à ce souvenir. Au moment où mes doigts se refermaient sur ce cheval de bois, une idée me traversa l'esprit. Je me levai, sortis en trombe de la maison et me rendis au magasin de jouets.

La vendeuse qui ouvrit la porte avait les joues rondes comme la pleine lune et son nez coulait. Elle m'invita à entrer d'un geste de la main. Mais j'hésitai. Devais-je entrer, feindre d'acheter une poupée, ou lui montrer le petit cheval à bascule ? Que penserait-elle de moi en voyant une jeune adulte acheter des jouets pour enfants de sept ans ?

Je me sentais comme Blanche-Neige devant cette employée. Il faut dire qu'elle avait la taille d'un nain. Je faillis partir en courant lorsqu'elle me dit:

— Voudriez-vous acheter notre cheval à bascule qui est très populaire en ce moment?

— Incapable de bouger, je cherchai mes mots. Je m'entendis finalement sortir une phrase absurde:

— Est-il fabriqué en Grèce ou en Chine?

Un sourire de fierté illumina son visage, et elle se courba devant moi avec déférence:

— Fabriqué en Angleterre!

— En Angleterre? Et pourquoi?

— Eh bien j'ai entendu dire que le Général de Gaulle aurait inspiré ce fabricant britannique de commercialiser ses chevaux en bois aux Etats-Unis. Vous voyez un peu, mes clients pensent tous que les Anglais sont des chevaux fidèles.

— Ils n'ont pas tort, répondis-je, Charles de Gaulle avait choisi l'image du cheval de Troie pour décrire les Britanniques en tant que fidèles défenseurs des intérêts américains.

— Ah! Je comprends pourquoi mes chevaux à bascule se vendent comme des petits pains. Mademoiselle, en voulez vous un?

J'entrai donc et achetai ce cheval. Après avoir payé la vendeuse, je regagnai d'un pas allègre le jardin de la Louisiane, où je déposai le jouet à un mètre des deux chênes. Levant mes mains au ciel, j'implorai Zeus, le dieu de l'univers.

— Ô Zeus, écoute ma prière, fais que la Louisiane soit épargnée par les épidémies, les ouragans et toute catastrophe naturelle. Je t'offre ce cheval de Troie anglais en sacrifice.

A peine-eus je fini de parler qu'un père de famille installa son fils sur mon cheval à bascule.

— Ne touchez pas à mon cheval de Troie! lui dis-je d'un ton courroucé. Ce n'est pas un jouet! C'est le cheval de Troie d'Angleterre qui va nous protéger des épidémies, des crises économiques, des virus, des ouragans qui frapperont la Louisiane. Avec ce cheval de Troie, nous tromperons l'ennemi, comme Ulysse le fit avec le sien! Et l'ouragan Katrina ne reviendra plus jamais souffler sa haine sur notre terre cajun!

Effrayé, le père de famille prit aussitôt son fils par la main et quitta le jardin de la Louisiane, en maugréant: « viens mon fils, cette pauvre fille est folle, elle pense que nous sommes en pleine guerre de Troie ! Elle se prend pour Homère!»

Quelques heures s'écoulèrent. Je m'éloignai à mon tour et je retournai chez moi d'un pas rapide. Quand j'arrivai dans ma chambre je pris un crayon et une feuille de papier. Après m'être installée confortablement à mon bureau, j'adressai une lettre à monsieur le Maire dans laquelle je l'implorais de construire un gigantesque cheval de Troie qu'il placerait devant les digues de la Nouvelle-Orléans, et dans lequel il se cacherait avec l'ensemble de la population en cas de catastrophe naturelle! Peu de temps après, ma lettre parut dans la rubrique « cybercriminalité». Monsieur le Maire, un passionné de cerveaux électroniques et de technologie, qui ne savait rien de la guerre de Troie, avait cru que je lui avais non seulement conseillé de promouvoir le célèbre logiciel d'espionnage: LE CHEVAL DE TROIE, mais aussi de déclencher une guerre cybérique dans la ville de Troy (Michigan). Empourprée de colère, Mère se rendit aussitôt au jardin de Louisiane pour y retirer le cheval à bascule qu'elle donna aux orphelins de l'ouragan Katrina.

III - Les Cicones Louisianais

A l'aurore, un chapelet de nuages se bousculait dans le ciel quand Mère se leva. Elle avait oublié l'incident du cheval de Troie et très tôt, elle se dirigea vers la salle à manger, prit les journaux qui se trouvaient sur la table et se mit à les lire.

Pendant que son regard balayait les gros titres, ses longues boucles dorées dansaient sur ses épaules.

Quelques heures s'écoulèrent et je vins la rejoindre. Le bruit de mes pas l'arracha à ses profondes pensées. Elle leva la tête, j'aperçus son visage, un sourire se dessinait sur ses lèvres.

— Bonjour maman, lui dis-je en la saluant.

— Bonjour Pénélope, tu as bien dormi ?

— Oui, et toi?

— Oui, dit-elle.

Nous échangeâmes quelques mots, puis elle se remit à lire ses journaux et le silence se fit.

Curieuse de connaître le sort des rescapés de l'ouragan, j'allumai le poste de télévision. Incrédule et hébétée je vis apparaître sur mon écran des maisons, et des voitures emportées par les flots noirs ravageurs et les pluies torrentielles. Il me fallut beaucoup de force pour contempler ce spectacle hideux et destructeur de la nature. L'ouragan avait frappé violemment la Louisiane comme un poing fermé.

Soudain, une présentatrice toute de noir vêtue dans un habit traditionnel, à l'occasion d'une émission spéciale, annonça en pleurs le chaos dans lequel se trouvaient la Louisiane et sa ville culturelle « La situation de la Nouvelle Orléans, se lamentait-elle, est pire que celle de Bagdad, nous sommes plus malheureux que les habitants de cette ville. Nous n'avons plus d'eau potable, plus d'électricité et personne ne peut nous protéger car nos soldats sont tous partis en Irak faire la guerre. Le gouvernement s'est trompé de cible, notre véritable ennemi c'est l'ouragan Katrina. »

La police était débordée car des pillards s'étaient infiltrés dans toute la ville. Ils avaient saccagé les maisons, dépouillé de leurs biens les vieillards et les femmes. Ils avaient brisé les vitrines des magasins pour s'y introduire, et s'étaient emparés de vêtements et de vivres. La journaliste se tordait les mains de douleur et de désespoir en décrivant tous ces vols. A ma grande surprise, elle n'accusa pas Zeus d'avoir déclenché l'ouragan Katrina, mais Bush! Le quarante-troisième président des Etats-Unis était devenu le maître de l'univers et le dieu de la météorologie!

Les citoyens éplorés se lamentaient de tous ces pillages, et blâmaient le nouveau Zeus de la Maison Blanche des tempêtes, du chômage, de la misère, de l'effondrement de la bourse et des tours jumelles du World Trade Center , du cancer, du sida, de la crise, des avalanches, des orages, de la foudre, des tonnerres, des rafales de vent, des divorces, des épidémies et de tous les malheurs de la terre. Mais il y avait une grande différence entre le dieu Grec de l'Olympe et celui de la Maison Blanche. Les Grecs offraient des libations de vin à Zeus alors qu'au dieu américain le peuple n'«offrait» que des insultes, le rendant responsable de tous les maux de la terre. En pensant à l'œil de ce nouveau Zeus de la Maison Blanche, je me dis qu'il souffrait de strabisme, car il n'avait pas vu l'arrivée de l'ouragan et n'avait pas imaginé que les digues auraient pu s'effondrer.

Pendant que j'écoutais attentivement les informations, mon regard tomba sur une carte représentant le tracé du périple d'Ulysse. Soudain, le nom d'un lieu apparut devant moi: Les Cicones.

— Maman, m'écriai-je, je sais où se trouve papa.

— Quoi ? Que dis-tu ? Tu sais où il est ?

— Oui, il se trouve sur l'île des Cicones.

— Une île appelée le cyclone ?

— Non, le Cicone.

— Le Cicone ?

— Oui, papa a dû fuir le cyclone et se refugier chez les Cicones.

— Les Cicones ? Tu veux dire les cyclones ? reprit Mère.

— Mais non maman, souviens toi lorsque Ulysse a débarqué sur l'île des Cicones, il a pillé leurs maisons, massacré les vieillards et les enfants et enlevé les femmes. Pour survivre et oublier l'ouragan Katrina, papa est obligé de saccager le pays des Cicones et d'enlever leurs femmes. Tu sais, il ne faut pas lui en vouloir de ses infidélités. Papa a eu des maîtresses pour panser ses plaies, et oublier la tragédie de l'ouragan. En fait, la Louisiane est devenue le pays des Cicones où les pillards attaquent les gens pour survivre. Papa est parmi ces voleurs. Il est en vie et notre divine Athéna le protège, donc tu n'as pas à t'en faire! Et tu sais, pour fuir l'ouragan Katrina, il n'a pas d'autre choix que de piller tous ces Cicones que l'on voit à la télévision!

A ces mots, Mère laissa éclater sa colère et je crus voir l'œil noir de Zeus.

— Méchante fille, n'as-tu donc aucune pitié pour ton pauvre père, accablé de fatigue et de soucis, et qui lutte pour revenir à la maison? N'as-tu pas honte de le comparer à ces pillards de la Nouvelle-Orléans, ces criminels qui attaquent de pauvres gens! La vie n'est pas mythologique!

— Mais maman, il ne faut pas croire les médias, car ils sont comme les mythes grecs. Ils inventent des histoires pour nous endoctriner et nous distraire de la réalité. Les journalistes sont de grandes machines à spéculer. Ils sont comme la bourse de Wall Street, de grands spéculateurs! Gilbert K. Chesterton disait « le journalisme, consiste à apprendre que M. Johnson est mort à des millions de personnes qui ne savaient pas qu'il vivait.» Et rappelle-toi la consigne que donna Clémenceau aux journalistes de l'Aurore: « Faites des phrases courtes, un sujet, un verbe, un complément! Quand vous voudrez ajouter un adjectif, vous viendrez me voir. » En fait, la mise à sac des magasins est juste une illusion. C'est la déesse Athéna qui est derrière tout cela. Elle voulait nous annoncer une bonne nouvelle: papa se trouve sur l'île des Cicones. Et en ce moment, nous regardons la présentatrice nous commenter les belles images de ce pays où se trouve Père. Les pillards que tu vois à la télévision ne sont pas réels et tu sais maman, les gens qui croient en la théorie du complot disent que tout cela n'est qu'une machination orchestrée par le Zeus de la Maison Blanche.

— Quoi? interrompit Mère. Que signifient ces délires grecs?

— Mais maman pourquoi t'emportes-tu? Je t'annonçais une bonne nouvelle. Pour fuir le cyclone papa a dû se refugier chez les Cicones.

Exaspérée, elle se leva de sa chaise et éteignit le poste de télévision, puis elle me fit signe d'aller dans ma chambre.

Deux heures s'écoulèrent et je me précipitai vers la poubelle où se trouvait une bouteille vide. Je la pris et y versai du chili et de la grenadine. Après l'avoir remuée, je l'échangeai avec une bouteille de beaujolais que Mère avait récemment achetée. Puis d'un pas pressé, je sortis de la maison pour me rendre au jardin de la Louisiane. Ruisselante de sueur, j'atteignis les deux chênes, où je levai la bouteille de beaujolais vers la lumière du jour.

— Ô toi, Poséidon, dieu de la mer, écoute mes paroles et mes pleurs, ne soulève contre Père aucune rafale de vent et aucune houle menaçante. Conduis-le sur des routes paisibles et fais en sorte qu'il revoie le sol de sa patrie.

Après avoir ainsi adjuré Poséidon d'aider Père à regagner sa terre cajun, je versai toute la bouteille de vin sur le sol, sous le regard inquiet des passants.

Je levai timidement les yeux et leur dis en souriant:

— Le Beaujolais nouveau est arrivé!

Puis j'enterrai la bouteille et je rentrai chez moi, l'âme en paix. Dès que j'apparus dans la cuisine, Mère me reçut comme d'habitude en s'écriant:

— Viens voir Pénélope, le shérif est venu nous rendre visite.

Le shérif qui se trouvait en face de Mère tourna la tête pour me regarder. C'était un ami de grand-père, un de ses yeux était constamment à demi fermé, comme s'il visait un criminel avec un pistolet invisible. J'avançai vers lui en lui tendant la main. Il commença par me regarder comme si je voulais me rendre et sortit de sa poche une paire de menottes. Je dissimulai aussitôt mes mains dans le dos et lui dis d'une voix tremblante:

— Shérif, qu'ai-je fait de mal?

Réalisant son erreur, il rangea vite les menottes.

— Oh, excuse-moi! répondit-il, gêné. Je suis tellement habitué à arrêter les criminels que je t'ai prise pour l'un d'eux. Je pensais que tu étais comme eux et que tu voulais que je te passe les menottes. Comme ce n'est pas le cas, je serais ravi de te serrer la main.

C'est ce qu'il fit avant que nous nous asseyions chacun sur une chaise. Puis nous nous attablâmes et nous regardions le gigot mariné aux choux que Mère avait préparé.

— Alors, comment vas-tu Pénélope? demanda le shérif.

— Très bien! Et vous?

— Cela peut aller, mais je suis un peu débordé ces temps-ci avec tous ces pillages.

— Shérif, interrompit Mère, voudriez vous goûter la bouteille de Beaujolais que j'ai achetée?

— Oui, volontiers!

Le shérif avait envie de boire ce vin rouge populaire de France et de répande ce liquide de couleur de sang dans tout son corps, comme l'eau d'une source dans la nature au printemps. Lorsque je vis la bouteille de beaujolais sur la table, je devins pâle, car Mère ne se doutait pas que j'avais remplacé sa bouteille par celle que j'avais altérée. Elle lui versa le vin rouge et j'attendis avec angoisse ce qui allait se passer. Je regardai le shérif jouer avec son verre. Il le soulevait et remuait le liquide rouge. Je ne le quittai plus des yeux et frissonnai, comme si une goutte d'eau glacée venait de me tomber sur le dos, quand il porta le verre à ses lèvres et avala le contenu d'un seul trait. Soudain il se leva, toussa, dansa autour de la table, et Mère se demandait ce qui lui arrivait.

— Oh là là Shérif, mon beaujolais semble vous embrumer le cerveau. Que se passe t-il? Vous sentez-vous bien? dit Mère qui s'affolait.

Le shérif se précipita dehors et je le vis par la fenêtre qui s'efforçait de cracher et d'expectorer.

Je me mordais les lèvres tandis que Mère se précipitait vers lui et le faisait rentrer. Après avoir recouvré ses forces, il murmura en grimaçant: « Du chili et de la grenadine. »

— Du chili et de la grenadine! s'écria Mère, abasourdie.

— Oui, quelqu'un a frelaté le vin, dit-il en grimaçant à nouveau.

— Comment du chili et de la grenadine ont-t-ils pu se trouver dans cette bouteille? dit Mère. Shérif, je vous promets de faire mon enquête.

Mère prit la bouteille, versa le liquide dans un verre et se mit à le goûter.

— Berk! dit-elle en crachant la boisson sur le sol. Demain, j'irai rendre toutes mes bouteilles de beaujolais au marchand de vin.

— Vous avez raison, dit le Shérif, qui se redressa avec difficulté. Et dites bien à ce marchand de vin que s'il continue à contrefaire les bouteilles de beaujolais, je l'arrêterai.

Après avoir bu quelques verres d'eau, il sortit de notre maison, et s'engagea dans les ruelles sombres de la Nouvelle-Orléans.

A la tombée de la nuit, j'appris une nouvelle importante de Père. Les Cicones voulaient se venger de tous les pillages qu'il avait orchestrés. En effet, le Maire de la Nouvelle-Orléans avait déclaré l'état d'urgence et l'application de la loi martiale. Il avait déployé les forces de l'ordre en divers points de la ville pour prévenir les pillages. Les soldats arrêtèrent un grand nombre de pillards, et les angoisses et la détresse envahirent mon cœur comme une tempête. Je me demandais si la police avait aussi appréhendé Père. Mais mes craintes s'évanouirent lorsque j'allumai le poste de télévision. La divine Athéna, déguisée en présentatrice de CNN, annonça que la majorité des pillards avait fui la ville et avait échappé à la police. J'imaginai alors le navire de Père s'enfuir sous les vents favorables. J'étais contente car il avait évité l'ouragan Katrina et était sur la route du retour.

IV - L'Ile Des Lotophages

Des semaines s'écoulèrent et l'automne arriva. A l'aube glacée et désolée, je me levai dans ma chambre nue, où le pâle petit jour du matin entrait par les interstices des volets. Dehors, un soleil trompeur qui donnait l'illusion de l'été, jetait ses flèches d'or sur les toits de la ville et les sentiers jonchés de feuilles jaunies et de fougères rousses. Des myriades de vitres inondées d'une lumière ocre se renvoyaient des éblouissements.

Malgré le départ de Père, la vie avait repris son cours et Mère avait organisé un banquet pour fêter les quatre-vingts ans de grand-père.

Adossée au mur, je songeai à Père et aux rescapés de l'ouragan. Le nom d'Ulysse courait à maintes reprises sur mes lèvres.

J'étais ainsi plongée dans mes rêves quand la porte s'ouvrit. C'était Mère. Elle avait apporté une robe qu'elle avait tricotée de ses mains fines et blanches. Elle s'approcha de moi et me la fit essayer. Quand je l'eus revêtue, son visage radieux éclaira la pièce.

— Qu'est ce qu'elle te va bien, tu devrais la mettre pour ce soir!

— Ah bon ? Ce n'est pas une soirée pyjamas.

— Ah non Pénélope ! Nous n'allons pas faire comme Thomas Jefferson qui accueillait les ambassadeurs en pyjama. Cette robe plaira à ton grand-père pour son anniversaire.

— Bon d'accord, lui répondis-je flattée en contemplant ma silhouette dans le miroir.

Puis au bout de quelques secondes, elle sortit de sa poche une broche qu'elle accrocha à ma robe.

— Oh, merci maman! Elle est magnifique!

Je l'enlevai pour mieux la regarder et je fus saisie d'émotion en découvrant l'image qui était gravée sur cet objet brillant, un père et sa fille dans un jardin. Je couvris aussitôt Mère de baisers et l'enlaçai comme si elle eût été un miroir poli. Mais en l'étreignant, je sentis tout d'un coup les veines de son corps s'agiter. Des doutes m'assaillirent et je me détachai aussitôt d'elle.

— Sais-tu où se trouve Papa? lui demandai-je d'un regard interrogatif.

A ces mots, les larmes de Mère coulèrent sur ses joues, et j'avais l'impression de voir des rigoles de perles de porcelaine. Pour éviter de me répondre, elle se précipita vers la porte, l'ouvrit et sortit en trombe. Elle me laissa seule plongée dans de ténébreuses pensées. J'étais trop bouleversée ce jour-là pour me rendre au jardin de la Louisiane.

Il était dix huit heures lorsque les premiers invités arrivèrent dans le salon. La pièce fut bientôt noire de monde et je m'y faufilai discrètement. Les visiteurs étaient joyeux, comme des vagues qui dansent sous le soleil. Malgré ses jambes alourdies, grand-père se hâta de nous rejoindre.

Au beau milieu de la salle était dressée une table sur laquelle s'amoncelait une pile de cadeaux. Ils avaient l'air si attrayants que mère ne cessait de les fixer du regard. A côté d'elle, se trouvait son ami, le docteur Smith, qui était affalé dans un fauteuil. Après avoir échangé quelques mots avec Mère, il sortit de dessous son bras une énorme boîte et la lui tendit en disant d'un ton solennel:

— Un cadeau pour la maîtresse de maison.

— Oh! merci beaucoup, répondit Mère.

Elle ouvrit le paquet et trouva dedans un gâteau sur lequel le mot fleur de lotus était habilement inscrit à l'aide de grains de raisins secs.

— Oh, merci! Merci! J'adore les gâteaux à la fleur de lotus, s'écria-t-elle.

Lorsque j'entendis le mot lotus qui se dit lotos en grec, je me mis à trembler, terrifiée par la vision qui venait de s'imposer à moi. Père avait accosté au pays des Lotophages où les habitants étaient des mangeurs de lotos, une plante néfaste pour la mémoire. Épouvantée je bondis vers la boîte.

— Maman, ne mange pas de ce gâteau! C'est du poison, de la drogue, c'est pire que la marijuana! m'écriai-je en serrant la boîte contre ma poitrine.

Mes paroles provoquèrent aussitôt un malaise dans l'assistance. Les convives étaient indignés, car j'accusais le docteur

Smith d'empoisonner Mère. Ils jetèrent sur moi des regards hostiles et furibonds.

— Présente tout de suite des excuses au docteur Smith, dit Mère en colère.

— Mais, maman, c'est du poison, ne mange pas de ce gâteau à la fleur de lotus!

— Mais qu'est-ce que tu racontes! dit Mère d'un ton courroucé. Présente tout de suite des excuses au docteur Smith.

— Mais, maman, le lotus est néfaste pour la santé. C'est la fleur de l'oubli, si tu manges de ce gâteau, papa ne pourra plus retourner chez nous, et toi, tu l'oublieras à tout jamais. En ce moment, il se trouve sur l'île des Lotophages.

A ces mots, les invités restèrent cois, à l'exception du docteur Smith, qui s'avança vers moi et me dit d'un ton calme:

— Pourquoi dis-tu que mon gâteau à la fleur de lotus est empoisonné? Je l'ai acheté ce matin à une boulangère grecque qui m'a assuré que les clients raffolaient de ses gâteaux à la fleur de lotus.

— Une vendeuse grecque? repris-je, mais je comprends pourquoi elle vous a dit cela.

— Ah bon pourquoi? demanda le docteur Smith.

— Eh bien, elle vous a vendu ce gâteau pour nous annoncer que mon père se trouvait sur l'île des Lotophages.

— Tu veux dire que ton père est en train de jouer au loto? demanda le docteur qui avait saisi mon délire homérique et décidait de rentrer dans le jeu.

— Mais non pas du tout, je vous disais que Père se trouvait en ce moment sur l'île des Lotophages.

— Les Lotophages? reprit-il, en se grattant le front.

— Oui, les Lotophages! répétai-je.

— Les Lotophages ne seraient ils pas des joueurs pathologiques de loto que l'on compare à des phages; des virus qui infectent et tuent les bactéries? demanda-t-il.

— Mais non pas du tout, docteur Smith! dis-je d'un ton outré de voir tant d'ignorance chez un médecin. Les Lotophages sont des mangeurs de plantes et non des joueurs de loto porteurs de bactéries. Dites-moi docteur Smith, avez-vous entendu parler de l'Odyssée d'Ulysse.

— Oui, j'ai lu ce recueil au collège, mais comme je suis scientifique je n'aime pas trop les chimères, et j'ai tout oublié de l'œuvre d'Homère. Mais dis-moi Pénélope, quel lien y a-t-il avec la disparition de ton père?

— Eh bien, c'est simple! Quand Ulysse échoua sur l'île des Lotophages, les habitants offrirent à ses hommes du lotus, une plante fantastique. Les hommes d'Ulysse qui en mangèrent oublièrent alors la raison de leur voyage, leur famille, leur pays. Et en ce moment, mon père qui se trouve sur cette île ne doit absolument pas manger cette fleur de l'oubli, elle est nocive pour l'homme; elle efface le passé. Si maman mange ce gâteau, mon père perdra la mémoire et ne saura plus retrouver le chemin du retour. Il ne pourra plus distinguer le bien du mal, il deviendra alors docteur Jekyll et Mister Hyde.

— Ah, Je comprends maintenant, dit le docteur Smith me regardant d'un air grave.

Voyant que je continuais à plonger dans le monde d'Homère et que je divaguais, le docteur Smith poursuivit comme si de rien n'était:

— Dis-moi Pénélope, tu ne crois pas que mes patients seraient ravis de goûter à cette fleur de l'oubli?

— Euh, je ne sais pas, mais il ne faut pas leur donner ce poison, lui dis-je. Et pourquoi seraient-ils ravis, heureux de manger cette plante qui leur ferait oublier le passé?

— Eh bien parce que leur mémoire, chargée de chagrins, d'offenses et de misères est une malédiction, et ils aimeraient oublier leur passé à tout jamais. N'est-ce pas le rêve de certains scientifiques de posséder la fleur de lotus des Lotophages et d'en administrer aux patients, emprisonnés dans leur passé et attachés aux souvenirs douloureux? Ne serait ce pas un bien pour les Louisianais de manger cette plante pour oublier l'ouragan Katrina et toutes ces victimes innocentes?

En entendant ces propos, je fus saisie d'effroi et d'étonnement. Je me demandai comment on pouvait piétiner, effacer, oblitérer ses souvenirs heureux ou malheureux, cela me semblait invraisemblable.

— Je pense que cette fleur de lotus serait nocive pour vos patients, lui répondis-je. S'ils oubliaient leur passé, ils ressembleraient à des fantômes hantés, rongés par leurs souvenirs oblitérés ou perdus dans leur mémoire. Ils ne se rappelleraient plus leur nom

ni l'endroit où ils habitent. Ils diraient « je ne m'appelle pas. »
« que veut dire habiter? »

— Donc si je comprends bien, dit le docteur Smith, ton père
se trouve chez les Lotophages qui veulent lui offrir la délicieuse
nourriture de l'oubli, et s'il la mange sa mémoire défaillira, et il
perdra son désir de retourner dans sa patrie. Et si ta mère mange ce
gâteau à la fleur de lotus, elle oubliera à tout jamais ton père.

— Oui, vous avez très bien compris la situation délicate
dans laquelle se trouve maman.

— Tu sais ce que je vais faire ? me dit-il

— Non.

— Eh bien, je vais donner ce gâteau à la fleur de lotus à
ceux de mes patients qui ont subi un traumatisme et je leur dirai
d'imaginer qu'ils oublient l'ouragan Katrina. Qu'en pensez-vous?
dit docteur Smith en s'adressant aux invités d'un air complice.

— Excellente idée, intervint grand-père qui était resté
calme comme un ruban de soie. Maintenant, nous savons où se
trouve mon fils. Il vient de débarquer au pays des mangeurs de
plantes, et nous lui avons sauvé la vie en empêchant son épouse de
manger du lotus. Allez, que la fête continue! Mon fils est en vie! Il
a échappé à l'ouragan Katrina. Puis se tournant vers moi, il ajouta
« Réjouis-toi Pénélope, ton père va bientôt retourner dans le jardin
de la Louisiane. »

Les convives qui connaissaient la mythologie grecque et
avaient compris que le docteur feignait d'ignorer mes délires
Homériques suivirent son conseil et se mirent aussitôt à discuter
d'Ulysse et de la guerre de Troie.

La lune était déjà haute lorsque les invités quittèrent la
maison. Des larmes de joie roulaient dans mes yeux, parce que
Père était en vie et avait échappé à l'ouragan Katrina. Toute la nuit,
je rêvais de fabriquer la boîte de pandore dans laquelle je dépose-
rais le mot espérance. Je caressais l'espoir de revoir un jour mon
père dans le jardin de la Louisiane.

V - L'Ouragan Katrina Déguisé En Cyclope

Après avoir traversé les pays des Cicones et des Loto-phages, Père avait changé de cap. Comment en étais-je arrivée à cette conclusion? Eh bien, laissez-moi-vous raconter pour cela l'histoire surprenante et rocambolesque de mon voyage intérieur sur l'île des cyclopes. Ce jour-là, la présentatrice de CNN, dégui-sée en divine Athéna, déplorait le nombre de morts et les cadavres qui s'amoncelaient sur les trottoirs de la Nouvelle-Orléans. Ils se décomposaient un peu plus chaque jour et les secouristes étaient épuisés, débordés et accablés de douleur de voir tant de victimes.

Muette de stupeur, le souffle coupé, je regardai la pauvre Athéna supplier les téléspectateurs de venir en aide aux familles touchées par l'ouragan. Une idée germa alors dans mon cerveau: me porter bénévole à la Croix Rouge. Je contactai le chef des secouristes qui accepta d'emblée de m'embaucher. Et dès les premières lueurs pâles de l'aube, je parcourus les routes, les rues, les ruelles à la recherche des corps disparus.

A onze heures, je rejoignis une foule de bénévoles aussi bruyante que le tonnerre, et qui s'était rassemblée devant une grotte située vers le haut d'une falaise. Ces volontaires arboraient des badges: la « Louisiane vaincra Katrina » et des tee-shirts estampillés « vive la Louisiane ». L'œil de l'ouragan était brodé sur chacun de leur chapeau.

Après que nous nous fûmes présentés, les bénévoles me donnèrent une torche électrique et je pénétrai avec eux à l'intérieur de la grotte, dont l'entrée était défendue par une énorme porte de chêne. Nous avions l'impression d'entrer dans une tombe glaciale. Une procession de garçons et de filles me donna l'ordre de descendre la pente du couloir principal et de fouiller les galeries, les souterrains et les allées latérales. Si je trouvais un corps, je devais aussitôt en informer le chef des secouristes, qui se trouvait sous une tente rouge, à cinq mètres de la grotte.

Arrivée au fond du couloir, j'aperçus un escalier qui menait à plusieurs galeries. Selon les habitants de la Nouvelle-Orléans, cette grotte était un véritable labyrinthe du fait de ses crevasses, de ses gouffres et de ses nombreux couloirs sombres. Je visitai en détail les galeries, et la lampe à la main, je déchiffrai les mots laissés par les touristes. J'écrivis mon nom sur le sol saupoudré de poussière, puis je m'engageai dans un long couloir, examinant chaque crevasse, chaque allée pour voir si des corps s'y trouvaient. Au bout du couloir, à cinquante mètres, se dressait un passage qui m'amena dans une caverne dont la voûte s'ornait de gigantesques et magnifiques stalactites qui ressemblaient à des cils épais en gouttes congelées. Pendant que j'explorais les alentours, mon pied effleura un rocher qui bloquait l'entrée d'une autre galerie. Je couvris mon nez car une odeur nauséabonde en émanait. Je m'avançai avec précaution et contournai le rocher. A ce moment apparut juste en face de moi un corps qui gisait près d'une flaque d'eau. Je poussai un grand cri car c'était la première fois de ma vie que je voyais un cadavre. C'était un jeune homme, quelques boucles de cheveux étaient collées à son front. Son cœur si meurtri avait cessé de battre. Mes larmes ruisselaient sur mon visage comme des perles de pluie. Je demandai à Zeus de lui rendre la vie. Mais il restait là, raide et froid devant moi. Je me jetai alors sur lui pour tenter de le ranimer, mais j'abandonnai bientôt tout espoir. Tandis que je regardais autour de moi, je fus frappée d'effroi en découvrant que j'étais entourée de cadavres. Ces pauvres victimes avaient dû se refugier dans cette grotte pour fuir l'ouragan Katrina, et personne n'était venu les secourir. Il était trop tard pour les ramener à la vie. J'étais ivre de douleur lorsque je vis les jambes, les mains et les pieds de ces pauvres victimes coupés en morceaux. L'ouragan avait déchiqueté leurs pauvres corps. C'était une vraie boucherie humaine. D'ordinaire, on voyait souvent des chauves-souris survoler la grotte. Cette fois, les victimes les avaient man-gées pour tromper leur faim et les gouttes de stalactites leur avaient permis d'étancher leur soif. Dorénavant, quand les touristes visite-ront cette grotte, ils regarderont d'une autre façon ces énormes gouttes. Ils s'attarderont à visiter le lieu où se trouvaient toutes ces dépouilles. La vue de tous ces corps m'épouvanta tellement que je restai figée, immobile ne sachant quoi faire. Je m'assis sur un petit rocher et me demandai où se trouvait Père. En contemplant tous ces corps sans vie, je réalisai que l'ouragan était un mangeur d'hommes, un cannibale qui avait broyé, déchiqueté, déchiré tous les membres de ces victimes. Il avait assassiné les âmes et les corps de ces pauvres êtres.

34

Soudain une pensée lugubre me vint: l'œil de l'ouragan Katrina pourchassait le corps de Père sur une île appelée l'île des cyclopes. Les cyclopes étaient comme l'ouragan, des monstres avec un œil énorme. Pour sauver Père et l'aider à sortir de cette île monstrueuse, je m'engageai dans le couloir qui débouchait sur la sortie, puis entrai sous la tente où se trouvait le chef des secouristes. A l'intérieur un groupe d'infirmiers était assis en cercle, écoutant sagement ses conseils:

— J'ai pris la décision suivante: lorsque la nuit tombera, je ferai cadenasser la porte de la grotte pour empêcher les gens d'y entrer.

— Vous allez fermer la porte de la grotte? demandai-je en m'avançant vers lui

— Oui, je vais faire cela pour empêcher les voleurs et les pillards d'entrer.

— Mais ne fermez pas la grotte monsieur, le cyclope est à l'intérieur! suppliai-je.

— Pardon, vous voulez dire le cyclone?

— Non, un cyclope, lui répondis-je.

— Décidément, vous prononcez mal le mot, on dit « cyclone » et non « cyclope », me reprit-il.

— Mais, j'ai bien dit le cyclope.

— Que diable! Mais qu'est-ce qu'un cyclope? demanda-t-il d'un ton exaspéré.

— Monsieur, avez-vous entendu parler de l'Odyssée d'Homère?

— Bien sûr, plus célèbre qu'Abraham Lincoln, plus fort que Martin Luther King, plus populaire que George Washington, Homer Simpson a été élu en 2003 « le plus grand Américain de tous les temps! Tout le monde connaît le fameux Homer de la série télévisée « les Simpson » dont la fameuse onomatopée « D'oh! » est entrée dans le très sérieux dictionnaire d'oxford!

— « d'oh! », mais non pas du tout! lui dis-je d'un ton courroucé. Il ne s'agit pas de ce petit personnage au teint jaune vif, aux quatre doigts qui caractérise la famille américaine, moyenne, consumériste, endettée et téléphage qui a conquis le monde, mais du grand poète grec Homère.

Furieuse je marmonnai entre mes dents « vraiment il y a beaucoup d'ignorants dans ce monde qui ne connaissent rien de la mythologie grecque ».

— Ah bon? Nous avons un «Homer grec hollywoodien» avec un cyclope. Mais quel lien y a-t-il entre ce cyclope et le cyclone Katrina ? me demanda-t-il en soupirant.

— Eh bien, un cyclope est comme un ouragan; il se jette sur les hommes, déchiquète leur corps et les dévore comme un tigre affamé. Le cyclone Katrina est en fait un cyclope, car il n'a lui aussi qu'une loi celle du plus fort, et ne craint ni les dieux ni les hommes.

— Donc vous voulez dire que le cyclope Katrina est un cannibale, un psychopathe dit-il en ricanant.

— Oui c'est cela, et si vous laissez les corps dans cette grotte, le cyclone Katrina qui est en fait un cyclope, va se nourrir de chair humaine. Alors écoutez-moi, il faut vite retirer ces corps de cette grotte!

Lorsque j'eus fini mon discours, un long silence se fit.

— Vous vous trouvez drôle? dit le chef des secouristes. Vous devriez avoir honte d'avoir interrompu ma réunion. On n'est pas à Hollywood ici, ne me faites pas perdre mon temps avec toutes vos chimères et vos fantasmes sur les cyclones ou les cyclopes!

— Mais monsieur, il faut vite retirer ces cadavres car le cyclope Katrina va emporter le corps de Père, lui dis-je en éclatant en sanglots.

— Votre père?

— Oui, mon père, lui répondis-je en reniflant. La veille de l'ouragan, mon père, surnommé Ulysse le grand, est parti en mer, et l'ouragan nous a séparés comme la guerre de Troie sépara Pénélope et Ulysse. Et en ce moment, il se trouve dans le pays des cyclopes. Et si nous n'agissons pas, il mourra dans le ventre du cyclone Katrina, déguisé en cyclope.

A ces mots un silence entrecoupé de chuchotements pesa sur l'assistance. A côté du chef se tenait son assistant qui lui dit à voix basse « Chef, elle est folle! Elle pense que nous sommes en pleine guerre de Troie, elle divague. La guerre de Troie n'a jamais eu lieu. Cette jeune fille délire et fantasme sur Bratt Pitt, le héros du film de Troie, il faut vite appeler le psy! Elle souffre en effet du syndrome de célébrité (Celebrity worship syndrome (CWS)!). »

36

— Comment vous appelez-vous? demanda doucement   le chef des secouristes.

— Pénélope.

— Pénélope. reprit-il en souriant. Et votre père?

— Ulysse.

— Pénélope et Ulysse, reprit-il en riant ostensiblement.

— Mais monsieur, croyez-moi   l'œil de l'ouragan Katrina est en fait celui du cyclope. Il est dangereux, roule sans cesse dans une orbite injectée de sang. Comme le cyclope, le cyclone Katrina est un meurtrier, lui criai-je. Et si vous ne me croyez pas, allez voir dans la grotte, il y a un amas de cadavres. Il faut vite retirer ces corps pour sauver Père.

Il y eut un silence pénible, puis le chef des secouristes reprit.

— Où habitez-vous?

— Rue de l'Odyssée, lui répondis-je d'une voix timide.

— Si je comprends bien Pénélope et Ulysse habitent rue de l'Odyssée.

— Oui, c'est bien cela, répliquai-je.

Des rires fusèrent dans l'assistance, et le chef mit la main sur le bras d'un des secouristes en lui demandant de contacter d'urgence ma famille car je divaguais et confondais la mythologie grecque avec le monde réel.

Quelques heures s'écoulèrent, Mère apparut devant moi. Le regard brûlant de honte, elle me prit aussitôt par la main et nous consultâmes le jour même, avant la fermeture de la grotte, le pseudo docteur Freud qui fut ravi d'écouter l'histoire des cyclopes et de la comparaison que j'avais faite entre l'œil de Katrina et celui du cyclope.

Après mon entretien avec le spécialiste, Mère se plaignait de son œil droit. Bien qu'elle gémît de douleur, j'étais ravie car Père avait sûrement sorti l'épieu d'Ulysse pour l'enfoncer dans l'œil de l'ouragan Katrina.

— Maman, où as-tu mal?

— A l'œil droit.

— C'est formidable, lui dis-je.

— Quoi? Tu trouves cela bien que j'aie mal à l'œil!

— Mais oui, je sais pourquoi tu as mal à l'œil.

— Ah oui! Et pourquoi?

— C'est parce que Père vient de saisir l'épieu d'Ulysse pour l'enfoncer dans l'œil de l'ouragan, c'est à dire le cyclope. Même si ton œil te fait mal, tu devrais te réjouir, car le corps de Père n'a pas été emporté par l'ouragan Katrina. Père est en vie!

A ces mots Mère resta silencieuse et nous nous engageâmes dans la rue Springfield, ville symbolique de la famille des Simpson et de son créateur Matt Groening.

VI - Le Pays d'Eole

J'ai attaché les vents pour
sauver Père du naufrage

Le soir, j'entendis le vent mugir et souffler sa mauvaise humeur sur les allées de notre jardin. La fenêtre de la chambre tremblait chaque fois que le ciel y jetait son eau. Le froid me transit soudain et je me blottis frémissante sous les draps, en pensant au navire de Père et à l'île où il échouerait.

Au petit matin les jappements de mon chien Argos qui courait dans l'allée me réveillèrent en sursaut. Je me levai, et observant le jardin derrière le rideau, je découvris avec effroi les fleurs noyées et les herbes ivres de vent et de pluie. Entre les accalmies de toute cette tempête une voix sifflait du côté de la grille de notre maison: celle du vent.

J'ouvris la fenêtre et allongeai le bras pour balayer l'air de ma main. Lorsque la brise caressa mes joues en feu, je pensai tout à coup aux quatre vents, dont les humeurs étaient aussi changeantes que celles des dieux.

« Euros vient du sud est, dis je à haute voix, Zéphyr, du nord ouest, Borée est le vent du nord et Notos, celui du sud. Un jour ils s'entendent bien et sont favorables aux marins, et le lendemain ils se déchaînent lorsqu'ils soufflent ensemble. Les vents hérissent les vagues et courbent les hommes. Ils exhalent leur colère en emportant les bateaux des marins.... Mon Dieu! m'écriaie-je, les vents vont s'en prendre à père, il faut que j'agisse. »

Je réfléchis un instant et une idée me vint lorsque mon regard tomba sur un gros sac de pommes de terre qui se trouvait devant la porte d'entrée. Je sortis en trombe de ma chambre, ouvris la porte, soulevai le sac de pommes de terre et le tirai vers le jardin. Après l'avoir vidé et avoir enterré son contenu, je le fourrai dans une de mes jambes de pantalon. Et d'un pas rapide, j'allai dans le salon où Mère dodelinait de la tête sur un tricot. Mon arrivée la tira de sa torpeur.

— Bonjour maman !

— Maman, puis-je aller au jardin de la Louisiane?

— Oh ! Pénélope tu m'as fait peur ! Qu'y a-t-il ?

— Maman, puis-je aller au jardin de la Louisiane?

— Mais il a plu toute la nuit, tu ne crois pas que c'est un peu tôt. Et puis tu vas attraper froid en sortant sous ces mauvaises rafales.

— Maman, ne t'en fais pas! Tu sais bien que c'est le vent qui a apporté la puissance à Troie. Allez, laisse-moi y aller!

En voyant ma mine contrite, elle céda et je me précipitai vers le jardin de la Louisiane, tenant le sac vide à la main. Arrivée devant les deux chênes, je l'ouvris tout grand dans l'intention d'enfermer les quatre vents. Il fallait absolument sauver Père et l'empêcher de chavirer. Les vents pouvaient être très dangereux. J'attendis toute la journée, et soudain, j'aperçus le sac gonflé comme si la voile de Père prenait le vent. Je serrai fortement le sac avec une corde, puis je hurlai de joie: « Hourra! Les quatre vents ne pourront pas entraîner le bateau de Père vers les gouffres de la mer. »

Après m'être assurée que j'avais bien ficelé les quatre vents, je me dirigeai vers la maison d'un pas léger et la mine triomphante. Mais je ne pus entrer, car, devant notre porte se trouvait une escouade de soldats, d'agents du FBI, de la CIA, armés de fusils. L'un d'eux s'approcha de moi et me demanda si je n'avais pas aperçu le voleur de pommes de terre.

— Un voleur de pommes de terre? repris-je.

— Oui, votre mère a appelé le shérif qui nous a envoyés ici pour enquêter sur un vol important de pommes de terre. Nous cherchons désespérément ce voleur.

— Où se trouve ma mère? demandai-je d'une voix tremblante.

— A l'intérieur.

Un des soldats l'appela et quelques instants plus tard, elle apparut sur le seuil. Mais ses yeux devinrent noirs comme du charbon quand elle vit le sac tomber de mon pantalon. Elle éclata de rage et me décocha une gifle retentissante.

— Maudite fille! Comment as-tu osé vider ce sac de pommes de terre qui avait été déposé devant chez nous pour venir en aide aux familles des victimes de l'ouragan Katrina. Tu n'as pas honte!

— Mais maman, j'ai pris ce sac dans l'intention d'emprisonner les quatre vents et d'aider Papa à regagner sa terre cajun.

— Arrête tous ces délires sur Homère et ces mythes grecs! Les quatre vents n' ont jamais existé, me dit-elle en colère.

— Mais maman, je voulais juste sauver Papa de l'ouragan Katrina en ficelant le hululement des vents.

— Arrête ces délires grecs! ordonna de nouveau Mère. Monte vite dans ta chambre! Tu es privée de sortie. Arrête de me faire honte avec ton Odyssée d'Homère. Tu fais perdre leur temps aux agents du FBI!

— Ne vous inquiétez pas, dit l'un des policiers, j'ai une fille de son âge qui se plonge elle aussi dans «l'Odyssée d'Homer», le 10e épisode de la première saison de la série télévisée Les Simpson. Elle passe son temps toutes les soirées à imiter la danseuse du ventre sexy, la princesse Kashmir. Votre fille parle des quatre vents alors que la mienne imite la voix d'Homer Simpson chantant avec ses collègues ce refrain «c'est un fameux trois mâts fin comme un oiseau, Hisse et Ho Santiano » Que voulez-vous, elle n'est pas la seule, l'Odyssée d'Homer a conquis les gamins comme leurs parents. Ce personnage est devenu une icône dans notre pays! Ma fille porte même un cartable de Bart et des T-shirts de Homer. Je trouve cette famille Simpson au teint jaune très subversive pour l'esprit de nos enfants. Ne vous inquiétez pas, la série va bientôt lasser le public, patience!

Rouge de honte et embarrassée de voir tant d'ignorance de la part d'un policier bachelier, formé dans l'une des plus grandes écoles du pays, Mère me fit signe de rentrer à la maison. J'obéis à ses ordres et m'enfermai dans ma chambre. Je me sentis alors prisonnière comme ces quatre vents que j'avais attachés. Une heure s'écoula, j'entendis un léger bruit derrière la porte. Soudain celle-ci s'ouvrit; c'était grand-père. Il s'avança vers moi et me dit d'un ton joyeux:

— Pénélope, je suis fier de toi, tu as emprisonné les quatre vents. Grace à toi, ton père va obtenir l'aide d'Eole, le gardien des vents, et il va l'aider à regagner sa terre cajun. Mais attention! N'ouvre pas ce sac, autrement les vents emporteront son bateau.

Sur ces mots, il me couvrit de baisers et célébra avec moi mon exploit d'avoir emprisonné les quatre vents. Avant de sortir de la pièce, il me dit en souriant:

— Ton père est aussi tenace que le vent, alors ne t'en fais pas, il va bientôt te rejoindre dans le jardin de la Louisiane. Quant à ta mère, puisqu'elle pense que tu délires avec les quatre vents d'Homère, je viens de lui offrir un recueil de poèmes de son auteur préféré, Victor Hugo:

— Ah bon? Lequel?

— Les quatre vents de l'esprit, dit-il en riant.

Puis il se tourna vers la porte, la poussa et je l'entendis dans le couloir réciter les vers du poète:

« Ô vents, leur dis-je,
Vents des cieux! Croyez-vous avoir seuls un quadrige?
Autans! Masques hagards, tumultueux démons,
Croyez-vous pouvoir seuls aller des mers aux monts? »

VII - Le Mardi Gras Et La Magicienne Circé

Six mois s'écoulèrent. Un groupe de musiciens accompagnés d'une centaine de rescapés de l'ouragan avait décidé d'organiser le carnaval du mardi gras. Selon le chef d'orchestre, seul le jazz permettrait au peuple louisianais de reconstruire sa vie, ses maisons et sa ville.

Par un beau matin de février, la nature resplendissait de fraîcheur et débordait de joie de vivre. Malgré l'ouragan la vie reprenait le dessus. Les cœurs des citadins, après tant de malheurs, étaient malgré tout en fête et toute la jeunesse, après avoir tant pleuré, avait envie de chanter et de danser.

Les carnavaliers commencèrent très tôt à dévaler les rues de la Nouvelle-Orléans. Ils s'étaient donné rendez vous à neuf heures au quartier français où la célébration du mardi gras devait commencer par un courir, c'est à dire une course de maison en maison. Les capitaines, escortés par les cavaliers, devaient suivant la coutume, entrer dans chaque maison, et y demander les ingrédients pour préparer un ragoût, appelé en cajun, le gumbo.

Aussitôt que les capitaines eurent donné l'ordre de frapper aux portes des maisons, les cavaliers lancèrent leurs chevaux d'un pas allègre dans les ruelles pavées de pierres lourdes, rougies par le soleil. Des groupes de jeunes filles, se donnant le bras, venaient aux fenêtres, s'amuser à les regarder jouer de l'accordéon et chanter. Mais dès que les carnavaliers repartaient et disparaissaient dans les rues de la ville saupoudrées de pétales blancs, les cœurs de ces jeunes filles se serraient, parce qu'elles songeaient que le lendemain elles reprendraient leur vie rude et monotone.

Vers midi, Mère et moi entendîmes un chœur de voix jeunes et gaies qui se rapprochait de notre demeure, accompagné par un accordéon. Avant de franchir le seuil de la porte, leur capitaine, un robuste vieillard, aux épaules carrées, demanda à Mère s'il pouvait entrer. Aussitôt qu'elle eut accepté, il agita un drapeau et les carnavaliers, vêtus de costumes violets et jaunes, se mirent à chanter devant la maison en imitant le cri du poulet: «Ah pauvre volaille! Tu ne pensais guère, quand tu n'étais encore qu'un jeune poussin, à être un jour mangé! Allez, donnez-moi du poulet!»

Alors, Mère jeta l'animal vivant par la fenêtre et tous les cavaliers se lancèrent à sa poursuite, n'hésitant pas à plonger dans la mouillure des herbes longues et courbées de notre jardin ou à grimper aux arbres. Quand ils l'eurent attrapé, ils entonnèrent des airs traditionnels et dansèrent pour marquer leur joie et leur gratitude. Avant de reprendre leur route, ils invitèrent Mère à venir le soir déguster un ragoût au poulet.

Assise près de la fenêtre, je regardai cette troupe s'enfoncer et disparaître dans les sentiers embaumés de son parfum. Puis je me levai et pris le chemin saupoudré de poussière qui menait au jardin de la Louisiane. Une fois arrivée, je ne pus atteindre les deux chênes effeuillés, car une énorme vipère se dressait devant moi. Mon cœur se serra d'angoisse et je restai immobile. Pour vaincre ma peur, j'implorai la dryade Eurydice, nymphe protectrice des chênes, qui succomba à la morsure d'un serpent. Je fermai les yeux en songeant à elle et la suppliai de m'aider. Après quelques secondes, le miracle se produisit: le reptile partit en trombe et il disparut dans un buisson. Je repris mon souffle et m'assis au pied des deux arbres. Depuis le départ de la vipère, un calme délicieux avait enveloppé le jardin. Pas une seule feuille, pas un bruit ne troublaient la méditation de la nature. Puis une heure s'écoula et ce calme sacré fut profané par des voix discordantes. Je jetai un coup d'œil aux alentours, et mon regard tomba sur de jeunes enfants, déguisés en sorciers. Ils portaient des costumes très colorés et leur visage reflétait la joie de vivre et la gaieté. Ils s'amusaient et couraient autour de moi. Je feignis de ne pas les voir et préférai contempler la beauté des arbres. Parmi eux se trouvait une jeune fille, habillée en magicienne. Majestueuse et rayonnante, elle se réchauffait au soleil pour afficher son importance. Gonflée d'orgueil, elle se vantait de posséder des pouvoirs magiques. Lorsqu'elle agitait sa baguette dans l'air, elle menaçait les cailloux, les arbres, les fleurs de les transformer en crapaud. Elle dansait, chantait et tournait sur elle-même.

Sa voix douce et cristalline était comme l'eau d'une source. Me voyant paisiblement assise au pied des deux chênes, elle eut envie de me déranger :

— Bonjour, comment t'appelles-tu?

— Je m'appelle Pénélope, mais quand les choses se gâtent, on m'appelle par mon nom entier «Pénélope Ryder» Et toi, comment t'appelles-tu?

— Je m'appelle Hélène.

— Enchantée de faire ta connaissance!

— Dis donc Pénélope, aimerais-tu que je te transforme en princesse?

— Non merci, je ne crois pas en la magie blanche! Et puis tu sais, je ne suis pas superstitieuse comme Theodore Roosevelt qui refusait de partager son repas avec treize personnes et qui ne partait jamais en voyage un vendredi treize. Le plus drôle c'est que le corps de Roosevelt a été transporté à bord d'un train spécial, un vendredi treize. Même si notre président était superstitieux et était un amoureux de la chasse, son surnom « Teddy » inspira deux émigrants russes Rose et Morris Michtom à créer un ours en peluche qu'ils baptisèrent« Teddy bear ». Malheureusement pour toi, je ne crois pas à l'existence de la sorcellerie et aux miracles.

— Tu as tort de penser que je ne possède pas de pouvoirs magiques, dit-elle, en traçant un cercle autour de moi avec sa baguette. J'ai vraiment des pouvoirs! J'ai même passé les épreuves du Brevet Universel de Sorcellerie Elémentaire au collège Poudlard, qui forma Harry Potter.

— Ah ah… alors si tu as vraiment des pouvoirs magiques, fais apparaître mon père devant les deux chênes!

— Ton père? Où est-il?

— Eh bien, la veille de l'ouragan, mon père est parti en mer, et depuis ce jour, je l'attends devant ces deux chênes. Si tu as vraiment des dons surnaturels et de sorcière, fais-le apparaître!

Alors, la jeune fille fit onze pas très vite en fermant les yeux, puis elle tourna trois fois sur elle-même en murmurant solennellement l'incantation suivante:

— Ô toi baguette magique de la fée clochette, fais apparaître le père de Pénélope Ryder!

Mais quelle ne fut pas ma déception! Sa formule magique jugée par elle infaillible, manquait de produire son effet. Elle chercha une explication à ce phénomène et me dit: « parfois cela ne marche pas. »

Elle se mit de nouveau à faire tournoyer sa baguette et récita sa prière: « ô toi baguette magique de Disney world, fais apparaître le père de Pénélope devant les deux chênes! »

Hélas, Père ne vint pas me rejoindre et la jeune fille n'en revenait pas, car le marchand de jouets lui avait affirmé que sa baguette d'Hollywood était réellement magique. Pour dissimuler ma tristesse et mon désespoir, je me forçai à pouffer de rire et décrétai qu'elle n'avait pas de pouvoir magique.

— Balivernes! Ta baguette magique, c'est du toc!

— A ces mots, elle pointa de rage sa baguette sur ma poitrine et me dit d'un ton âcre et amer:

— Ô toi baguette magique d'Harry Potter, fais en sorte que le père de pénélope se transforme en COCHON!

— Quoi? Répète ce que tu viens de dire!

— Ô toi baguette magique d'Harry Potter, fais en sorte que le père de Pénélope se transforme en PORC! répéta-t-elle de sa voix cristalline.

Ces paroles me firent tressaillir et mes lèvres se mirent elles-aussi à trembler. La baguette magique de la jeune fille était sûrement un signe envoyé par la divine Athéna pour m'annoncer que Père se débattait dans les sorts maléfiques de la dangereuse magicienne, nommée Circé. Selon la légende, cette sorcière avait essayé de transformer Ulysse en cochon. Empourprée de colère, j'arrachai la baguette des mains de la jeune fille et lui dis d'un ton menaçant et méchant: « Je te la confisque! Je vais sur-le-champ détruire cette maudite baguette qui empêche mon père de retourner en Louisiane. »

Affolée, elle éclata en sanglots et s'écria: « Au voleur! Au secours! Un pillard est parmi nous. »

Alertés par les hurlements de la jeune fille, les passants, les flâneurs, ses camarades, se précipitèrent vers moi et m'encerclèrent. Je me sentis tout d'un coup oppressée et assiégée. Sachant qu'il était inutile de lutter contre une sorcière, je renonçai à lui tenir tête et jetai sa baguette à terre! La foule recula et me céda aussitôt le passage. Je traversai le jardin à grandes enjambées sous les quolibets des passants qui avaient assisté à la scène. Après quelques instants qui me parurent atroces, je parvins à regagner le chemin de ma maison. Le cœur battant, j'atteignis la porte d'entrée, l'ouvris et me glissai dans le salon. Mère somnolait dans un grand fauteuil bleu pâle, bercée par ses propres ronflements. Mon arrivée la tira de sa torpeur.

— Ah Pénélope te voilà, où étais-tu passée ?

— J'étais dans le jardin de la Louisiane, et je viens juste d'apprendre une nouvelle incroyable.

— Ah oui, laquelle?

— Je sais où se trouve le corps de Papa.

— Vraiment! Et où se trouve-t-il?

— Sur l'île de la magicienne Circé.

— Où? reprit-elle.

— Mais maman, souviens toi de la magicienne Circé qui voulait transformer Ulysse en cochon. Papa est avec elle en ce moment et d'ici peu, lui dis-je en sanglotant, la charcuterie du quartier français va le vendre sous la forme d'un jambon.

Exaspérée d'entendre à nouveau mes récits sur les voyages d'Ulysse, elle se leva, soupira bruyamment et partit aussi vite que possible de la pièce. Je ne comprenais pas son comportement. Chaque fois que j'essayais de parler de Père, elle esquivait, changeait de sujet ou quittait la pièce. Mère voulait en fait ignorer la situation et la réalité fracassante : le départ mystérieux de Père.

Les aventures de cette journée me mirent mal à l'aise et troublèrent mon sommeil. Cinq fois je rêvai que Père était entre les mains de Circé et luttait pour ne pas être métamorphosé en animal. Au matin, alors que mes grands yeux étaient remplis de larmes, je récapitulai les événements de la veille, j'eus l'impression que tout cela s'était passé dans un monde imaginaire et je me demandai si après tout, ma tête n'était pas encombrée de fantasme. A force de réfléchir, j'en vins cependant à la conclusion que je n'avais peut-être pas rêvé et que Père était bien prisonnier sur l'île de cette sorcière. Je me levai donc, m'habillai en un tournemain et me rendis au centre ville assez tard, pour trouver des boutiques ouvertes. Je me présentai chez madame Denis, la marchande de jouets. Elle était derrière son comptoir et leva les yeux vers moi quand elle me vit entrer:

— Madame Denis, lui dis-je, en m'approchant d'elle, auriez-vous la baguette d'or d'Hermès?

— La baguette d'or d'Hermès? Oh! Vous m'apprenez une nouvelle importante.

— Ah bon? Laquelle?

— Eh bien, je connaissais les ailes d'Hermès et son univers de luxe, mais je ne savais pas que cette grande maison de couture vendait aussi des baguettes d'or. C'est incroyable! Le fabricant de baguettes magiques doit frissonner. Le grand couturier Hermès constitue un rival de taille. Mais dites-moi Mademoiselle, je me demande si vous avez bien compris et s'il ne s'agirait pas en fait de la braguette d'or d'Hermès.

— Pardon?

— Oui, eh bien je vais vous expliquer. Comme la maison de couture Hermès vend de très belles ceintures en cuir en forme de H, il se pourrait qu'elle ait voulu diversifier sa gamme de produits en proposant aux hommes des braguettes d'or! Eh bien dis donc, nos pauvres hommes vont devoir se serrer la ceinture pour acheter les braguettes d'or Hermès.

« Nous sommes tombés bien bas, cette pauvre femme est une victime de la déculturation commercialisée» murmurai-je.

Puis outrée d'entendre de telles inepties de la part d'une marchande de jouets, je l'interrompis:

— Mais non, je ne parlai pas de ce grand couturier de France, mais du dieu grec Hermès qui est le dieu du commerce, des voleurs et le messager des dieux. Seule la baguette d'or de ce dieu grec pourrait sauver mon père. Je ne vois pas comment les ceintures Hermès ou des braguettes d'or aideraient mon père à retourner sur sa terre cajun!

— Le dieu grec Hermès? reprit-elle.

— Oui, avez-vous entendu parler de l'Odyssée?

— Bien sûr que j'ai entendu parler de la maison l'Odyssée qui soigne en ce moment mon mari québécois, du syndrome des jeux Nintendo.

— La maison l'Odyssée? repris-je.

— Oui, vous parlez bien de la maison l'Odyssée qui offre une thérapie pour les joueurs compulsifs au Québec? Cela fait vingt huit jours que mon mari suit une thérapie dans ce centre et j'ai l'espoir que le personnel de l'Odyssée va l'aider à s'en sortir.

— Mais non, pas du tout, madame Denis, il ne s'agit pas de la maison l'Odyssée qui soigne les joueurs pathologiques, mais de l'Odyssée d'Homère!

— L'Odyssée d'Homère? demanda-t-elle en se posant la main sous le menton. Homère? Je ne vois pas qui cela peut bien être. J'ai entendu parler de l'Odyssée de l'espace de Neil Armstrong mais Homère.

— Décidément, fis-je en soupirant, vous ne pouvez vraiment pas m'aider.

— Attendez, que désirez-vous? répondit-elle en me parlant d'une voix mélodieuse.

— Eh bien, comme je vous le disais quelques minutes auparavant j'aimerais acheter la baguette d'or d'Hermès, en avez-vous une?

— Malheureusement, me dit-elle embarrassée, je ne vends que des baguettes plaquées d'argent.

— Savez-vous où je pourrais acheter des baguettes d'or? demandai-je

Elle réfléchit un instant, posa la main sous son menton puis dit en écarquillant les yeux:

— Oh! Je sais où vous pouvez en trouver.

— Ah oui, dites-moi!

— Eh bien, je vous conseille d'aller voir ma collègue qui vend des baguettes Barbie. Elles sont toutes plaquées or et sont fabriquées en Chine. Ces baguettes Barbie pourront remplacer celle de votre dieu Hermès venu de Grèce.

— Et où se trouve la boutique de votre collègue?

— Elle se situe rue Lafayette.

— Vous avez dit rue Lafayette.

— Oui, c'est bien cela pourquoi?

— Oh! Madame Denis, le marquis de la Lafayette va sauver mon père de l'ouragan Katrina et de cette sorcière grecque, nommée Circé!

— Pardon, une sorcière grecque?

— Euh… Oui… je parlais en fait de Bush et de son admiration pour le Marquis de la Fayette.

— Ah mademoiselle! Ne me parlez pas de Bush en ce moment! D'ailleurs, je suis au courant de la réputation de George Bush au Japon. Ma cliente Mishasawa vient juste de me dire que Bush père a non seulement survécu à quatre crashs d'avion lors de la Seconde Guerre mondiale, mais a enrichi la langue japonaise. En effet, le 8 janvier 1992, alors que le président est en voyage officiel au Japon, il rend visite au Premier ministre Kiichi Miyazawa. C'est alors que George Bush père, visiblement malade, vomit sur le Premier ministre japonais avant de s'évanouir. A la suite de cet incident, les Japonais créeront un nouveau mot : « bushu-suru » ou « faire un Bush », terme qui qualifie l'action de vomir en public.

— Mais madame, je ne vous parlais pas de Bush père mais du fils George W Bush. Ne savez-vous pas que le président George Bush a fait du marquis de La Fayette un citoyen des Etats-Unis ?

— Non, et dites moi mademoiselle, pourquoi notre cher président a-t-il fait du directeur des Galeries Lafayette un citoyen des Etats-Unis? Pourquoi serait-il plus important que les autres commerçants?

— Eh bien, en 2002, le président George W. Bush a fait du marquis de La Fayette un citoyen honoraire des Etats-Unis. Seules quatre personnes avant lui avaient reçu cette distinction depuis la fondation de la République américaine.

— Ah! Et qui sont-ces personnes ?

— Winston Churchill, Raoul Wallenberg, le diplomate suédois qui a sauvé la vie de milliers de juifs condamnés à mort par les nazis, le fondateur de la Pennsylvanie et Mère Térésa. Malheureusement, Georges Bush a oublié d'inclure sur sa liste Homère et Ulysse, ajoutai-je d'une voix chagrine.

Quand j'eus fini de débiter mes connaissances et mes délires vertigineux, il y eut un silence. Madame Denis n'en revenait pas que la rue du Marquis de la Fayette fût exceptionnelle. Elle allait devoir rivaliser avec sa collègue et en apprendre un peu sur l'histoire américaine.

Avant de sortir du magasin, elle se tourna vers moi et me demanda:

— Au fait, pourquoi désirez-vous une baguette d'or?

— Parce que seule une pareille baguette magique pourra déjouer les sorts maléfiques de la magicienne Circé, qui est capable de changer les hommes en porcs.

A ces mots, la vendeuse resta coite et je vis une lueur inquiète briller dans ses yeux. Comme un souffle de vent, je me précipitai à grandes enjambées vers la boutique de la rue du Marquis de La Fayette.

Quand j'y entrai, je découvris avec surprise une quantité de baguettes dorées suspendues au plafond. Mes yeux brillaient chaque fois que je les regardais. Du coin de l'œil, la vendeuse, une très belle femme aux courbes de sirène qui m'impressionnait, suivait le moindre de mes gestes. Poussée par la curiosité, elle m'interpella:

— Mademoiselle, que puis-je faire pour vous?

— Je désirerais une baguette Barbie, celle-ci à droite.

Elle leva la main, détacha la baguette de la ficelle et me la tendit.

A peine eus je commencé à la palper que la vendeuse me demanda intriguée:

— C'est pour un cadeau?

— Non, c'est pour tirer mon père des griffes d'une sorcière nommée Circé.

— Pardon? Je n'ai pas bien compris.

— Eh bien, je vais vous expliquer brièvement ma situation familiale. La veille de l'ouragan Katrina, mon père est parti en mer, et depuis ce jour, il n'est pas revenu. En allant dans le jardin de la Louisiane, j'ai rencontré une jeune fille, déguisée en magicienne, qui m'a informée que mon Père était avec une sorcière grecque nommée Circé, qui voulait le changer en cochon. Père est devenu un porc, lui dis-je, en éclatant en sanglots. Pour qu'il redevienne humain comme avant, je dois absolument acheter la baguette d'or d'Hermès….. euh.. je voulais dire la barguette de Barbie! Alors, s'il vous plaît aidez-moi à faire revenir mon père auprès de maman!

Elle parut surprise et son visage changea subitement de couleur; un long silence pesant et tendu s'installa dans le magasin. Les larmes se mirent à couler sur ses joues. Elle se tenait droite comme un bambou, les sourcils froncés en forme de lune, les lèvres tremblantes, ses longs cheveux lisses tombant sur ses épaules. Interdite, j'esquissai un mouvement de recul devant cette femme digne et bouleversée. Soudain, elle me prit la main et la serra fortement entre les siennes:

— Mademoiselle, cela fait vingt ans que mon mari me trompe avec toutes ces sorcières. Elles l'ont envoûté, charmé avec leurs caresses, et un jour il m'a quitté pour l'une d'elles. Cette sorcière en a fait un porc, me dit-elle d'un ton courroucé. J'espère que cette baguette opérera et que le corps de votre père reviendra chez vous. Mademoiselle, ajouta-t-elle en me regardant droit dans les yeux, n'oubliez surtout pas ce proverbe : « Le mariage c'est comme une ville assiégée : ceux qui sont dehors veulent y entrer, ceux qui sont à l'intérieur veulent en sortir! »

Pour me remercier de l'avoir écoutée, elle m'accorda un rabais de 5 pour cent sur la baguette Barbie. Après l'avoir payée, je dévalai le sentier qui débouchait dans le jardin de la Louisiane et je me mis à agiter la baguette devant les deux chênes en disant: « sort contre sort! Transforme Papa en humain et qu'il rentre chez nous. »

Pendant que je disais mes incantations à haute voix, au détour du chemin, une silhouette furtive se glissait dans l'ombre sans éveiller mon attention. Soudain, elle surplomba le sol devant moi, et, à ma grande stupéfaction je vis le visage de Mère:

— Oh, maman! Que fais-tu ici?

— Mais enfin Pénélope, il est tard et je m'inquiétais. Mais que fais-tu avec cette baguette Barbie? Tu n'as plus 4 ans!

— Je sais bien maman, mais c'est en fait la baguette d'or d'Hermès; elle va nous aider pour que Père redevienne humain et rentre chez nous !

Elle éclata alors en sanglots et une cascade de larmes tomba sur ses joues. Après s'être ressaisie, elle me dit d'un ton irrité:

— Pénélope, il est tard, je suis fatiguée d'écouter tes délires sur les voyages d'Ulysse. J'ai dû jeter le repas de ce soir.

— Ah bon? Mais pourquoi?

— Parce que j'avais préparé une Côte de porc!

Rouge de honte, je posai alors la baguette sur un des rochers et nous rentrâmes aussitôt d'un pas rapide à la maison.

Lorsque grand-père fut mis au courant de la situation et de mes croyances superstitieuses, son visage s'assombrit:

— Pénélope, me dit-il, ce n'est pas avec la baguette de Barbie que tu vas tirer ton père des griffes de la magicienne Circé.

— Ah Bon?

— Mais non! Viens! Suis-moi!

Grand-père prit ma main et m'emmena chez le vaudou cajun. Sitôt que nous fûmes entrés dans la boutique ésotérique, grand-père me dit:

— Pénélope, regarde s'il y a une fleur blanche comme du lait, me dit-il.

— Ah bon? Mais pourquoi?

— Parce qu'elle protégera ton père contre la magie de Circé. C'est une herbe de vie, dont la racine est noire.

Je me mis à arpenter le magasin, et mon regard tomba soudain sur une fleur blanche.

— Grand-père, viens vite, je l'ai trouvée!

— A ces mots, il vint me rejoindre et me dit:

— Oui, c'est bien cette fleur.

Il la prit, paya le vaudou et nous retournâmes d'un pas allègre à la maison.

Dans la cuisine il prit une théière qu'il fit bouillir, puis il versa ensuite dans une tasse des fragments de plantes qu'il avait écrasés pour en faire un philtre. Ce breuvage avait un goût amer et la couleur du café.

Nous penchâmes nos têtes sur la tasse où flottait l'herbe, un voile de douleur recouvrit nos yeux. Père était en train d'enlacer la magicienne Circé et trompait Mère. Il avait bâti sur son corps un nid de caresses et la couvrait de baisers doux et soyeux comme de la soie. Il se baignait avec elle et frottait son dos d'huiles parfumées. Les lèvres que Père avaient l'habitude de coller contre mes joues, devinrent amères et douloureuses. Alors grand-père saisit le couvercle pour le poser sur la tasse, et à cet instant, nous entendîmes le bruit de la porte du palais de Circé se renfermer sur un monde sensuel et érotique. Leur nuit ressemblait à un vent lisse qui caressait leur lit d'amour. Ivre de douleur, je priai pour que Père retournât dans la joie du lit ancien qu'il partageait avec Mère.

VIII - Le royaume d'Hadès

Le lendemain, au petit matin, je grimpai sur un rocher feutré de mousse et regardai la ville qui ressemblait à une toile d'araignée que l'ouragan aurait tissée de ses mains haineuses. C'était un spectacle hideux. La force de la nature avait démoli certaines maisons et toutes les rues, changées en ruisseau, étaient jonchées d'arbres, de débris et de branches. Bien que plusieurs mois se fussent écoulés depuis le passage de l'ouragan, les volontaires peinaient à réparer ces dégâts. Les inondations avaient empêché une partie de la population de sortir de chez elle. Hommes, femmes et enfants, trempés jusqu'aux os, se lamentaient à vous déchirer le cœur. Ils étaient comme Dédale et son fils qui furent prisonniers dans un labyrinthe. Ils n'avaient pas pensé comme Icare à se confectionner des ailes pour s'échapper de cet endroit. Heureusement, ma maison et le jardin de la Louisiane étaient situés au dessus de la mer.

Pendant que je contemplais la ville, mon pied effleura un objet. Je me penchai pour le ramasser et découvris avec stupeur: un jeu de tarot de Marseille!

« Tiens, dis-je, la divine Athéna n'aurait-elle pas laissé ces oracles pour m'aider à retrouver Père? »

Je sortis les cartes de la boîte et les étalai sur le sol, puis j'en pris deux au hasard. Mes lèvres se mirent à trembler lorsque deux figures apparurent sous mes yeux: le diable et la mort! En les regardant de près j'eus une terrible vision: l'œil de Katrina ressemblait à l'œil rouge d'Hadès, le dieu des enfers, et celui-ci pourchassait Père dans le royaume de la mort. Je frissonnais en pensant aux larmes de glace d'Hadès qui refroidissaient le corps des hommes. Mon cœur se serra encore plus d'angoisse quand je vis la terre du jardin fendue; son ouverture était tellement profonde qu'elle me rappelait les ténèbres et le royaume des ombres.

« Mon Dieu, le corps de Père est au royaume d'Hadès! m'exclamai-je d'une voix tremblante. L'ouragan Katrina l'a tué. »

La peur au ventre, je commençai à imaginer Père luttant contre une cohorte de morts sans visage et sans nom. J'étais prise de tremblements en songeant à ce lieu lugubre. Je ne voulais pas connaître la même destinée qu'Orphée, l'inventeur de la Lyre, qui perdit à tout jamais sa bien-aimée, Eurydice, dans le royaume d'Hadès. Bien qu'il ait pu y accéder il ne tint pas sa promesse qui était de ne se retourner à aucun moment pour la regarder, sous peine d'en être séparé pour toujours.

Depuis le passage de l'ouragan, je jouais des airs tristes en pensant à la lyre d'Orphée. Après avoir longuement réfléchi, je me souvins que les morts adoraient le sang et décidai d'offrir une libation pour sauver père de l'enfer. Je retournai chez moi, me faufilai dans la cave où se trouvaient une vingtaine de bouteilles de SANGria. Je voulais remplacer le liquide rouge qui coulait dans nos veines par cette boisson. Il me fallut plusieurs trajets pour transporter ces bouteilles.

Arrivée devant les deux chênes, je les posai sur une table de pique-nique et me mis à interpeller les clients.

— Mesdames, Messieurs, venez goûter mes bouteilles de SANG---Euh. SANGria. Si vous le faites, vous aiderez mon père à vaincre la mort. La veille de l'ouragan, il est parti en mer, et depuis ce jour, il n'est pas revenu. Il est en ce moment dans un autre monde, celui de la mort. Aidez-moi à sauver mon père de l'enfer!

Au même moment, un homme de petite taille, aux cheveux blancs argentés, s'approcha de moi et me dit:

— Pauvre enfant! Je comprends très bien ton malheur et je vais t'aider.

Il se tourna alors vers un groupe de passants et leur dit:

— Venez acheter ces bouteilles de sangria et vous sauverez le père de cette jeune fille des mains des huissiers. Depuis le passage de l'ouragan, elle a tout perdu, sa maison et son assurance. Cette pauvre jeune fille doit travailler dur pour rembourser ses dettes! Son père, un naufragé du rêve américain, est entre la vie et la mort, aidez-la!

Alors les passants se bousculèrent pour boire de la SANGria et me glissèrent discrètement des billets verts. J'étais ravie car il me semblait que j'attirais une cohorte de têtes de morts venues du royaume d'Hadès qui me réconfortaient et souhaitaient à tout prix délivrer Père de l'enfer. En songeant à lui, ils pleuraient et versaient des larmes amères. Tous ces gens qui venaient étaient comme les fantômes de la mort. Chaque fois qu'ils buvaient de la sangria, ils me disaient la vérité sur leur situation familiale et me prédisaient que Père me rejoindrait bientôt dans le jardin de la Louisiane. Je l'imaginais alors rencontrant l'âme du devin aveugle de Thèbes, Tirésias, qui lui disait: « laisse-moi boire la Sangria de Pénélope et je te dirai quand tu retourneras dans le jardin de la Louisiane » J'eus tellement de succès avec mes bouteilles de Sangria que les gens m'en demandaient de plus en plus. Ils ressemblaient parfaitement à Tantale qui brûlait d'une soif qu'on ne pouvait éteindre. Après avoir vendu toutes mes bouteilles, je pris le chemin du retour. Je marchai tout le temps, la bouche ouverte, pour me la rincer et faire passer l'odeur de sangria, en humant le plus d'air possible. Je rentrai l'âme en paix, juste à temps pour le dîner. Pendant que je mangeais, Mère me posa des questions insidieuses dans l'intention bien arrêtée de me percer à jour:

— Pénélope, dit-elle, il devait faire bien chaud aujourd'hui dans le jardin de la Louisiane.

— Oui, maman.

— Tu as dû rencontrer des vendeurs de boissons, non ? Il faisait tellement chaud!

— Oui, je suppose.

— Il devait même y avoir des gens qui ont dû éprouver le besoin d'étancher leur soif.

— Oui, il me semble, lui répondis-je.

— Je me demande bien quelle boisson ils ont pu boire dans ce jardin. N'avaient-ils pas envie de SANGRIA par hasard?

Un peu inquiète, je commençai à ne plus me sentir à mon aise et je levai les yeux vers son visage qui respirait la malice.

— Je ne sais pas très bien.

— Ah bon, tu en es sûre? demanda Mère.

— Pas vraiment!

A ces mots, elle se leva d'un bond de la chaise et se dirigea vers la cuisine pour en revenir bientôt avec une bouteille de sangria à la main

— Pénélope, n'as-tu pas rencontré l'épouse du docteur Smith?

— Euh, non… je ne m'en souviens plus en tout cas.

— Regarde cette sangria, poursuivit-elle, n'aurais tu pas croisé la jeune fille qui a vendu illégalement cette bouteille à madame Smith?

— Euh, Euh,.. Je ne m'en souviens plus.

— Ah bon, tu en es sûre ? demanda Mère.

J'étais sur le point d'élaborer un mensonge quand elle me dit:

— Eh bien, moi je sais. C'est toi!

A ces mots, mon visage se crispa et j'avouai tout sous ses yeux chargés d'éclairs menaçants.

Je fus alors punie et Mère prit la décision irrévocable de m'empêcher de sortir. Elle me confia en outre une besogne aussi pénible que celle du royaume d'Hadès: 60 mètres de planches à badigeonner! Elle se flatta d'avoir découvert que j'avais dérobé, à son insu, les bouteilles de sangria. Quant à moi, je me refugiai dans ma chambre et mon cœur brûlait de honte.

IX - Le Pays Des Sirènes

Vers dix heures, la cloche fêlée de la petite église, située dans le quartier historique français, se mit à sonner, et les adultes accompagnés de leurs enfants ne tardèrent pas à affluer vers les salles de cinéma. Ils brûlaient d'impatience d'aller voir le nouveau dessin animé que les studios Disney avaient produit: la petite sirène.

La fille de notre voisine invita Mère à aller voir ce court métrage. Comme j'étais privée de sortie, je ne pouvais pas les accompagner. Avant son départ Mère posa sur la table les contes d'Andersen. Je pris le livre et me mis à le feuilleter. Mais il se passa quelque chose de mystérieux. Chaque fois que j'avançais dans ma lecture, la voix ensorcelante de la petite sirène résonnait dans ma tête. Aussitôt que je reposai le livre sur la table, le chant de cette femme poisson s'évanouissait.

« Que c'est étrange tout cela! me dis-je, Pourquoi Mère est-elle allée voir la petite sirène? Ce n'est plus de son âge. Et puis elle me dit tout le temps que le cinéma c'est pour la masse illettrée!»

Mon cœur battait lourdement quand j'ouvrais le livre, car j'entendais les chants envoûtants des sirènes.

De peur de perdre la raison, je sortis vite de la maison et pris le chemin du centre ville. En passant devant le quartier français, je fus frappée de stupeur de voir les vitres décorées de la petite sirène d'Andersen. « Que c'est étrange! songeai-je, même le poissonnier a collé sur la vitre de sa boutique une affiche de cette femme, vêtue d'une robe d'écailles. »

Soudain, je compris pourquoi il y avait autant d'affiches que de passants dans cette rue commerçante. La divine Athéna, déguisée en producteur d'Hollywood, voulait m'annoncer que les sirènes essayaient d'attirer Père par leurs voix mélodieuses! Ce n'était pas du tout la gentille petite sirène d'Andersen que Père devait affronter, c'étaient des femmes oiseaux et cruelles aux chants meurtriers.

Je tremblais d'émotion et je cherchai un moyen de secourir Père. Quand je passai devant le marchand de jouets, une idée me traversa l'esprit. Je poussai la porte de sa boutique, et interpellai la vendeuse aux courbes de sirène qui m'avait vendu la baguette dorée de Barbie.

— Bonjour Madame!

— Bonjour mademoiselle Ryder. Dites-moi, votre baguette magique a-t-elle-transformé votre père en être humain? dit-elle d'un ton moqueur.

Rouge de honte, je lui montrai discrètement une des sirènes Barbie accrochées au plafond.

— Ah je vois, vous désirez maintenant des sirènes Barbie! Combien en voulez-vous?

— Je les achète toutes, dis-je timidement.

— Toutes?

— Oui, j'ai bien dit toutes.

— Ah! J'ai compris, vous êtes comme notre chère cliente, madame Smith, qui vient juste de m'acheter des Barbie mousquetaires pour donner de la force aux orphelines qui ont été touchées par l'ouragan. Madame Smith veut leur donner ces poupées pour qu'elles se battent dans la vie. Ma cliente a aussi acheté des poupées de fer.

— Des poupées de fer, et pourquoi donc ?

— Eh bien pour devenir des dames de fer, comme madame Thatcher. Et vous, vous avez décidé d'offrir à ces pauvres orphelines les petites sirènes. Mademoiselle, dit elle en se penchant, pour la première fois de ma vie, je suis fière de mon pays!

— Madame, vous vous trompez, lui dis-je, ce n'est pas du tout cela!

— Ah bon? Alors, c'est pour qui toutes ces poupées Barbie?

— Pour moi!

— Pour vous? reprit-elle en mettant ses mains sur sa taille de sirène .

— Oui, car j'ai l'intention de sauver mon père des mains de ces sirènes qui l'empêchent de retourner sur sa terre cajun.

— Ah! Je comprends maintenant, la baguette magique n'était pas efficace! Vous me direz, elle était en toc et fabriquée en Chine. Ecoutez, cela ne me regarde pas votre histoire, mais vous ne pouvez rien faire pour changer votre père et l'éloigner de ces femmes sorcières, que vous appelez les petites sirènes, c'est à dire les maîtresses de votre père. Cela faisait vingt ans que mon mari me trompait avec toutes ces diablesses, me dit-elle en éclatant en sanglots. Et un jour, il est parti avec l'une d'entre elles, et depuis, je me mets à vendre des Barbie, des sirènes, des fées clochettes, des Cendrillons, des Blanches Neiges et vous savez, lorsque les personnes se sentent inférieures aux autres, je leur conseille d'acheter deux poupées de nationalités différentes dont tout le monde raffole en ce moment.

— Ah oui lesquelles? lui demandai-je, intriguée.

— M. INDESTRUTIBLE, l'Américain ou M. INCROYABLE, le Québécois!

— Mais je ne vois pas de différence entre les deux poupées, lui dis-je, elles ont la même tête.

— Oui, mais elles n'ont pas la même traduction. Au Québec, vous devez acheter M. INCROYABLE et non M. INDESTRUC-TIBLE! Cela fait trop anglais! Comme nous sommes bilingues en Louisiane et que nous avons beaucoup de canadiens français, il nous fallait les deux types de poupées. Vous voyez, tout le monde est heureux dans mon magasin: la guerre de cent ans n'a jamais lieu!

— La guerre de cent ans? repris-je.

— Oui, les rivalités entre Anglais et Français.

— Ah, je comprends tout maintenant! répondis-je

— Ici, mademoiselle Ryder, poursuivit-elle, nous sommes dans le monde magique de Disney; une vraie évasion pour oublier nos soucis et la réalité!

Ces paroles me déconcertèrent et je ne sus comment réagir. Je restai coite et écoutai, comme le pseudo Dr. Freud le faisait durant ses consultations.

Pour détourner la conversation, je sortis mon porte monnaie, et lorsque la vendeuse aperçut mes billets, elle s'empressa d'emballer les deux cents poupées en plastique. C'était en épuisant le stock que Père pourrait résister aux chants des sirènes.

Quand j'eus payé la vendeuse, celle-ci m'envoya un coursier pour m'aider à transporter ces femmes poissons.

Lorsque j'atteignis ma demeure, je me faufilai dans ma chambre, puis je posai les poupées sur mon lit. Je pris une paire de ciseaux qui se trouvait dans le tiroir d'une commode, et commençai à couper les cheveux et les robes de lune argentée. Même si la divine Athéna avait collé toutes ces affiches de femmes poissons je n'étais pas satisfaite car le centre ville était encombré de ces sirènes qui essayaient d'envoûter mon père. Armée d'un pinceau, d'un seau et d'une boîte de cirage noir, je regagnai d'un pas léger et rapide le quartier français, où se trouvaient ces affiches sur lesquelles je dessinai les oreilles de Père que je bouchai avec du cirage. J'y ajoutai aussi une corde autour de ses mains pour qu'il puisse résister à la voix des sirènes.

Mes dessins attiraient la foule, si bien qu'une commerçante, empourprée de colère, vint interrompre brusquement mon activité artistique:

— Dites donc mademoiselle, qui vous a permis de faire des graffitis sur les affiches de Disney?

Je me tournai alors vers elle et lui dis d'un air innocent:

— Eh bien, j'ai fait cela pour empêcher ces femmes poissons d'envoûter mon père. J'ai dessiné et scellé ses oreilles sur ces affiches pour qu'il n'écoute pas leurs chants mélodieux et meurtriers. Les sirènes sont dangereuses pour les hommes car elles les ensorcellent et les enlèvent des bras de leurs épouses et de leurs enfants. Ces femmes poissons sont en fait des mangeuses d'hommes. Il faut vraiment s'en méfier car elles ressemblent aux nymphomanes qui tuent les hommes avec le sexe! Les femmes aux courbes de sirène sont vraiment très néfastes, vous savez.

A cet instant, des rires fusèrent et des chuchotements se répandirent dans l'assistance. « Elle est folle, dit l'un d'entre eux, elle confond la mythologie grecque avec le réel! C'est une illuminée!»

Ces moqueries me déchirèrent le cœur.

— Cessez de rire! ordonnai-je. La veille de l'ouragan Katrina, mon père est parti en mer, et depuis ce jour, je l'attends dans le jardin de la Louisiane. Pour l'aider à poursuivre son voyage, et fuir les chants mélodieux et ensorcelants des sirènes, j'ai dessiné les oreilles de mon père, alors laissez-moi terminer mon travail! Si vous m'empêchez de continuer, le corps de mon père disparaîtra à tout jamais.

Un silence pénible et tendu s'abattit alors sur la rue commerçante et les passants s'empressèrent de continuer leur chemin.

Après avoir dessiné les oreilles de Père sur toutes les affiches, je rentrai chez moi fort tard, mais au moment où je me faufilai à l'intérieur, je tombai dans une embuscade. Mère m'attendait. Lorsqu'elle vit l'état où se trouvait ma chambre, et que j'avais jeté les poupées sirènes à terre, elle prit la décision de consulter seule le pseudo Docteur Freud le lendemain, bien que ce fût son jour de congé. Mais elle fut loin d'être rassurée car à la fin de la séance, le spécialiste se tourna en effet vers elle et lui dit d'une voix triste: « Madame Ryder, croyez-moi je ne sais quel remède utiliser, Pénélope est allée trop loin dans ses délires homériques et pour surmonter la disparition de son père, elle a nié la réalité ». Voyant le visage sombre de Mère, il s'empressa d'ajouter pour la rassurer: « madame Ryder, ne vous inquiétez pas, je vais essayer de trouver autre chose, laissez-moi y réfléchir! » A ces mots, Mère lui sourit et se dépêcha de retourner chez elle.

Quelques jours s'écoulèrent et je reçus une nouvelle importante de Père; le shérif annonça à Mère que les sirènes des voitures de police et des ambulances étaient tombées en panne. C'était pour moi un signe, Père n'avait pas succombé aux charmes des horribles créatures et avait échappé à l'ouragan Katrina.

X - Le Bateau De Père Retrouvé

Depuis l'incident des petites sirènes, Mère m'avait infligé pour punition de repeindre le mur de la palissade de la maison. Tous les jours je sortais armée d'un seau de peinture et d'un long pinceau. La vie devenait un lourd fardeau et six mois furent nécessaires pour terminer cette pénible besogne. Pendant tout ce temps, il n'arriva rien de particulier et je ne reçus aucune nouvelle de Père. Il fallut attendre le premier anniversaire de l'ouragan Katrina, le 29 août 2006, pour connaître enfin la destinée de Père. Ce matin là, un silence lourd et inquiétant pesa sur toute la maison. Dehors, la pluie torrentielle cinglait les vitres de ma chambre et des coups de tonnerre et des éclairs aveuglants illuminaient le ciel obscur. Quand je me réveillai, je fus surprise de l'heure affichée sur l'horloge: onze heures! Je me demandai pourquoi on ne m'avait pas tirée de mon sommeil. Le cœur serré et l'âme inquiète, je descendis l'escalier et m'arrêtai devant la porte du salon. Je soulevai le loquet et regardai à travers la fente ce qui se passait. J'eus un funeste pressentiment. Mère, était assise sur sa chaise bleue, éplorée, la tête penchée sur ses mains et ses genoux. A ses côtés se trouvait le shérif dont le visage était sombre. Il prit une tasse de thé qui se trouvait sur la table et se tournant vers Mère, il dit:

— On a découvert le bateau de votre mari sur la rive gauche du Mississipi, et on a tout de suite pensé qu'il s'était noyé, mais les secouristes n'ont pas retrouvé son corps. Si on ne trouve rien d'ici lundi soir, il faudra renoncer à tout espoir et célébrer l'office des morts.

Le shérif soupira puis se retira, l'air inquiet. Mère éclata en sanglots, puis s'agenouilla auprès de la table et récita ses prières. Quant à grand-père qui était lui aussi présent, le visage ruisselant de larmes, il dit d'une voix sourde:

— J'espère que l'on va retrouver son corps.

A cet instant, j'ouvris en grand la porte et poussai des cris de douleur:

— Non, papa n'est pas mort! m'écriai-je. Il va bientôt nous rejoindre! Souvenez-vous de la guerre de Troie, personne ne croyait au retour d'Ulysse, et après des années d'errance, il regagna enfin son pays natal. Papa reviendra bientôt!

Mère leva la tête et montra un visage d'où les espoirs avaient été balayés, comme si le farouche hiver, contre l'ordre de la nature, eût assassiné le printemps et l'été.

— Oh mon Dieu! s'écria-t-elle, que vais-je devenir sans lui?

Grand-père la tenant par l'épaule, fit de son mieux pour la réconforter. Mais rien ne put atténuer et estomper la douleur. Grand-père était si apitoyé sur le sort de sa belle-fille qu'il en avait les larmes aux yeux.

En les voyant si tristes, je devins à mon tour pâle et sombre. J'avais le cœur en tumulte, en détresse et j'étais très affligée d'apprendre que le corps de Père avait disparu. Pour fuir cette atmosphère oppressante, je sortis comme le vent.

Tandis que Mère et grand-père se morfondaient dans leur coin, le shérif donna l'ordre de poursuivre les recherches. L'alarme donnée, la nouvelle se répandit de maison en maison, de rue en rue, de voisinage en voisinage. Des avis de recherches reproduits à profusion furent envoyés aux journaux les plus connus des Etats-Unis. Ces avis provoquèrent l'hilarité générale. Les gens se tordaient de rire et se demandaient qui était ce fou qui prétendait être Ulysses Grant (« Ulysse le Grand »), le dix huitième président des Etats-Unis. Malgré ces railleries, des milliers de volontaires se rassemblèrent sur le quai du port et embarquèrent sur les 50 bateaux qui avaient été affrétés pour l'occasion. Avant le départ, le shérif salua tous les bénévoles qui s'étaient précipités et leur prodigua ses encouragements. Puis le cœur lourd il s'éloigna. Pendant ce temps là, de nombreuses femmes rendirent visite à Mèrc et tentèrent de la consoler. Elles pleurèrent longtemps avec elle. Toute la nuit, les résidents du quartier français attendirent des nouvelles. A peine l'aube levée, la consigne circula de maison en maison: envoyez plus de provisions!

Mère broyait du noir malgré les messages optimistes qu'elle avait reçus. Ses yeux étaient glacés par la mort.

Elle priait pendant que les secouristes poursuivaient les recherches. Mais après avoir fouillé de fond en comble la rive gauche, la plupart d'entre eux rentrèrent brisés de fatigue. Ils avaient néanmoins ramené un rocher miniature sur lequel deux lettres, U et T, avaient été tracées à l'encre de chine. Et tout près sur le sol, ils avaient aussi trouvé le livre de l'Odyssée.

Mère reconnut l'écriture de Père et éclata en sanglots. Le shérif avait appelé notre attention sur les deux lettres U et T. J'avais donc passé en revue tous les mots qui commençaient par U comme univers et T comme train. A la fin, je compris que Père voulait se référer à Ulysse et à la guerre de Troie. Ayant prononcé ces mots à l'oreille de Mère, elle commença à sourciller, puis peu de temps après, elle me fit un signe d'assentiment. Mère songea que son mari était mort et lui avait laissé cette relique. Quant à moi, je suggérai que Père nous avait envoyé un code à déchiffrer: Après la guerre de Troie, Ulysse erra d'île en île et mit des années avant de regagner sa terre d'Ithaque, donc il fallait attendre son retour.

Trois journées effroyables et terrifiantes passèrent ainsi, où la ville était affligée d'apprendre la mort de Père. Pour rendre hommage à son mari, surnommé Ulysse le Grand, Mère prit la résolution d'organiser les funérailles. Elle dépensa une somme considérable pour un cercueil garni de soie et de clous d'or. Le blanc de la mort semblait répandu partout dans notre demeure. Devant la porte, les roses venaient de flétrir et l'allée disparaissait sous l'entassement des feuilles jaunâtres et desséchées. La sinistre et obscure demeure ne jetait aucune lueur au dehors. Je regardai ce paysage en pensant au pauvre corps de Père. Où pouvait-il se trouver à cette heure?

XI - Les Funérailles D'Ulysse;
Le Voyage D'adonis, Poème Préféré De Père

Le dimanche arriva et c'était le jour des funérailles de Père. A l'aube glacée, sous une pluie battante, je descendis avec Mère et grand-père le chemin jonché de feuilles dorées qui menait vers notre paroisse. Pendant que nous marchions, j'écoutai la musique des gouttes d'eau qui tombaient. Cette mélodie pluviale me rendait lugubre. Dès que nous nous approchâmes de l'église, nous entendîmes le son triste et monotone de la cloche.

Les amis, les voisins, le maire et le shérif vêtus de noir, arrivèrent un à un. Ils s'arrêtèrent devant l'entrée de la paroisse pour échanger leurs impressions sur la disparition de Père. A l'intérieur de l'église, pas un murmure, pas un chuchotement, rien que le bourdonnement des moustiques et le frou-frou des robes de deuil. La paroisse était pleine à craquer. Lorsque grand-père fit son entrée, suivi de Mère, éplorée, l'assistance entière se leva et attendit debout qu'ils se fussent assis au premier rang.

Alors, au milieu du silence recueilli ponctué de sanglots, le pasteur étendit les deux mains comme deux branches d'arbre implorant le vent de ne pas les arracher, et commença à prier. Puis l'assemblée chanta un hymne émouvant et le poème préféré de Père, le voyage d'Adonis:

Je voyagerai au creux d'une vague
d'une aile
Je visiterai les âges qui nous ont quittés
et les sept galaxies
Je visiterai les lèvres
et les yeux lourds de glace
et la lame étincelante dans l'enfer divin
Je disparaîtrai
la poitrine ceinte de vents noués
laissant mes pas au croisement des chemins
loin dans un désert

Le pasteur, les paupières lourdes de douleur, fit alors l'éloge de Père et évoqua ses voyages en mer, les épreuves qu'il avait traversées. Je m'étais blottie dans un coin pour écouter l'oraison funèbre de Père. A la fin de l'office mortuaire, l'assistance émue partagea le chagrin de Mère et de grand-père. Le pasteur lui-même essuya ses larmes.

Soudain, nous entendîmes grincer la porte. Le pasteur releva la tête et regarda à travers ses lunettes embuées de larmes un groupe de rescapés qui entrait. Ils étaient venus rendre hommage à Père. Mère se leva pour les saluer, mais elle n'en eut pas la force, et ne pouvant supporter la disparition de son mari, elle se jeta sur le cercueil vide. Les larmes coulaient de ses yeux comme des gouttes de pluie qui frappent lourdement les toits.

Un des rescapés s'approcha alors d'elle et lui souffla à l'oreille : « je sais que ce n'est pas juste, mais votre Ulysse dort en paix. Lorsque vous entendrez le rugissement de la mer, vous penserez à lui. »

Ces mots apaisèrent le cœur de Mère rongé de tristesse, elle se redressa et retourna à sa place sous les regards voilés de larmes. Tout à coup, le pasteur lança d'une voix forte:

— Mes amis priez pour les marins ballotés par les flots courroucés, pour les opprimés et les victimes de l'ouragan Katrina.

Il se mit pour finir à prier souhaitant que ses vœux fussent exaucés.

A la fin de l'oraison du pasteur, je rentrai chez moi d'un pas lourd, accablée de chagrin, et je voyais s'effacer en me retournant les silhouettes des rescapés de l'ouragan à mesure que je m'éloignais de ce lieu lugubre.

XII - J'ai Tué L'Ouragan Katrina

Le surlendemain de l'office mortuaire, je restai clouée au lit. Je n'acceptais pas la mort de Père et je ne voulais pas sortir de ma chambre. Je préférais m'étendre sur mon lit que j'inondai de larmes. Le cœur serré, Mère vint me voir afin de me raisonner:

— Pénélope, dit-elle d'une voix douce, je sais que tu crois que ton père n'est pas mort, mais il faut que tu l'acceptes! Je sais très bien que le chemin de la vie sera très dur pour toi, ma pauvre chérie. Grand-père a voulu le rendre doux. Il a altéré la vérité, inventé de toutes pièces que la divine Athéna t'aiderait à retrouver ton père. Il t'a entourée d'illusions en te recommandant de lire le livre d'Homère. Dieu lui pardonne de t'avoir menti pour te permettre d'affronter la disparition de ton cher père. Mais la divine Athéna et les voyages entrepris par Ulysse ne sont que des rêves. Le monde d'Ulysse n'existe pas et tu dois l'accepter. Les yeux de grand-père auxquels tu t'es fiée t'ont menti. Il ne faut plus regarder les objets qui te font rappeler les îles sur lesquelles Ulysse s'est rendu, elles n'existent pas! Oublie Homère, Ulysse et l'Odyssée! Tout ceci n'est que chimère et fantasme. Ton père est mort et tu dois l'accepter!

Et pour prouver que Père s'était éteint le jour de l'anniversaire de l'ouragan, elle me montra le registre mortuaire signé par le clerc, le notaire, l'entrepreneur des pompes funèbres et grand-père. Ce livre public apparaissait dur et tranchant comme une pierre taillée.

Bien que mon âme ballotée passât de l'espoir au désespoir, je n'étais pas convaincue car on n'avait toujours pas retrouvé son corps. Je songeai que Mère n'effacerait jamais le nom d'Ulysse et que Père serait toujours associé à cet illustre personnage. La chaleur et le froid extérieurs, les ardeurs de l'été, le souffle du vent, la neige, la pluie battante, les fortes averses ne parviendraient jamais à ensevelir le corps de Père et à détruire son souvenir.

Son nom serait toujours inscrit dans ma mémoire et non sur un registre mortuaire.

— Il faut que tu acceptes sa mort, dit-elle à maintes reprises.

A ces mots, je voyais Père respirer à l'abri des arbres du cimetière caressés par la brise, sous la terre et les herbes brunies par le soleil.

Cette pensée lugubre et funeste me pesa tellement que je me levai du lit, repris mes esprits, sortis d'un pas rapide et descendis le sentier qui menait au jardin de la Louisiane. En me voyant m'éloigner de la maison, Mère comprit que j'allais m'abandonner à mes rêves et à mes illusions. Je ne pouvais supporter plus longtemps le poids du chagrin. Je m'échauffai dans ma marche rapide par cette chaleur étouffante; mon visage était rouge et la vapeur de mon haleine ressemblait à un ciel brumeux.

J'arrivai haletante et ruisselante de sueur devant une dentelle de fougères rousses, puis après avoir pénétré à l'intérieur d'un bosquet touffu, je m'assis sur la mousse, au pied d'un gros chêne. Il n'y avait pas un souffle d'air. La chaleur avait imposé le silence, même les flâneurs qui traversaient le jardin de la Louisiane restaient muets et immobiles. La nature entière était frappée d'agonie. L'atmosphère suffocante était en harmonie avec mon âme mélancolique. J'appuyai mes deux coudes sur mes genoux, le menton entre les mains et me laissai transporter par mes méditations et mes regrets. Je me souvins qu'un jour j'avais aspiré à devenir marin, et que mon bateau voguait sur les mers, son drapeau claquant fièrement au vent. Depuis le passage de l'ouragan Katrina, ce métier ne me tentait plus. Après avoir longuement médité, je me levai et promenai mon regard aux alentours. En voyant des arbres déracinés par les rafales de vent dévastatrices, une idée me vint à l'esprit: il fallait venger la mort de Père.

Allongée sur l'herbe, je me mis à rêver que j'étais d'Artagnan accompagné des trois mousquetaires tendant un piège à Katrina. Je portais une culotte et une casaque rouge à manches évasées, flottant sur un chemisier bleu. Sur l'habit, s'étendaient quatre grandes croix ornées de fleurs de lys à leurs extrémités. Je me sentis fière en mettant mon chapeau à plumet blanc. Dressée sur la pointe des pieds, je regardai à droite et à gauche, avec précaution, puis au bout de quelques minutes, je me tournai vers Aramis, Porthos et Athos et leur dis:

— Ne bougez pas, mes frères. Répétons ensemble notre devise avant que l'ouragan surgisse: *«tous pour un et un pour tous»*.

Nous eûmes à peine fini de la dire que la nuit tombait et l'ouragan apparut. Lorsqu'il surgit, je notai qu'il avait un œil allumé par la haine aussi sanglant que celui du cyclope. Armé de son souffle, il commença à me défier.

— Arrête! m'écriai-je. Qui es-tu pour oser pénétrer dans le jardin de la Louisiane sans l'autorisation de mon père?

— Je n'ai pas besoin d'autorisation pour y entrer. Et toi, qui es-tu pour me parler ainsi et me donner des ordres?

— Je suis le chevalier d'Artagnan, répondis-je d'une voix assurée, et je suis au service du roi Louis XIV. Et toi, qui es-tu pour oser défier les mousquetaires?

— Qui je suis? Tu ne sais pas qui je suis?

— Je ne sais pas, et à te voir, tu ne ressembles guère à Alexandre Dumas armé de sa plume! Dis-moi comment es-tu arrivé ici?

— Sur les ailes du vent, dit-il en retenant son souffle haineux. Alors, tu ne vois pas qui je suis?

— Oui, je vois qui tu es. Tu es en fait le fantôme Jacob Marley qui rend visite à son ancien associé, un vieillard égoïste et avare, nommé Scrooge.

— Non, je ne suis pas le fantôme de Dickens !
Es-tu un homme ?

— Non , je ne voudrais surtout pas l' être.

— Ah, tu es donc madame de Staël qui disait « je suis heureuse de n'être pas être un homme, car si cela était, je serais obligée d'épouser une femme »
— Non, je ne suis ni une femme ni un homme, alors tu ne vois pas qui je suis ?

— Non! Travailles-tu pour le roi Louis XIV?

— Non! Je ne travaille pour aucun roi. Je suis libre comme le vent.

— Donc, tu es républicain?

— Tu te moques de moi, me dit-il, eh bien je vais te le dire: JE SUIS L'OURAGAN KATRINA.

Sa voix me fit tressaillir jusque dans la moelle de mes os. Après avoir repris mon sang froid, je lui dis:

— Ah! Tu es donc le fameux hors la loi qui détruit les vies, les villes, les pays.

— C'est bien cela, me répondit-il d'une voix gaie.

— Alors je t'ordonne de partir et de souffler ton vent de haine et de colère ailleurs, autrement je te provoquerai en duel.

— Non, je ne partirai pas. Tu ne me fais pas peur, mon œil peut engloutir des maisons, déraciner des arbres, tuer des gens, les déchiqueter et dépecer les cadavres. Je dépouille les hommes qui gémissent encore sur le seuil de leur porte. Personne ne peut arrêter ma rage et ma fureur. Personne, entends-tu, ne peut tuer un ouragan. Je suis le maître de la nature, la force indestructible.

— Donc en résumé, tu es un terroriste sans frontières. Eh bien sors d'ici!

— Non, je ne partirai pas, répondit-il en me jetant un regard assassin.

— Puisque tu ne veux pas partir, moi chevalier d'Artagnan, serai enchanté de te provoquer en duel, lui dis-je en levant les yeux vers son œil haineux. En garde donc!

A peine eus je fini de parler que nous roulions dans la poussière, agrippés l'un à l'autre comme des singes. Pendant de longues heures, je griffai son œil énorme et lui administrai des coups de poing sur la bouche pour l'empêcher d'exhaler et de souffler sa colère. Bientôt, émergea un nuage poussiéreux et j'apparus à califourchon sur l'ouragan dont je tapais très fort le corps à coups redoublés.

Katrina se débattit, lutta contre mes coups. De peur qu'il soufflât sa haine sur moi et détruisît le jardin de la Louisiane, je saisis mon épée et donnai l'ordre aux trois mousquetaires de sortir de leur cachette. Dès qu'ils s'approchèrent de moi, nous répétâmes ensemble la fameuse devise : « tous pour un et un pour tous ». Et nous nous engageâmes dans une lutte farouche brandissant nos épées sur l'ouragan Katrina. Je me mis à tourner autour de lui, attendant le moment pour le frapper. Lorsqu'il revint vers moi, je saisis l'occasion pour lui enfoncer mon épée dans l'œil. Il poussa un cri effrayant et tomba en avant en m'inondant de sang. Mon uniforme était constellé de taches rouges. A cet instant, un manteau de nuages voila la lune et l'atroce scène du crime. Quand l'astre réapparut, je contemplai le corps de l'ouragan allongé devant moi.

— Hourra ! Hourra! Hurlai-je, j'ai tué Katrina, Père a été vengé!

En hissant le corps de l'ouragan sur mon dos, je me figurais faire mon entrée au quartier français, être applaudie par la foule et connue dans le monde entier pour avoir tué l'ouragan Katrina. Couverte de médailles de l'armée américaine et auréolée de prestige, je cheminai sur la route du retour. J'étais la première femme à avoir tué un ouragan. Les féministes allaient m'adorer !

Lorsque Mère me vit dans la salle à manger, elle s'approcha de moi le regard inquiet:

— Où étais-tu-passée? Je me suis inquiétée toute la journée.

— Eh bien, maman j'étais dans le jardin de la Louisiane et je viens juste de tuer le meurtrier de Père!

— Que dis-tu! s'exclama-t-elle en s'affolant.

— Regarde le corps que je transporte sur mon dos!

— Quel corps?

— Eh bien, le corps de l'ouragan Katrina. Je viens de l'assassiner, il fallait bien se venger et comme le Comte de Monte-Cristo rendre justice.

Mère me regarda, une flamme inquiète brillait dans les yeux, puis elle sortit de la pièce. Dès que sa silhouette disparut, je regagnai ma chambre d'un pas joyeux et étendis le corps de l'ouragan Katrina sur mon lit.

Malgré la joie que j'éprouvais d'avoir tué le meurtrier de Père, je passai une mauvaise nuit. Trois ou quatre fois je me réveillai en sursaut, imaginant que l'ouragan Katrina s'approchait de mon lit pour me poignarder. Je frémissais comme une feuille car j'étais couchée près de son corps. Après avoir longuement réfléchi sur la situation et comment empêcher Katrina de revenir détruire la ville de la Nouvelle-Orléans, une idée germa dans mon cerveau: L'enterrer au cimetière Saint-Louis!

XIII - L'enterrement De L'Ouragan Katrina

Le lendemain je restai tranquillement dans ma chambre. Je me donnai pour excuse qu'il faisait trop chaud pour aller au jardin de la Louisiane.

Quand le soleil déclina et que la cloche sonna vingt deux heures, je descendis à pas feutrés l'escalier qui menait au salon. Mon cœur battait en même temps que le craquement des marches. Quand j'entrai dans la pièce, je fus surprise de voir Mère qui dormait sur le canapé. Je dus attendre fort longtemps avant de pouvoir m'éclipser car elle se retournait sans cesse, poussant de temps à autre des soupirs. Mais elle finit par s'endormir comme un océan en repos. Me dressant sur la pointe des pieds, je pris alors la pioche toute rouillée qui se trouvait à côté de la cheminée et me dirigeai vers la porte d'entrée. Je l'ouvris et la fermai rapidement sans faire de bruit, puis je m'enfonçai dans l'obscurité, en tirant le corps de l'ouragan. Trente minutes après, j'atteignis le cimetière Saint Louis qui fut aménagé et ouvert en 1789. Ce cimetière était différent de ceux des autres Etats américains. En effet, les tombes étaient érigées au dessus du sol et non en dessous. Son style traditionnel rappelait par son organisation celui du père Lachaise à Paris.

Je fus saisie par l'atmosphère étrange et le silence de mort qui entouraient ce lieu lugubre à tel point que j'hésitai d'abord à entrer. Puis je m'aventurai jusqu'au portillon et me risquai en tremblant à jeter un coup d'œil à l'intérieur.

Devant moi, au beau milieu de la ville éclairée par la lune, se dressaient les tombes des familles franco-louisianaises.

La clôture qui entourait le cimetière avait été abîmée par l'ouragan. Les parterres des pierres tombales fleurissaient et les plantes s'éveillaient au dessus du lourd sommeil des défunts. L'herbe montait comme un tapis de velours et l'humidité suspendue sur les herbes desséchées les faisait ressembler à de gigantesques toiles d'araignées.

L'oreille tendue, le souffle coupé, j'entrai à petits pas. Cette atmosphère glaciale et lugubre raidissait mes jambes. Mes larmes se mirent à couler en voyant les sépultures anciennes effondrées. Le vent gémissait dans les arbres, et effrayée, je pensai que l'âme des morts réprouvait l'enterrement de l'ouragan. Pour dissiper ma peur, je me mis à lui parler.

— Dis donc Katrina, crois-tu que les morts sont contents de te voir parmi eux? Ils se vengeront des victimes que ton œil haineux a englouties si cruellement.

Mais l'ouragan ne me répondit pas.

— Dis donc Katrina, poursuivis-je, que dirais-tu d'être enterrée à côté des personnalités vaudous, cela te dit ? Si un jour tu essayais de sortir ton souffle haineux de ta bouche, les sorciers t'en empêcheraient.

En tirant le corps de l'ouragan, j'avais l'impression qu'il évitait les mains que les morts étendaient avec précaution hors de leurs tombes, pour le saisir à la cheville et l'attirer chez eux.

Quand j'atteignis la tombe du vaudou, je déposai le corps de Katrina sur le sol.

N'ayant jamais vu le portrait de ce sorcier, puisqu'il vivait bien avant les photographies, je l'imaginais être l'un des conseillers de l'épouse du président Abraham Lincoln, qui invitait à la Maison Blanche des spécialistes en occultisme.

Je saisis ma pioche et creusai une grande fosse de cinquante centimètres de profondeur. Après avoir achevé cette besogne pénible, je jetai le corps de Katrina dans ce trou sombre et ténébreux et le recouvris de mottes de terre. A cet instant, j'entendis des cris de lamentation, de regrets et de douleur qui sortaient de son corps. C'étaient les victimes que l'œil du cyclone avait englouties. Ces voix s'éteignirent dès que l'ouragan fut enseveli.

Au moment où je me recueillais devant sa tombe, de l'autre extrémité du cimetière me parvinrent des murmures assourdis.

— Tiens qui cela peut-il être? dis-je à voix basse.

Je tremblai de la tête aux pieds car il était interdit de se rendre le soir au cimetière. Je risquais la prison, voire le centre de Guantanamo….. Soudain, j'aperçus trois silhouettes qui s'approchaient de plus en plus tenant en main une vieille lampe électrique. Je courus aussitôt me cacher derrière la tombe du célèbre photographe connu pour ses photos de nus et de prostituées. Je retins mon souffle lorsque l'une des trois silhouettes s'approcha de la tombe. Quand il souleva la torche électrique qu'il tenait, je reconnus le visage du shérif.

Je tremblai d'émotion et me demandai pourquoi il était venu, ce soir là, visiter les morts du cimetière Saint Louis. J'attendis plusieurs minutes avant de le voir s'éloigner de ce lieu.

Pendant qu'il promenait son regard sur toutes les tombes, il fut interrompu par l'un de ses hommes.

— Shérif, venez ici! Il y a une pioche toute rouillée ici, pas loin de la tombe du vaudou, Mamadou.

A ces mots je devins d'une pâleur de cendres et eus le souffle coupé. Je frémissais en même temps que le vent agitait les branches des arbres.

Le Shérif s'approcha aussitôt de son collègue, prit la pioche, l'examina et dit:

— Pourquoi y a-t-il une pioche ici? C'est curieux, il semble que l'on vienne de s'en servir. Regardez! Elle est pleine de mottes de terre!

— Shérif, dit son collègue, je pense qu'il doit y avoir des pillards qui rodent par ici!

— Avez-vous entendu quelque chose? demanda le Shérif.

— Non!

Le Shérif alla alors d'une tombe à l'autre pour vérifier s'il y avait bien des pillards qui essayaient de dépouiller les défunts de leurs biens.

Mais lorsqu'il posa sa torche électrique sur la tombe du vaudou, il s'écria en me voyant:

— Pénélope que fais-tu ici à cette heure?

— Euh, lui dis-je d'une voix tremblante, je voulais rendre visite aux morts.

— Mais pourquoi à cette heure ci? Ce n'est pas la fête d'halloween.

J'inventai alors un mensonge et lui dis en le regardant droit dans les yeux:

— Je voulais m'assurer que la tombe de mon père était bien ici.

— Oh! Ma pauvre petite! Ta mère va s'inquiéter. Rentre vite chez toi! Je vais t'y conduire.

Les yeux brillants de larmes, il saisit ma main et m'accompagna vers sa voiture de police.

— Quand nous arrivâmes à la maison, Mère fut réveillée par le bruit de la sirène. Elle sauta du lit d'un bond, dévala l'escalier et accourut vers moi en larmes.

— Que s'est-il passé Shérif? s'écria-t-elle.

— Ce n'est rien, répondit-il d'une voix calme, je vais tout vous expliquer.

Quand il l'eut fait, Mère rassurée et émue s'approcha de moi, m'étreignit dans ses bras et me dit d'une voix douce:

— Pénélope, ne t'en fais pas, l'âme de ton père va bientôt te rejoindre dans le jardin de la Louisiane.

XIV - Le Procès Des Écologistes: L'Ouragan Katrina Contre Pénélope

Après le départ du Shérif, mon sommeil devint agité. Je fis un cauchemar dans lequel des policiers, des avocats, des écologistes, avides de justice, voulaient m'arrêter car j'avais défié, tué et étrillé la force de la nature. Ils étaient partis à ma recherche dans tous les coins des Etats-Unis! Les résidents du quartier français s'étaient rassemblés autour de la tombe de l'ouragan Katrina. Chacun avait échangé ses réflexions:

— Pauvre nature! On n'enterre jamais un corps pareil! Cette Pénélope Ryder devrait être pendue. Il est interdit de profaner les tombes!

Pendant que la foule se ruait vers le cimetière, le shérif me passa les menottes et m'emmena de force dans ce lieu funeste où se trouvait la tombe de l'ouragan. A ce moment, des murmures coururent dans la foule.

—La voilà. La voilà! C'est elle qui a défié l'ouragan!

— Qui? Qui? demanda une vieille dame.

— C'est Pénélope Ryder, celle qui a tué l'ouragan.

— Le ciel va se venger! dit un bedeau, un nouvel ouragan va bientôt s'abattre sur la Louisiane. Nous sommes perdus!

— Quelle audace diabolique d'avoir tué un ouragan féminin! remarqua une féministe.

Soudain, les gens s'écartèrent lorsque le chef du mouvement écologiste apparut. Son visage était crispé, il hurlait de douleur car j'avais abîmé la force de la nature. La pollution allait redoubler.

La foule cria: « peine de mort! »

Les oiseaux, juchés dans les arbres, poussaient eux aussi des cris de douleur, car on avait arrêté la criminelle, celle qui s'était opposée à la nature. J'avais le visage défait, décomposé et mes yeux exprimaient l'épouvante. J'étais devenue l'ennemie de la nature et des écologistes. Je me mis à frissonner, et me prenant la tête à deux mains, éclatai en sanglots.

— Ce n'est pas moi qui ai tué l'ouragan!

— Alors qui a fait cela? lança une voix.

Je relevai la tête et jetai autour de moi un regard triste et éperdu:

— C'est le chevalier d'Artagnan, le héros d'Alexandre Dumas, dis-je d'une voix tremblante.

A ces mots le shérif présenta l'arme du crime et me dit d'un ton sévère:

— C'est bien ton épée!

— Non, ce n'est pas la mienne, c'est celle de d'Artagnan.

— Alors, si ce n'est pas ton arme, raconte nous le duel que ton soit disant d'Artagnan a imposé à l'ouragan!

A peine eus je fini de raconter à la manière d'Alexandre Dumas ce qui s'était passé dans le jardin de la Louisiane que je sentis une main me secouer. Je sursautai, me frottai les yeux, regardai tout autour de moi, et j'aperçus le doux visage de Grand-père dont les cheveux ressemblaient à une épaisse couche de cendres blanchâtres. Il me frappa doucement l'épaule comme s'il avait compris mon rêve et me dit d'un ton enjoué

— Eh bien! Il paraît que tu as osé défier l'ouragan Katrina! Il faudra que tu me montres sa tombe.

XV - Homer Simpson Contre Homère, Le Poète Grec

Une semaine s'écoula et les écoles furent rouvertes. Les habitants de la Nouvelle-Orléans apparaissaient aux yeux du monde entier comme des Troyens qui avaient reconstruit leur ville sur les décombres. Ce matin de fin d'octobre inondé de pluie froide et musicale, je grimpai à tâtons le sentier qui donnait sur le chemin de l'école. Je marchai d'un pas léger sous l'averse ruisselante et le ciel sombre m'apparut comme un immense chaos. Malgré la mélan-colie qui s'abattit sur mon âme, ce jour-là, je franchis d'un pas souple le couloir de l'école, où se trouvaient les porte-manteaux. Après avoir accroché ma veste ruisselante d'eau, je passai la main sur mon front pour chasser les gouttes de pluie de mon visage. Puis je pénétrai d'un pas ralenti et hésitant dans la salle de classe, où étaient assis un grand nombre d'élèves. A cet instant, le professeur de lettres modernes, M. Greeky, leva les yeux vers moi et me dit d'un ton sévère:

— Pénélope Ryder, je suppose?

— Oui, monsieur, lui répondis-je en baissant la tête.

— Mademoiselle Ryder, pourquoi êtes-vous en retard?

— Je suis désolée monsieur Greeky, mais je suis en deuil et j'ai du mal à me réveiller tôt.

— Ah! Je comprends, dit-il l'air embarrassé. Allez prendre votre place!

Je gagnai mon siège en lançant des regards furtifs autour de moi. Après m'être confortablement installée, je sortis mes affaires d'école de mon sac.

Bientôt le professeur vint se placer en face des élèves et réclama toute leur attention.

— Chers Elèves, aujourd'hui nous allons étudier les premiers textes de notre civilisation qui datent de 3000 ans.

— Trois mille ans! chuchotèrent les élèves

— Oui, j'ai bien dit trois mille ans. Tous les écoliers, bien avant vous, ont lu ces textes anciens qui les ont inspirés. Certains sont devenus poètes, historiens, scientifiques, politiciens et autres.

— De quoi s'agit-il? demandèrent les élèves.

— Eh bien, des aventures d'un guerrier grec qui a mis de longues années à rentrer dans son pays. Dix longues années de guerre pour enfin remporter la victoire! Mais le chemin du retour est long et semé d'embuches. Au cours de son voyage en mer, il va affronter les tempêtes, les pièges, les chants des sirènes, les monstres et les dieux. Malgré tous ces obstacles, il rentre dans son pays pour y retrouver sa femme et son fils!

— Pourquoi allons-nous étudier cette œuvre? interrompit l'élève du premier rang.

— Pourquoi ? Parce que c'est une œuvre importante dans l'histoire! Après avoir lu tous ces chapitres, vous apprendrez à surmonter les événements douloureux de l'ouragan, les échecs, la peur, la mort, et comprendre la condition humaine. Avez-vous une idée du livre que nous allons étudier cette année ?

— Oui, s'écria un des élèves, Starwar!

— Non, pas du tout! répondit le professeur en haussant les épaules.

— Stargate! dit un autre.

— Star Trek, intervint l'élève de la rangée de gauche.

— Mais non, pas du tout! Avez-vous entendu parler d'Homère?

— Oui, répondirent en chœur les élèves.

— Ah! Alors qui est-il? Et quelle œuvre allons-nous étudier?

— Homer, le fameux personnage de la série télévisée les Simpson, répondirent-ils.

— Mais non, pas du tout! répondit le professeur qui resta abasourdi pendant un certain temps en imaginant le grand poète aveugle en ce personnage de fiction.

— Alors, qu'allons nous étudier? demanda le délégué de classe.

— L'Odyssée d'Ulysse! répondit le professeur.

— Homère, le poète grec! m'écriai-je!

— Oui, dit-il en souriant. Cette œuvre va vous aider à affronter l'ouragan Katrina et à faire renaître en vous l'espoir de vivre. Comme la guerre de Troie, nous allons reconstruire notre ville et nous rendre résilients comme Ulysse, le grand navigateur !

A cet instant, j'entendis mon cœur battre aussi vite que le piston d'une locomotive. Une colère sourde m'étreignit; je m'en voulais d'avoir assisté à ce cours. En effet, Mère m'avait interdit d'étudier cette œuvre et de me plonger dans le monde d'Ulysse. Je devais absolument arrêter de raisonner comme Homère au féminin!

Arrivé à un certain âge, monsieur Greeky avait dû accepter un poste de professeur de lettres modernes dans un lycée cajun. Il avait dû renoncer très jeune à son ambition qui était d'enseigner le grec aux élèves louisianais. Chaque jour, lorsque les élèves se plongeaient dans leur livre, Monsieur Greeky s'amusait à écrire l'alphabet grec au tableau. Les élèves se perdaient tous en conjectures sur ces mystérieuses lettres, et eussent donné n'importe quoi pour satisfaire leur curiosité.

Depuis vingt ans, il avait lutté contre l'administration qui s'opposait à ses objectifs: proposer des cours de langue et de civilisation grecques. Il voulait montrer l'importance de cette culture aux parents et au proviseur. Hélas! Ils préféraient tous investir dans les technologies modernes. L'école avait besoin d'ordinateurs. Il entendait tout le temps les mêmes lamentations du proviseur sur la situation économique de la Louisiane « Monsieur Greeky, nous devons faire face aux coupes budgétaires, donc le grec n'est pas notre priorité en ce moment. Quand le pays sera prospère, j'envisagerai de débloquer de l'argent pour permettre à vos élèves d'étudier la langue grecque. »

Chaque fois qu'il ressortait de ces réunions avec l'administration, il était déprimé et pensait au dicton péjoratif: « va te faire voir chez les Grecs! » Il avait aussi l'impression que le grec était comme le Titanic; une langue qui sombrait petit à petit dans le monde académique.

Alors pour surmonter les épreuves de l'ouragan Katrina, il avait décidé d'assigner à ses élèves l'étude de l'Odyssée. Pendant tout le cours, je me sentis mal à l'aise et attendis le timbre de la cloche pour m'éclipser de la salle. Etudier Homère devenait aussi pénible que les 12 travaux d'Hercule.

XVI - La Page Déchirée: Le Retour D'Ulysse

La nuit vint. Dans la chambre obscure, mon sommeil était mouvementé. Je fis un cauchemar dans lequel je regardais à l'intérieur d'un énorme coffre attaqué par la rouille un objet datant de 3000 ans. Ce meuble apparaissait vide et profond comme une tombe. J'y glissai une main, puis l'autre. Quand je saisis l'objet, je fus étonnée de voir qu'il s'agissait d'un des volumes de l'Odyssée. À peine eus je contemplé cet incunable que je sentis une main qui effleurait ma jupe. Je me retournai et aperçus Mère qui me suppliait de lui donner le livre. Comme je refusais de lui obéir, elle me l'arracha des mains, puis me dit en claquant la porte: « méchante fille, je vais mettre ce livre au feu, tu ne pourras pas le lire! » Soudain la fenêtre battit et l'air glacial me réveilla en sursaut; je me frottai les yeux et bus un verre d'eau pour me remettre des émotions de mon rêve, puis je réfléchis longuement à son interprétation et décidai d'agir. Très tôt je me rendis à l'école et entrai sous le soleil écrasant dans la salle de classe qui était déserte. Quand je passai devant le bureau de monsieur Greeky, je vis que la clef du tiroir était dans la serrure. Je jetai des regards furtifs autour de moi car j'avais peur d'être surveillée. Même les ombres qui s'allongeaient sous mes pas me terrifiaient. Personne ne devait connaître mes intentions. J'étais décidée à agir et à empêcher monsieur Greeky de nous faire étudier un passage important de l'œuvre d'Homère: le Retour à Ithaque. D'un geste prompt et efficace, j'ouvris le tiroir, en sortis le livre et déchirai aussitôt le chapitre en question. Puis je remis le livre dans le tiroir, refermai celui-ci à double tour et m'éclipsai de la salle.

Une heure s'écoula. Le professeur, vêtu de rose bonbon, arriva et la classe commença. Monsieur Greeky qui s'était installé confortablement sur sa chaise demanda aux élèves d'ouvrir le livre de l'Odyssée et d'en lire le premier chapitre. Il ouvrit ensuite le tiroir et prit le livre sacré d'Homère. Je ne perdais pas un seul de ses mouvements et ne cessais de l'épier. Quand il eut feuilleté quelques chapitres, il releva la tête et regarda la classe d'un air si épouvanté que je me mis à frissonner. Il jeta sur les élèves des regards furibonds et son œil noir me fit tellement tressaillir que j'avais l'impression de voir celui de l'ouragan Katrina. Puis il se leva et s'adressa aux élèves en leur montrant les pages déchirées.

— Qui a osé arracher l'un des chapitres les plus importants du livre d'Homère? dit-il en hurlant de colère.

Personne ne répondit. Monsieur Greeky scruta alors chaque visage dans l'espoir que le coupable se trahirait. Après avoir dévisagé tous les élèves, il les interrogea un à un en commençant par les garçons:

— Monsieur George Washington, est-ce-vous qui avez commis cet acte répréhensible?

— Non, monsieur! répondit-il en baissant la tête.

— Monsieur Ben Franklin, est-ce-vous?

— Non, monsieur.

— Monsieur Roberto Taloni Achille, est-ce-vous?

— Non, monsieur, répondit-il en se grattant le talon.

Après avoir interrogé tous les garçons de la classe, il en vint aux filles:

— Amy Johnson?

Elle fit non de la tête et se pencha aussitôt sur son texte.

— Suzie Raymond est-ce vous?

— Non, monsieur, je n'oserais jamais déchirer une œuvre sacrée, dit-elle en retenant ses larmes. Ma mère est grecque!

Gêné, le professeur se tourna alors vers moi.

— Pénélope Ryder, est-ce vous?

— Oui, monsieur Greeky, c'est moi!

A cet instant, tous les élèves médusés se retournèrent vers moi. Le professeur, abasourdi, s'avança.

— Pourquoi avez-vous fait cela? Savez-vous que je me suis battu pour vous proposer ce livre au programme?

Je me levai alors de mon siège et lui tins ce discours:

— La veille de l'ouragan, mon père, surnommé Ulysse le grand est parti en mer et depuis ce jour, il n'est pas retourné chez lui, alors j'ai déchiré le chapitre en question, le retour d'Ulysse.

— Vous vous moquez de moi! lança monsieur Greeky.

— Non, pas du tout! Et puis ma mère ne veut pas que je lise ce livre, car elle a peur que je rêve d'îles imaginaires.

— C'est une plaisanterie! répéta le professeur.

— Non, je vous dis la vérité! Tant que mon père ne sera pas revenu, je préférerais qu'on n'étudie pas le retour d'Ulysse.

— Mais je ne vois aucun rapport entre votre père et Ulysse.

— Oui monsieur, Pénélope dit la vérité, intervint un des élèves qui était resté silencieux jusque là. C'était le fils du Shérif.

Monsieur Greeky se tourna vers lui et demanda:

— Alors dites moi pourquoi mademoiselle Pénélope Ryder agit de cette façon?

— Monsieur Greeky, vous n'êtes peut-être pas au courant de la réputation du père de Pénélope, surnommé Ulysse le grand. Il a disparu la veille de l'ouragan et les secouristes ont juste retrouvé son bateau mais pas son corps.

Les paroles du fils du shérif rassurèrent le professeur et le convainquirent. Alors il me dit d'une voix douce:

— Je suis désolé d'apprendre cette triste nouvelle, mais je me vois obligé de vous infliger une punition. Je vous demande donc de recopier le passage du retour d'Ulysse. Même si vous vous opposez à mes instructions, l'ensemble de la classe étudiera « le retour à Ithaque », et si vous déchirez de nouveau le chapitre en question, vous serez renvoyée.

Je baissai la tête et me rassis en retenant mes larmes. Soudain, la cloche retentit et les élèves se hâtèrent de sortir de la salle. Quant à moi, je me forçai à recopier ce long passage en songeant au retour de Père.

XVII - Une Lettre Mystérieuse

A la tombée de la nuit, tandis que les rafales de vent s'engouffraient dans les ruelles et courbaient tous les arbres, de fines gouttelettes de sueur perlaient à mon front. Un sentiment d'impuissance et d'abandon s'était infiltré dans mon cœur rongé de mélancolie et je n'arrivai pas à m'apaiser. Au petit matin, Mère me tira d'un mauvais sommeil agité et fiévreux. Je tenais dans mes mains desséchées les draps blancs et les imaginais être les voiles de Père que le vent gonflait. Mère s'inquiéta et entreprit de me faire absorber toutes sortes de médicaments. Les herbes à base de thé étaient pour elle un remède très efficace et elle en avait toujours dans son armoire, croyant qu'elle savait mieux que le médecin ce qu'il fallait administrer. Elle me donna une drogue considérée comme un excellent fortifiant. Elle me l'introduisit dans la gorge, en me tenant la tête sous son bras. Je feignis de l'avaler mais lorsqu'elle s'éloigna, je crachai ce liquide amer et écœurant sur l'une de ses plantes préférées. Quelques instants plus tard, je vis son bambou mourir. Quand Mère revint, elle fut affligée de voir sa belle plante qui flétrissait à vue d'œil. Elle n'en revenait pas; le bambou était symbole de longévité. Je demeurai blême. Une étrange tristesse pesait sur les traits de Mère, comme des larmes de glace qui coulent sur un manteau hivernal. Mère fut tellement attristée qu'elle rapporta la plante chez le fleuriste et celui-ci la remboursa aussitôt.

Après avoir repris des forces, je reçus une lettre mystérieuse. Regardant l'enveloppe je m'aperçus que l'expéditeur était un aubergiste. La vue de ce courrier me déconcerta et il me fallut faire un effort pour briser le cachet. Je fus prise de tremblements lorsque j'eus fini de la lire. L'aubergiste avait écrit ces mots qui me bouleversèrent:

Ma Chère Pénélope

J'ai appris récemment la mort de votre père, et je sais à quel point vous devez en souffrir. Pour apaiser votre chagrin, je vous invite à faire un séjour auprès des rescapés de l'ouragan Katrina, et là, vous pourrez peut-être comprendre votre destinée, et connaître enfin la vérité sur votre père. Les clients de mon auberge ont eux aussi perdu un des leurs et n'ont jamais retrouvé son corps. Ils pourront vous aider, alors ne laissez pas passer cette chance, venez me rejoindre dans mon auberge.

Cordialement,

Monsieur Espoir.

Je tressaillis de surprise, car je n'avais jamais entendu parler de cette auberge. Je relus la lettre, puis toute balbutiante d'émotion, je la pliai.

« Qui est ce Monsieur? me demandai-je. Et si c'était une farce? Monsieur Espoir ne serait-il pas en fait un de mes camarades de classe? Ne serait-ce pas Monsieur Greeky pour se venger de la page déchirée? »

Mes lèvres tremblaient chaque fois que j'envisageais une nouvelle hypothèse et m'interrogeais sur la véritable identité de l'auteur de la lettre.

Je repris l'enveloppe et examinai l'adresse. Je vis à côté de celle-ci une carte qui indiquait la direction à prendre. Après avoir relu la lettre à maintes reprises, j'étais déterminée à connaître la vérité sur la disparition de Père. Mais avant d'aller dans cette auberge, je devais rendre visite au monstre Scylla car il était le seul à pouvoir m'aider et me donner des informations sur ce mystérieux monsieur Espoir.

XVIII - La Concierge Scylla Et Sa Fille Charybde

Scylla n'était pas une bête ou un monstre marin, mais une concierge sicilienne qui habitait au 5 rue du Marquis de la Fayette, à quelques pas de la marchande de jouets qui avait des courbes de sirène.

Cette concierge italienne avait émigré aux Etats-Unis dans les années soixante. A cette époque les concierges descendaient dans les immeubles, mais l'essor considérable des constructions de maisons avait fait disparaître ce beau métier. Malgré le chômage qui touchait la plupart de ses consœurs, Scylla avait survécu. Depuis 30 ans elle était la gardienne d'un immeuble où résidaient d'anciens propriétaires de plantations et d'esclaves. Les locataires l'avaient surnommée le monstre Scylla car elle les attendait, en bavant de toute sa gueule pour leur dérober des secrets et les répandre dans tout le voisinage. C'était une vraie commère que tout le monde craignait. Il fallait avoir une armure pour se protéger de sa langue de vipère. Ce monstre suscitait la peur, la terreur avec son corps de baleine et son visage d'homme. A l'insu des locataires, elle décollait à la vapeur les enveloppes qu'elle recevait et lisait les nouvelles croustillantes qu'elle propageait ensuite dans tout l'immeuble. Quand les locataires avaient vent des rumeurs, ils s'emportaient, la menaçaient de la renvoyer pensant qu'elle était à l'origine des fuites, mais la concierge Scylla était intouchable et personne ne pouvait la licencier. Ayant acheté sa loge, elle était la patronne des syndicats des propriétaires. Quand les rumeurs couraient dans les rues commerçantes, les actions bancaires des locataires s'effondraient. Plus elle médisait et spéculait sur leur vie, plus leurs valeurs boursières du Dow Jones chutaient. Ni les dons, ni les cartes de vœux ne pouvaient l'empêcher de calomnier. « La concierge Scylla, disait un des locataires de l'immeuble, n'est pas un prédateur sexuel, mais de commérage, elle passe son temps à pêcher ses pauvres victimes et détruire leur vie, elle est un peu comme les traders de Wall Street!»

Scylla voulait en fait se venger de tous ces riches propriétaires de maisons qui avaient détruit le beau métier de concierge à la Nouvelle-Orléans. En plus de répandre les faux bruits, elle tenait un journal dans lequel elle notait les événements importants de la journée: les cocus du fisc, des taxes d'habitation et de la vie en général. Elle se réjouissait quand elle croisait un jeune riche désœuvré et drogué. Elle croyait alors en la justice divine. Quand les locataires franchissaient le hall, ils se demandaient où elle pouvait bien se terrer car elle était tout le temps invisible et injoignable pendant les heures de travail. On avait beau fouiller, partout du regard, personne ne l'apercevait. Quand on essayait de pénétrer dans sa loge étriquée, elle ronflait de colère, hurlait, claquait la porte, mettait la musique fort ou collait sur le devant de sa fenêtre une pancarte qui provoquait l'hilarité « Ma chatte Madonna et moi sommes indisposées pour le moment, nous serons disponibles vers la fin du mois » A l'insu des locataires, elle les épiait; son oreille collée au carreau écoutait le claquement des sandales, les voix, les chuchotements, le frou-frou des jupes qui bruissait dans l'escalier. Quand le facteur entrait dans sa loge pour y déposer le courrier il en sortait vite. Il avait en effet l'impression que le monstre Scylla le déshabillait du regard. La concierge avait aussi une fille que les locataires avaient surnommée Charybde. Dans la mythologie grecque, Charybde était un monstre marin qui engloutissait et vomissait la mer trois fois par jour. Dans la vie courante, c'était une adolescente de dix sept ans, boutonneuse et coincée qui éructait des injures ou des grossièretés chaque fois que les locataires venaient lui demander des informations ou récupérer leurs courriers. On avait l'impression qu'elle aboyait et ses cris aigus résonnaient tellement dans l'immeuble qu'on devait mettre des boules-kiess. Si une personne s'aventurait pour la première fois dans le hall, les locataires s'empressaient de lui dire: « gardez le cap sur Scylla, évitez Charybde »

La mère et la fille vivaient en même temps dans deux mondes opposés: l'un virtuel, l'autre réel. Charybde passait son temps à créer des blogs dans lesquels elle rédigeait des articles dédiés à la vie des locataires de son immeuble. Elle était plus dangereuse que sa mère car les internautes ne pouvaient pas contrer la désinformation et les rumeurs virtuelles qui circulaient abondamment dans les réseaux sociaux.

Malgré la haine et le mépris qu'éprouvaient les gens envers Scylla, un homme l'appréciait, le sénateur Pincon. Cet homme politique d'origine cajun et héritier d'une grande plantation de canne à sucre, avait lutté pendant des années contre l'exploitation du peuple par les riches. Il avait fondé un parti politique au slogan incompréhensible pour la masse laborieuse marxiste « le retour à la pureté et à la liberté ». Même mon père et ses amis qui avaient lu le programme de sa campagne électorale n'avaient saisi qu'une seule phrase: Taxer à 100 pour cent les revenus des riches. Mais sa vision du monde marxiste changea complètement lorsque l'ouragan Katrina appliqua d'une façon pragmatique sa politique: l'exode des riches. Monsieur Pincon ne comprenait pas ce qui lui arrivait, la vérité l'avait réveillé. Il avait besoin des riches pour reconstruire la ville. Il était désabusé. Le lendemain du passage de Katrina, il avait modifié son discours politique, il suppliait les entrepreneurs et les investisseurs de revenir en Louisiane. La toux déchirait sa poitrine chaque fois qu'il évoquait dans ses campagnes l'exploitation des riches par le fisc. Il avait même rebaptisé son parti politique: les opprimés du fisc. Depuis le passage de l'ouragan Katrina monsieur Pincon s'était mis à fraterniser avec les milliardaires. Quand les gens lui demandaient d'où venait la haine des riches qu'il avait auparavant, il répondait: « cela vient de ma femme Régine »

En effet, avant de devenir un politicien éminent, monsieur Pincon avait travaillé dans une grande maison d'édition prestigieuse et bourgeoise qui ne publiait que des auteurs renommés. La rumeur disait qu'il avait composé des vers érotiques publiés sous le pseudonyme « Sade ». Il était tellement triste de lire des manuscrits non publiables qu'il décida un jour de bâtir sur son ancienne terre de plantation le « Cimetière Des manuscrits Refusés ». Il avait construit ce lieu en s'inspirant du célèbre Salon des refusés qui eut lieu à Paris en 1863. Il se disait que parmi ces manuscrits indésirables, on trouverait non un Manet mais un écrivain de talent, comme Shakespeare. Quand il revenait de son travail, tous les soirs il aimait lire à son épouse Régine, les belles phrases poétiques d'Octavio Paz:

«Ton dos s'écoule tranquille sous mes yeux

Comme le dos du fleuve à la lueur de l'incendie.

Les ongles de tes doigts de pied sont faits du cristal de printemps.

Entre tes jambes se trouve un puits d'eau somnolente»…

Assoiffé de pouvoir et poursuivant des rêves de puissance, Monsieur Pincon démissionna de son poste de correcteur-traducteur, et endossa l'habit de sénateur. Quand il commença son nouveau travail, les mots d'Octavio Paz qui dansaient dans la tête de sa femme furent remplacés par des rapports ministériels comme celui-ci:

Aujourd'hui, la réunion des sénateurs s'est articulée autour de plusieurs thèmes:

1) Le chômage en chiffres!
2) L'Eldorado des délocalisations: le Vietnam.
3) La Chine, une menace?
4) La formation des jeunes et ses problèmes.
5) Faut-il légaliser le cannabis ou la marijuana?
6) Le suicide en chiffres.
7) Les immigrés légaux et les sans papiers.
8) La faillite des entreprises et ses causes.

Hantée par les mots de velours d'Octavio Paz, madame Pincon, la femme du sénateur, plongea peu à peu dans une grave dépression, et un jour, après que son mari lui eut lu 1000 rapports ministériels sur la crise, les délocalisations d'entreprises, les faillites, la chute des valeurs boursières, son cœur lâcha. Je n'en revenais pas car il y avait des gens qui se suicidaient en se jetant par la fenêtre, d'autres en se pendant ou en avalant des suppositoires! Mais je n'aurais jamais pensé que le nom de Paz qui signifiait Paix aurait provoqué la mort de l'épouse d'un homme politique! Le jour de l'enterrement de sa femme, monsieur Pincon comprit le sens de sa vie en voyant son corps enseveli dans un trou de 8 mètres carrés. Il pensa alors à la fameuse expression: « grandeur et décadence ». Pendant des années il avait travaillé dur, sué pour s'assurer une position d'élite et suite à la mort de son épouse Régine, il se demandait pourquoi de tels espoirs avaient débouché sur une existence si vaine: « la vie est absurde, martelait-il. Nous devrions enseigner aux jeunes l'expression: « grandeur et décadence », car nous finirons tous dans un trou! »

Ses mots s'adressaient en fait aux nantis qui avaient vécu dans des logements vastes et somptueux. N'était-ce pas écœurant et révoltant de voir le corps de madame Pincon, l'épouse d'un sénateur, enseveli dans un trou à rat? Sans blague! Père et moi allions souvent la voir dans son logement de quatre cents mètres carrés, rue Duc d'Orléans. Sa fin tragique attristait les pauvres gens que nous étions. Quelque temps après la mort de sa femme, monsieur Pincon milita pour les sans abris et les animaux du zoo, enfermés injustement dans des cages, les immigrés sans papiers, les étudiants, les chômeurs, les travailleurs démunis, les prisonniers entassés dans des cellules de 10 mètres carrés. Il déclarait que ces gens faibles et démunis étaient les plus lucides. Ils ne rêvaient pas de grandeur car leur vie était réelle et ressemblait à un trou mortel.

« Les PDG, disait-il, les chercheurs, les investisseurs, les riches, les pauvres, les ouvriers, les handicapés, les génies, les assassins, les religieux modérés et fanatiques, les surdoués, les sous doués, les chômeurs, tous finiront leur vie dans une boîte rectangulaire! Nous ne pouvons échapper à notre destin. »

Eperdu de chagrin, le sénateur s'était lié d'amitié avec la concierge car sa loge étriquée de 10 mètres carrés, lui rappelait la tombe de sa femme. Quand Scylla se plaignait de son logement, il lui disait pour la rassurer: « il y a pire, ma pauvre femme Régine vit maintenant dans un 8 mètres carrés. »

En fait la situation mortelle de la femme du sénateur était pire que celle de mes amis haïtiens qui logeaient à plusieurs dans un studio de 20 mètres carrés. Un jour monsieur Pincon emmena un de ses enfants visiter un logement où résidaient des immigrés sans papiers.

Son fils effaré, lui dit:

— Papa, comment font ces douze personnes pour vivre dans un taudis pareil, dans ce trou à rat!

— Mon fils, seule ta mère le sait! répondit le sénateur en éclatant en sanglots.

Le monstre Scylla s'entendait merveilleusement avec le sénateur Pincon car avant le passage de l'ouragan Katrina tous les deux militaient pour la même cause: lui, voulait venger les pauvres exploités par les riches, elle, voulait se venger des propriétaires de maisons luxueuses qui avaient détruit le métier de concierge.

Quoi qu'il en soit, j'étais déterminée à aller voir ce monstre. Je poussai la porte d'entrée et me glissai discrètement dans le hall. Je regardai à droite et à gauche, puis me dirigeai vers la loge, tête baissée. Au moment où je collais mon œil contre le carreau, je vis une petite grosse femme, le nez aplati, la lèvre supérieure ornée d'une moustache transparente, hérissée comme les poils d'un chaton. Son nez coulait et elle reniflait comme si elle flairait un œuf pourri.

— Qui êtes-vous? Que faites-vous ici? me dit-elle en criant.

— Je m'appelle Pénélope Ryder.

— Ah! C'est donc vous la jeune fille qui raisonne comme Homer Simpson, dit-elle en ricanant.

— Ah bon? Comment le savez-vous?

— Eh bien toute la Nouvelle-Orléans en parle. Alors, dites-moi pourquoi êtes-vous venue ici?

— C'est pour mon père que je viens. J'ai en effet des nouvelles importantes à son sujet.

Elle ouvrit alors la porte et me poussa dans sa loge étroite et nauséabonde. Elle n'avait pas récuré les toilettes depuis un mois. Le plombier n'arrivait jamais à la joindre pendant ses heures de travail.

— Asseyez-vous, je vous prie!

Je fis ce qu'elle me dit.

— Alors j'ai appris par madame Denis, la marchande de jouets, que votre père est parti avec une maîtresse grecque nommée Circé et qu'il se trouve en ce moment sur une île mystérieuse appelée Jules.

— Mais non, mon père ne se trouve pas sur l'île mystérieuse de Jules Verne avec sa maîtresse! Circé est en fait une sorcière grecque qui transforme les hommes en porcs! Heureusement, mon père n'a pas succombé à ses charmes. Après avoir résisté aux chants mélodieux et meurtriers des sirènes, il est parti en nous laissant comme cadeaux, son bateau et un rocher miniature sur lequel il avait tracé deux lettres, U et T, à l'encre de Chine.

— U et T? reprit Scylla.

— U comme Ulysse le grand et T comme guerre de Troie.

Mais qu'a fait le président Ulysses Grant dans cette guerre de Troy, la onzième ville de l'Etat du Michigan?

Mais vous n'y êtes pas du tout! répondis-je. Je ne vous parle pas du Président Grant, mais du guerrier grec, Ulysse le grand.

La concierge, qui n'avait jamais lu l'Iliade et l'Odyssée, posa la main sous son menton et se mit à réfléchir, puis après quelques instants, elle reprit la conversation:

— Donc votre mère est veuve!

— Mais non, mon père n'est pas mort! répliquai-je agacée. Simplement, on n'a pas encore retrouvé son corps.

— Elle est seule?

— Non, elle vit avec mon grand-père.

— Son beau-père?

— Oui, c'est cela.

— Tiens en parlant de beau-père, notre voisine de 28 ans s'est remariée avec son beau-père de 89 ans. Elle a réalisé le rêve américain en l'épousant.

— Le rêve américain?

— Oui, elle est devenue riche en épousant l'héritier milliardaire d'une grande compagnie de pétrole en Arabie Saoudite.

— Oh! Mais c'est dégoûtant! Ma mère ne ferait jamais une chose pareille! Dans la famille on n'a peut-être pas de pétrole, mais on a plein d'idées. Et puis le rêve de maman c'était mon père. Alors, ne généralisez pas en disant que le rêve de tous les Américains c'est de devenir riche ! Je pense sincèrement que le rêve de la plupart des Américains c'est d'avoir une assurance maladie.

— Bon d'accord mademoiselle Ryder, chacun ses rêves, chacun ses idées, même si on n'a pas de pétrole.

— Exactement !

— Dites-moi Mademoiselle, de quelle couleur sont les cheveux de votre mère?

— Après l'enterrement de mon père, les cheveux de maman sont devenus gris comme ceux de Marie-Antoinette. Pourquoi me posez-vous cette question?

— Eh bien parce que les cheveux des veuves dans mon immeuble sont devenus blond-dorés. Plus elles vieillissent, plus leurs cheveux prennent la couleur de l'or.

— C'est incroyable! Et vous me dites que ceux de votre Mère sont devenus gris.

— Oui c'est cela, et comme Papa était un simple marin, les cheveux de maman sont devenus gris comme le ciel d'Angleterre en hiver.

— Au fait, votre mère travaille-t-elle?

— Non, elle est mère au foyer.

— Ah oui! Votre mère passe donc tout son temps à faire des gâteaux et à boire du thé.

— Non pas du tout! Ma mère est nulle en pâtisserie grecque. C'était mon père qui cuisinait et faisait le ménage à la maison!

— Eh bien dites donc mademoiselle Ryder, votre mère n'est pas vraiment une potiche! Elle a vraiment su redéfinir le rôle de la femme au foyer.

— C'est à dire?

— Eh bien une femme au foyer est avant tout la première dame de la maison; elle doit faire des sourires à son mari et à ses collègues, lui préparer des bons petits plats, s'occuper de son agenda, de son ménage, laver ses slips sales et elle doit donner une belle image de sa famille. Votre mère représente en réalité la dame de fer au foyer! Bon dites-moi quelles nouvelles avez-vous de votre père?

— Eh bien, j'ai reçu une lettre d'un aubergiste qui s'appelle monsieur Espoir, le connaissez-vous?

— Non, mais je suppose qu'il est français.

— Comment le savez-vous?

— Mademoiselle Ryder, Je n'ai peut-être pas fait MIT ou Polytechnique, mais j'ai fait l'école cajun et mon professeur m'a enseigné que le mot espoir voulait dire « hope ».

— Alors monsieur Espoir serait donc d'origine française! m'exclamai-je.

— Québécoise ou créole, dit-elle en souriant. Avez-vous apporté la lettre?

— Oui, la voici.

Quand elle eut fini de la lire, elle me dit:

— Savez-vous comment y aller?

— Non!

— Il faudra prendre un bateau pour rejoindre la rive gauche. Ce n'est pas loin d'ici! Vous ne pouvez pas vous perdre, cette auberge se situe dans une rue très étroite et sombre. Laissez-moi vous dessiner le plan.

Quand elle eut fini de le tracer, nous fûmes tout d'un coup interrompues par la sonnette.

— Vite, mettez vous sous la table! Il faut faire croire que je ne travaille pas.

— Pardon?

— Cachez vous! Je vais d'abord voir qui cela peut bien être, et après on discutera!

Je fis ce qu'elle m'ordonna.

— Elle plaça son œil contre la vitre et s'exclama:

— Oh, mais c'est monsieur Pincon!

— Oui c'est moi, chuchota-t-il, je viens chercher mes boîtes de caviar, les avez-vous reçues?

— Oui, je les ai reçues, venez! Entrez!

— Elle me fit vite sortir de ma cachette en disant:

— J'ai de la visite.

— Ah! Qui est-ce? demanda monsieur Pincon en me voyant.

— C'est mademoiselle Pénélope Ryder.

— Ah! La jeune fille dont tout le monde parle en ce moment et qui raisonne comme Homère! s'exclama le sénateur.

— Au féminin, ajoutai-je.

— Monsieur le sénateur, voudriez –vous prendre le thé avec nous?

— Oui, volontiers, dit-il en prenant une chaise.

Son nez coulait, il souffla bruyamment, renvoyant la coulure nasale sur mon gilet.

— Oh, excusez-moi, mademoiselle Ryder, dit-il en essayant avec son mouchoir d'enlever le liquide blanc collé sur mon vêtement. Ah, voilà! Ce n'est rien, c'est juste une petite tache qui partira vite au lavage!

Il rangea son mouchoir puis me dit:

— Alors j'ai appris la mort de votre père. Que c'est triste!

— Non, il n'est pas mort, lui répondis-je d'une voix irritée, simplement les secouristes n'ont pas retrouvé son corps! Mais je caresse encore l'espoir qu'il revienne.

— Oui, oui, intervint la concierge Scylla, mademoiselle Ryder vient de recevoir une lettre d'un certain monsieur «Hope».

— Monsieur Espoir, rectifiai-je.

— Oui, monsieur Espoir ou monsieur Hope, c'est comme si on disait Dr. Jekyl, le Français et Mr Hyde, l'Anglais.

— Ah, ah!!! rit monsieur Pincon.

— Je ne trouve pas cela drôle, dis-je vexée.

— Oh, excusez-moi! Je ne voulais pas vous faire de peine, mais pour vous consoler de la perte de votre père, je vais vous faire part de ma découverte.

— Ah oui! Qu'avez-vous découvert? demanda Scylla en caressant sa moustache fine et hérissée.

— Eh bien, nous allons tous mourir virtuellement.

— Pardon? repris-je.

— Je vais vous expliquer!

Il saisit l'ordinateur portable qui se trouvait sur la table d'entrée, puis nous dit:

Approchez! Et dites-moi ce que vous voyez sur l'écran ?

— Eh bien un moteur de recherche, lui dis-je.

— Oui, mais quoi d'autre?

— Eh bien, juste un moteur de recherche! répétai-je

— Non, vous avez tort. La boîte du moteur de recherche ne vous fait-elle pas penser à une tombe rectangulaire?

— Une tombe? reprit la concierge.

— Oui, un trou virtuel, poursuivit-il, regardez bien ce rectangle minuscule qui scintille sur l'écran, on dirait bien une tombe.

— Non, je ne vois pas, lui répondis-je, en touchant mon menton.

— Eh bien, tapons par exemple le nom de ma femme: REGINE PINCON. Que voyez-vous maintenant?

— Juste son nom, répondit la concierge.

— Oui, d'accord, mais ne voyez-vous pas que le nom, l'ego et le narcissisme de ma femme sont enfermés dans cette petite boîte rectangulaire?

— Monsieur le sénateur, dit la concierge, vous voulez dire que les gens raffolent de ce moteur de recherche car ils rêvent de voir leur narcissisme finir dans ce trou virtuel.

— Oui, c'est bien cela!

— Ah! Je comprends maintenant pourquoi le gouvernement chinois est contre l'internet! dit la concierge.

— Ah, oui pourquoi? demandai-je

— Parce qu'il préconise la discrétion et la modestie, répondit-elle en penchant son corps de baleine.

— Alors, si je comprends bien, monsieur le sénateur, le nom, l'ego et le narcissisme de tout homme mortel seront ensevelis dans cette boîte virtuelle?

— Oui c'est cela mademoiselle Ryder, les gens finiront comme mon épouse dans cette tombe virtuelle. Les pauvres, les gens honnêtes, les riches, les escrocs, les illettrés, les nuls en orthographe, les fraudeurs, les opprimés du fisc, les investisseurs de Wall Street, les terroristes, les psychopathes, les pervers narcissiques, les ouvriers, les chômeurs, tous mourront virtuellement. Nous aurons deux morts: L'une virtuelle et l'autre réelle. La mise en scène frénétique de soi sera ensevelie dans ce moteur de recherche. Vous me direz cela ne coûtera rien et il n'y aura plus besoin de rêver d'être enterrés au Père Lachaise ou au cimetière Saint Louis. Avec l'internet, nous serons tous égaux devant la mort virtuelle.

— Et le fondateur de l'Internet, comment finira-t-il sa vie? demandai-je.

— Eh bien, dit Scylla d'un ton sarcastique, il connaîtra le même destin que le créateur de Frankenstein qui est mort de la main de sa créature.

— Mais dites-moi, monsieur le sénateur, comment peut-on éviter de périr dans cette tombe virtuelle? dis-je en buvant d'un trait la théière.

— Eh bien en étant EXCEPTIONNELLEMENT INSIGNIFIANT COMME TOUT HOMME MORTEL ORDINAIRE!

— C'est à dire?

— Eh bien, en ne laissant aucune trace sur internet.

— La concierge qui voulait savoir si Père maîtrisait l'outil informatique se tourna vers moi et demanda:

— Mademoiselle Ryder, votre père savait-il utiliser l'internet?

— Non. Vous savez mon père n'était qu'un simple marin et non un cyber citoyen.

— Que c'est dommage!

— Ah bon pourquoi?

— Eh bien parce que sa fin sera triste et banale. Les cyber citoyens ne sauront pas qu'il est mort et ne pourront pas répandre la vie de votre père que vous surnommez Homer Simpson dans tous les réseaux sociaux. Comment peut-on mourir de nos jours sans l'internet? C'est impossible! Nous en avons besoin car il nous permet d'être important à travers le monde et de laisser une trace immortelle pour les futures générations. La mort de votre père est donc tragique: une mort banale et inaperçue, martela-t-elle en soupirant.

— Comment ça une mort banale? repris-je. Mais vous oubliez de mentionner que la mort de mon père sera connue des amoureux du poète Homère, et non des Simpson Maniaques, répondis-je d'un ton sarcastique. Et puis vous savez, je suis prise d'un certain vertige lorsque je lis tous ces commentaires laissés sur internet, je me dis que les internautes n'écrivent pas grand-chose d'intéressant, voire n'importe quoi. Beaucoup franchissent régulièrement les barrières de la bienséance et de l'orthographe!

A ces mots Scylla posa la main sous son menton se demandant qui pouvait bien être ce fameux Homère. Pendant qu'elle réfléchissait, monsieur Pincon sortit de la pièce, en prenant ses boîtes de caviar. Quelques minutes s'écoulèrent, je m'éclipsai à mon tour et dès que j'annonçai à Mère que l'ego et le narcissisme de Père ne finiraient pas dans la boîte du moteur de recherche de Google et que sa mort passerait inaperçue dans le monde des cyber citoyens, elle contacta aussitôt le pseudo docteur Freud qui me conseilla d'utiliser modérément l'internet.

XIX - Les Rescapés De L'Ouragan

J'attendis quelques jours avant de prendre la décision d'aller rencontrer monsieur Espoir dans son auberge. Le jour de mon départ, il faisait déjà nuit, un peu sombre, comme lors d'une éclipse solaire. La lune semblait même me lancer des rayons glacials dans le dos. Combien de fois ne l'avais-je pas scrutée, avant de me blottir dans mon lit! Père disait qu'elle veillait sur les navigateurs.

Pour informer Mère de mon départ, je lui écrivis une lettre que je posai soigneusement sur mon bureau. Je partis donc, vêtue d'un costume vert jade, en emportant le manga de l'Odyssée. Dehors, tout était noir, et plus j'avançais, plus les entrées des rues s'apparentaient à des trous de grottes insondables. En traversant le jardin de la Louisiane, je touchai les deux chênes en disant: « Adieu, compagnons de mon enfance, je ne pourrai pas vous revoir pendant un certain temps. Attendez-moi! Je reviendrai avec Père et nous serons heureux comme avant».

Je les embrassai et gagnai d'un pas léger le port où fourmillaient des bateaux, des navires, des barques. Tout était silencieux. Je me glissai discrètement dans une barque de pêcheur, me cachai sous la banquette et attendis. Soudain une voix cria: levez l'ancre! Quelques instants plus tard, le bateau se mit à danser sur la houle bleutée. Le voyage commençait. Une heure plus tard, le pêcheur jeta l'ancre et je me faufilai à son insu sur le port de la rive gauche! Il n'entendit rien car il était brisé de fatigue. L'auberge n'était pas loin. Je suivis le fleuve pendant un certain temps, puis tournai à droite. Les sentiers embués avaient l'apparence de sables mouvants. Plus je les empruntais, plus je sentais mes pieds s'enliser, comme si le néant allait me happer. Après avoir traversé une ruelle très sombre, j'aperçus, tout juste à côté de moi, l'entrée d'un bâtiment carré, d'aspect étrange. C'était l'auberge. Elle était enveloppée d'un brouillard épais. Son toit avait la forme d'un cerveau et ses fenêtres ressemblaient à des tiroirs. Au moment où j'approchais de la porte, une foule de gens sortit, portant des casiers. Je pensai dans un premier temps que c'étaient des voleurs. Puis mes soupçons disparurent quand je vis le portier qui les aidait à transporter leurs bagages. J'attendis un certain temps, puis je décidai d'entrer. Il faisait un froid glacial à l'intérieur et je pouvais entendre les clients aller et venir dans leur chambre, soufflant dans leurs mains, tapant des pieds sur le sol pour se réchauffer. Au fond du hall s'ouvrait sur deux couloirs qui donnaient sur des chambres. Je notai que les portes des chambres situées sur l'aile droite demeuraient ouvertes tandis que celles situées sur l'aile gauche étaient fermées. Au moment où je m'avançais vers le comptoir de l'accueil le patron de l'auberge me fit signe de venir. C'était un homme de petite taille, vêtu de noir. Son nez avait été rongé par le froid cinglant. Je me dirigeai vers lui, la gorge serrée et les mains tremblantes.

— Bonjour Pénélope Ryder! dit-il en souriant.

— Bonjour! Etes-vous monsieur Espoir?

— Oui, c'est bien moi.

— Et l'auteur de la lettre?

— Oui, c'est bien moi. Au fait, avez-vous des bagages?

— Non!

— Aucun?

— Non, aucun!

— Un livre? me demanda-t-il.

— Oui, j'ai apporté le manga de l'Odyssée.

— Le manga de l'Odyssée de Kino?

— Non, il ne s'agit pas de Kino, la voyageuse qui est accompagnée de sa moto parlante Hermès, mais de l'Odyssée d'Ulysse, lui répondis-je en soufflant puissamment de mon nez. J'ai apporté un manga en grec ancien.

— Ah, le livre d'Homère! s'exclama-t-il. C'est déjà bien pour un commencement.

— Savez-vous où se trouve mon père? lui dis-je subitement d'une voix tremblante.

— Je suis désolé, je ne peux répondre à cette question.

— Mais dans la lettre, vous aviez dit que vous pourriez m'aider à retrouver mon père.

— Oui, j'ai bien spécifié cela; mais avant de connaître toute la vérité sur votre père, et de comprendre le sens de votre destinée, il vous faudra d'abord rendre visite aux rescapés de l'ouragan dans leurs chambres. Et après, vous saurez tout.

— Pourquoi devrais-je les rencontrer ?

— Parce qu'ils ont comme vous perdu un des leurs et n'ont jamais retrouvé son corps.

— Et après les avoir rencontrés ?

— Eh bien, cela dépendra de vous. Maintenant, suivez-moi! Je vais vous montrer votre chambre!

Je le suivis et nous traversâmes un long couloir obscur qui comprenait une enfilade de chambres peu éclairées, situées sur l'aile droite de l'auberge. Il faisait tellement sombre que je dus me guider en tâtonnant. Je me dis que le patron voulait économiser l'électricité pour payer ses charges sociales. Nous nous arrêtâmes devant une porte dont le numéro était 2982005.

— Que ce nombre est long à retenir! bougonnai-je.

— Pas du tout, c'est facile! répondit-il.

— Ah bon?

— Bien sûr, c'est la date du passage de l'ouragan Katrina, le 29 août 2005.

— Oui, en effet! Je connais cette date par cœur.

L'aubergiste poussa la porte et commença par regarder avec précaution à l'intérieur de la chambre. Puis il se mit à l'inspecter et à la fouiller.

— Personne sous le sofa; personne sous la table; personne sous le lit; personne dans l'armoire.

— Mais pourquoi inspectez-vous et fouillez-vous ma chambre? l'interrompis-je

— Parce que je veux m'assurer que personne ne s'y trouve.

— C'est à dire? Vous avez peur que des pillards ou des fantômes se cachent à l'intérieur?

— Non, pas du tout!

— Alors pourquoi?

— Parce que certains rescapés de l'ouragan ne veulent pas partir et se cachent dans les chambres.

— Mais pourquoi?

— Je ne peux vous le dire pour l'instant. C'est après les avoir rencontrés que vous comprendrez le sens de ce séjour et de cette auberge.

Je promenai un regard curieux sur ma chambre. Elle avait un décor hivernal et les murs étaient blancs. Je me demandai pourquoi mes tiroirs étaient grand ouverts et posés sur le sol. Je les comptai et trouvai qu'il y en avait 50, ce qui correspondait à l'âge de mon père.

— Ah! J'ai oublié de vous dire, dit-il en se tournant vers la porte. Mettez le livre de l'Odyssée dans l'un des tiroirs, et surtout ne le fermez pas!

— Mais pourquoi devrais-je faire cela? demandai-je.

— Faites ce que je vous dis, et je reviendrai vous chercher demain soir à minuit.

— Pourquoi venir me chercher à une heure pareille!

— Pour visiter une des chambres des rescapés.

— A minuit?

— Oui, à minuit.

— Mais pourquoi minuit? demandai-je

— Ah, mademoiselle Ryder je ne peux vous en dire plus! A présent, il est temps pour moi de vous laisser.

Avant de partir, il inspecta de nouveau la pièce, puis ouvrit la porte, traversa le vestibule et descendit l'escalier, muni d'une chandelle. Je me demandai s'il n'appartenait pas, bien qu'il ne portât pas de barbe, à la communauté des Amish.

XX - La Chambre De La
Première Rescapée De L'Ouragan

Cérès, La Déesse De La Moisson

Quand je m'éveillai, il faisait si sombre que regardant de mon lit, je pouvais à peine distinguer le sol et les murs opaques de ma chambre. Tout me semblait flou. Je m'évertuais à fouiller l'obscurité avec les yeux grands ouverts quand l'aubergiste frappa à la porte.

— Il est minuit! annonça-t-il.

— Minuit! lui dis-je. Mais ce n'est pas possible! j'ai si peu dormi!

— Mais oui, il est bien minuit. Et c'est l'heure de rencontrer la première rescapée de l'ouragan Katrina. Elle est venue séjourner dans mon auberge pour faire le point sur sa situation familiale. Elle a perdu sa fille et n'a jamais retrouvé son corps. Vous devez la rencontrer!

— Maintenant?

— Oui, d'ailleurs dans mon auberge, les clients se réveillent toujours à minuit, excepté quand je n'y suis pas.

— Mais pourquoi minuit?

— Ah, je ne peux vous en dire plus.

J'avais beau dire que l'heure n'était pas propice pour une promenade, que j'étais légèrement habillée n'ayant que ma robe de chambre et mes chaussons, mais il insista et me dit:

Après minuit, vous ne pourrez plus rencontrer cette rescapée.

J'acceptai alors et il me conduisit dans une chambre éclairée, où se trouvait une jeune femme en train de ranger les effets personnels de sa fille disparue. Je notai qu'elle ne cessait de ranger les mêmes affaires dans différents tiroirs et qu'elle ne les fermait jamais. Je trouvai cela vraiment étrange. Cette jeune femme semblait prisonnière de ses meubles et passait son temps à les regarder, les épousseter, et les cirer.

Le bruit de mes pas l'interrompit, et, elle me dit en se tournant vers moi:

— Qui êtes-vous?

— Bonjour, je m'appelle Pénélope Ryder! Et vous, qui êtes vous?

— Vous me demandez qui je suis?

— Oui, c'est bien cela.

— Hélas, je ne sais plus qui je suis depuis la disparition de ma fille. Le jour du passage de l'ouragan Katrina, elle m'a envoyé un courrier électronique pour m'informer qu'elle se portait bien et je ne l'ai pas revue depuis. Les secouristes n'ont jamais retrouvé son corps.

— Que faites vous dans cette chambre à une heure pareille? lui demandai-je brusquement.

— Ce que je fais?

— Oui, c'est bien ma question.

— Eh bien je range les vêtements, les cahiers scolaires et les parfums de ma fille.

— Et pourquoi faites-vous cela?

— Pourquoi je fais cela? reprit-elle.

— Oui, c'est bien ma question.

— Parce que l'ouragan a peut-être emporté et déchiqueté le corps de ma fille, mais il ne pourra jamais effacer son passé et son âme de ma mémoire, me dit-elle en sanglotant. Tous les jours, je passe mon temps à ranger ces tiroirs dans l'espoir de la revoir. Le corps disparaît, mais l'esprit demeure. Tout ce qui est matériel disparaît! Mais les souvenirs de ma fille resteront dans ces tiroirs et l'ouragan ne pourra jamais les effacer de ma mémoire. Jamais! Jamais! répéta-t-elle à maintes reprises en me regardant droit dans les yeux.

— Pourquoi ne fermez-vous pas vos tiroirs? lui demandai-je, intriguée.

— Pourquoi je ne ferme pas mes tiroirs? reprit-elle

— Oui, c'est bien ma question.

— Parce que si je les fermais à double tour, cela voudrait dire que j'enterre les objets et les souvenirs de ma fille. Mes espoirs de revoir son corps s'évanouiraient. L'espoir fait vivre et j'ai confiance, je la reverrai un jour.

— Mais si on retrouve le corps sans vie de votre fille, que feriez-vous?

Ma question la perturba. Elle poussa un cri effrayant et secoua les tiroirs avec un tel fracas que je me cramponnai à une chaise pour m'empêcher de défaillir. Après m'être redressée, je m'approchai de l'aubergiste et lui dis doucement:

— Monsieur Espoir, cette pauvre femme me fait penser à la pauvre Cérès.

— Cérès? Vous voulez dire Déméter ?

— Oui c'est cela, la déesse de la moisson.

— Ah, c'est vrai, j'avais oublié que vous raisonniez comme Homère.

— Au féminin! ajoutai-je.

— Mais dites-moi mademoiselle Ryder, quel lien y a-t-il entre Cérès et cette rescapée?

— Eh bien, quand Pluton, dieu des enfers, enleva la fille de la déesse de la moisson, celle-ci se mit à la chercher partout à travers la terre, du matin au soir. La disparition de sa fille l'avait rendue désespérée. L'ouragan Katrina a agi comme Pluton en enlevant le corps de la fille de cette jeune rescapée. Pauvre femme! Votre cliente a sans doute perdu la raison?

— Non, pas du tout! répondit-il. Elle n'est pas du tout folle, comme vous le pensez. Tous les rescapés de l'ouragan qui séjournent dans mon auberge sont sains d'esprit, mais ils ont subi un traumatisme. Ils sont venus ranger les souvenirs de la personne disparue dans les tiroirs que je leur ai procurés.

— Pourquoi avez-vous regroupé ces rescapés de l'ouragan? C'est absurde!

— Mais non pas du tout ! Vous savez, en en cas de catastrophe naturelle les rescapés éprouvent le besoin de se regrouper et de rassembler leurs souvenirs.

— Mais pourquoi leur demander de ranger les souvenirs du défunt dans ces tiroirs? C'est une perte de temps! Et c'est grotesque!

Le patron de l'auberge ne me répondit pas et me regarda l'air pétrifié, comme si j'avais prononcé des paroles maudites.

— Comment pouvez-vous penser que ces rescapés de l'ouragan sont grotesques? dit-il d'un ton de reproche. Moi, je les admire de vouloir se recueillir dans ces chambres et d'y apaiser leurs douleurs.

— Excusez-moi, mais je ne comprends pas très bien le sens de ces tiroirs. répondis-je.

— Vous comprendrez plus tard, après avoir visité toutes les chambres des rescapés de l'ouragan. Ne vous inquiétez pas!

— Non, je ne m'inquiète pas du tout! Simplement, Je ne m'attendais pas à séjourner dans une auberge dont le toit a une forme d'un cerveau et dont les fenêtres ressemblent à des tiroirs. Et puis votre auberge est remplie de rescapés de l'ouragan errant çà et là, qui exhalent des soupirs de détresse. Ce séjour si prometteur que vous mentionnez dans votre lettre, va vraiment me remonter le moral!

L'aubergiste ne me répondit pas et se contenta juste de regarder sa montre.

— Ecoutez! me dit-il, je n'ai plus de temps à vous consacrer. — Revoyons-nous demain à minuit.

— Mais pourquoi diable me réveillerez-vous à cette heure-là? demandai-je furieuse.

— Parce que la nuit porte conseil.

— La nuit porte conseil! repris-je en soupirant. La nuit peut évoquer un long tunnel, un passage à vide.

— Les sages vous diront que c'est au moment précis où la nuit est la plus noire que la lumière jaillit! Au bout du tunnel, vous pouvez recueillir les souvenirs de votre proche disparu et les chérir. Dans mon auberge, les rescapés peuvent trouver réponse à leurs angoisses existentielles, à leurs doutes et à leurs obsessions. Grâce à ces tiroirs, ils peuvent se libérer. Sur ce, je vous laisse.

Après son départ, je retournai dans ma chambre et avant de me blottir sous les draps, je me demandai pourquoi cette rescapée de l'ouragan était obsédée par ses tiroirs. Je me dis que j'étais sûrement dans un asile psychiatrique, et qu'après mon séjour dans cette auberge, je regarderais différemment les armoires de ma maison.

XXI - La Chambre Des Remords

Quand l'horloge sonna minuit, je m'assis sur mon lit pour recueillir mes pensées. Je frissonnais parce que je me demandais dans quelle chambre l'aubergiste allait me conduire. Me laissant tomber sur mon oreiller, je répétai quelques citations d'Homère:
« Parler franchement est le meilleur procédé.

La honte n'est pas de saison quand on est dans le besoin.

Le sot ne s'instruit que par les événements.

La guerre est l'affaire des hommes.

Laissons le passé être le passé.»

Soudain on frappa à la porte, le propriétaire entra et me fit signe de le suivre. Je lui obéis et il m'emmena dans la chambre des remords. Nous entrâmes et nous nous trouvâmes au milieu d'un endroit triste et sombre, comme si c'eût été un cimetière. Du côté sud de la pièce, la lune éclairait le visage d'un homme, ivre de douleur. Cet homme d'affaires éprouvait des remords car il avait négligé son fils avant l'arrivée de l'ouragan. C'était un spectacle déchirant de voir ce père assis sur son siège, l'œil fixé tristement sur les photos du disparu et répétant inlassablement: « si j'avais su que l'ouragan Katrina allait balayer la Nouvelle-Orléans, je me serais occupé de mon fils! » Je m'approchai de lui et après m'être présentée, je lui demandai:

— Monsieur, pourquoi êtes-vous si triste?

— Pourquoi je suis triste? reprit-il.

— Oui, c'est bien ma question.

— C'est une question délicate. Alors, je vais vous expliquer pourquoi mon cœur se serre chaque fois que je regarde les photos de mon fils. Je ne lui ai jamais dit que je l'aimais.

— Vous ne le lui avez jamais dit! m'exclamai-je.

— Non, jamais!

— Mais pourquoi?

— Parce que je pensais à mes affaires, et que j'étais très occupé. Mon fils n'était pas ma priorité. Mon entreprise était plus importante que lui. Mais depuis le passage de l'ouragan Katrina,

113

j'y pense et je suis rongé de remords et d'angoisse. Je suis triste quand je pense au passé. Je suis comme un captif enchaîné, s'écria-t-il, pour avoir oublié que chaque parent devait trouver un instant pour s'investir dans l'éducation de ses enfants! J'ai échoué! Maintenant, c'est trop tard. Depuis sa disparition, je ne vis plus comme avant. J'ai décidé de séjourner dans cette auberge pour surmonter mes douleurs et mon traumatisme.

— Avez-vous retrouvé son corps? demandai-je

— Non, et sa présence physique me manque, si vous saviez. Il me manque de le voir, de le toucher, de le sentir et de l'entendre. J'ai besoin de la matérialité de son corps et je souffre aujourd'hui de son absence. Oh! si vous saviez combien il est difficile d'accepter la mort de mon fils. Je ne pourrai pas vivre en paix tant que je n'aurai pas retrouvé son corps.

— Ah, ne vous inquiétez pas! Vous êtes un homme habile en affaires! Vous avez de l'argent, donc les secouristes, les détectives pourront poursuivre leurs recherches, et ils retrouveront bientôt le corps de votre fils!

— L'argent! s'emporta-t-il! Croyez vous que les compagnies d'assurance vie pourront me faire oublier mon fils! Depuis que je suis ici j'ai dépensé tout mon argent pour reconstruire ses souvenirs. Tous ces tiroirs que je range chaque jour, sont lourds. Ils sont impossibles à soulever et à les remettre dans l'armoire. Regardez bien ces tiroirs, et dites-moi ce que vous en pensez!

Je promenai mon regard sur la chambre et vis que les tiroirs étaient tous verrouillés et mal emboîtés. J'essayai d'en soulever un, mais il était tellement lourd que je dus le laisser à terre.

— Pourquoi vos tiroirs sont-ils fermés à double tour? demandai-je, intriguée.

— Excellente question! s'exclama-t-il. Eh bien, c'est l'image que j'essaye d'exprimer. J'enferme, j'enchaîne les regrets et les remords dans ces tiroirs. C'est pour cette raison que vous ne pouvez pas les soulever. Mes regrets sont trop lourds à porter dans mon cœur!

— Qu'y a-t-il dans ces tiroirs?

— Ce qu'il y a? reprit-il

— Oui, c'est bien la question que je vous ai posée.

— Des parfums!

— Des parfums! repris-je.

114

— Oui, des parfums de regrets; mes souvenirs sont parfumés de regrets! Je traîne une chaîne de remords. Et un flot de souvenirs douloureux traverse ces tiroirs et glace le sang dans mes veines. La vie est injuste! Pourquoi l'ouragan a-t-il emporté mon fils? Je croyais que tout me souriait! La vie est un tissu de regrets et de souffrances! Pourquoi moi! s'écria-t-il et pas les autres! Qu'ai-je fait pour mériter la mort de mon fils! Je pensais que je partirais avant lui, mais depuis sa disparition, la vie est vraiment un cadeau amer que je goûte chaque jour en rangeant ses souvenirs.

— Mais pourquoi passez-vous votre temps à ranger les souvenirs de votre fils dans ces tiroirs? Ne pensez- vous pas que c'est une perte de temps et d'énergie?

— Non, je ne perds pas mon temps à ranger les souvenirs de mon fils dans ces tiroirs car cela m'aide à survivre et j'ai l'impression de respirer et de toucher son corps! Sans ces meubles que vous voyez autour de vous, je ne pourrais pas vivre! J'ai besoin de ranger le passé de mon fils dans ces nombreux tiroirs pour surmonter mon traumatisme. Sans ces meubles, je mourrais! Ces tiroirs m'aident à absorber, étouffer et digérer mes souvenirs douloureux.

Un silence lourd et pénible pesa sur la chambre, et pour le rompre je lui montrai la photo de mon père.

— Avez-vous déjà vu ce monsieur?

— Non, qui est-ce?

— Mon père.

— Et que lui est-il arrivé ?

— Eh bien la veille de l'ouragan Katrina mon père, surnommé Ulysse le grand, est parti en mer et je ne l'ai pas revu depuis.

— Ah je vois que vous êtes plongée dans un monde homérique ! Malheureusement, je ne l'ai jamais vu. Peut-être que votre Ulysse ne reviendra jamais sur sa terre natale, dit-il en soupirant. Vous êtes en fait comme moi.

— Comment ça comme vous ? Je n'ai aucun regret. Mon père s'est toujours occupé de moi.

— Certes, mais vous n'acceptez pas la réalité.

— Quelle réalité ?

— La tragédie de l'ouragan Katrina et la mort de votre père.

Sa réponse me glaça et la lueur de mes yeux s'éteignit, comme un rayon de soleil fugace. Tandis que cet homme d'affaires s'abîmait dans ses réflexions, je sortis de la chambre et regagnai mon logis. Sentant un grand besoin de repos, par suite de l'émotion que j'avais éprouvée, j'allais droit à mon lit, sans même me déshabiller, et m'endormis aussitôt. Mais je me réveillai peu après et toute la nuit je pensai au drame en trois actes de Sartre, les mouches, symbole de remords.

XXII - La Chambre Des Faux Souvenirs

Minuit sonna. Le patron de l'auberge vint me chercher et nous entrâmes dans la chambre des faux souvenirs. Au milieu de la pièce se dressait une horloge qui sonnait toutes les secondes. Elle était déréglée et les aiguilles tournaient à toute vitesse. Le temps défilait rapidement comme un torrent. L'aubergiste essaya de régler l'heure, mais il n'y parvint pas. L'heure indiquée sur le cadran était erronée car nous étions dans la chambre des faux souvenirs. L'horloge allait mal comme la mémoire des deux rescapés de l'ouragan qui résidaient dans cette chambre. C'était un couple très âgé dont le visage portait des marques d'inquiétude et de souffrance. Ils étaient tous les deux à se lamenter de leur sort et à essayer de remettre leur chambre en ordre. Ils regardaient d'un air las et épouvanté les objets, qu'ils rangeaient dans des tiroirs emboîtés de travers. Ils ne se souvenaient de rien et se demandaient vraiment si leur fille avait disparu le jour de l'ouragan. Je notais que leurs tiroirs étaient mal rangés et débordaient de vêtements froissés. Des livres, des journaux, du linge, des serviettes, des éponges, des boîtes et des papiers jonchaient le sol.

— Charles, dit la vieille dame, sais-tu quand l'ouragan s'est abattu sur la Nouvelle-Orléans?

— Hier soir, il me semble.

— Ah! Hier soir? En-es-tu certain?

— Non pas vraiment!

— Charles, poursuivit la vieille dame, l'ouragan a-t-il vraiment détruit notre maison?

— Je ne suis pas vraiment sûr de cela, mais c'est en regardant la télévision que je me suis souvenu de l'effondrement de notre maison.

— Alors, tu as dû voir notre maison s'effondrer en direct!

— Oui, il me semble.

— Comment ça, il te semble?

— Je ne suis pas vraiment certain que cela soit notre maison.

— Mais comment ça, tu n'en es pas vraiment certain?

Le mari ne répondit pas et resta silencieux pendant un certain temps, puis il reprit la conversation, tout en essayant de remettre en ordre les affaires de leur fille disparue.

— Julie, regarde ce gilet! Appartient-il à notre fille?

— Charles, je ne peux pas vraiment te répondre.

— Ah bon? Mais où l'as-tu trouvé?

— Il me semble que je l'ai trouvé chez notre voisine. Peut-être que ce gilet lui appartient.

— Ecoute, si tu as maintenant des doutes, laissons cela de côté!

Le couple se pencha ensuite sur d'autres affaires. Il y avait des lunettes de soleil, un sac en cuir, des magazines, des livres, des lettres, des manteaux, un téléphone portable, un paquet de cigarettes. Mais après avoir analysé les objets un à un, le couple déclara qu'ils n'étaient pas certains que ces effets appartenaient réellement à leur fille.

Avant de sortir, ils me demandèrent s'il faisait jour ou nuit. Ils pensaient aussi qu'ils avaient probablement croisé mon père dans le jardin.

Devant la porte de la chambre, Monsieur Espoir m'expliqua pourquoi il avait choisi le nom de cette chambre.

— Pénélope, ce couple se remémore une expérience traumatisante de l'ouragan, mais ne se souvient de rien.

— De quoi souffrent-ils?

— Ils souffrent du syndrome de la fausse mémoire.

— Vous voulez dire qu'ils ont fabriqué des souvenirs?

— Oui.

— Le savent-ils?

— Non, je ne crois pas qu'ils s'en rendent compte. Leur mémoire fléchit de jour en jour, donc ils ne sont pas vraiment conscients de la réalité et oublient souvent les faits importants de leur vie.

— Comment savez-vous qu'ils inventent des souvenirs? lui demandai-je.

— Je les vois tous les soirs prendre des affaires qui appartiennent aux employés de l'auberge et les ranger dans leurs tiroirs.

Vont-ils s'en sortir?

— Tout dépendra des souvenirs qu'ils auront rangés dans leurs tiroirs.

— Pourquoi ces tiroirs?

— Ah! Je ne vous en dis pas plus, vous comprendrez plus tard.

— Monsieur Espoir, vous auriez dû leur demander de tenir un journal de leurs oublis.

— Excellente idée! fit-il en souriant, mais je préfère voir et toucher des souvenirs tangibles pour comprendre leur cerveau.

— Pourquoi les rescapés de l'ouragan doivent-ils ranger leurs souvenirs tangibles dans les tiroirs?

— Parce qu'ils n'ont pas retrouvé le corps de leurs proches disparus et ils ont besoin de sentir et de toucher leurs effets personnels. Bon, il est temps pour moi de vous laisser. Rendez vous demain soir à minuit.

— Oui, je le sais, dis-je en grommelant.

« Que c'est étrange, songeai-je en m'allongeant sur mon lit, un aubergiste qui me parle du cerveau de ses clients et du corps matériel des disparus »

XXIII - La Chambre Des Obsessions

Quand l'horloge sonna minuit, le patron m'emmena dans une nouvelle chambre appelée « la chambre des obsessions ». Avant d'entrer, monsieur Espoir se tourna vers moi et me dit:

Mademoiselle Ryder, ici loge Christopher et depuis le passage de l'ouragan Katrina, il est envahi par des pensées qui l'obsèdent, le perturbent et le torturent. Alors, venez le rencontrer et n'ayez surtout pas peur de son comportement qui vous paraîtra étrange.

J'acquiesçai et lorsque monsieur Espoir poussa la porte je découvris avec effroi des tiroirs abîmés et éparpillés dans toute la pièce. Il était difficile d'y accéder. Derrière deux grandes armoires se trouvait Christopher. Vêtu de blanc, mal rasé, le teint pâle, il ne cessait de répéter le mot ouragan Katrina. En l'écoutant et en l'observant, j'avais l'impression de revivre sans cesse cet événement traumatisant. Ce pauvre rescapé était accablé de pensées néfastes et avait peur que le cyclone revînt. Il pensait même que Katrina se trouvait dans un de ses tiroirs. Il les fouillait sans cesse. Ses meubles étaient encombrés de débris, de vêtements déchirés et de provisions.

« Que c'est étrange! songeai-je, pourquoi croit-il que Katrina va revenir l'emporter? Que s'est-il passé dans sa vie pour qu'il agisse aussi curieusement! ».

Chaque fois qu'il répétait les mots ouragan, victime, mort, inondation, le timbre de l'horloge résonnait dans la chambre. Son cerveau ressemblait à un disque rayé. L'ouragan Katrina l'avait meurtri et s'était emparé de son âme. Quand il y avait une brise de vent, il se blottissait sous ses draps, croyant que Katrina allait revenir. Il plaçait aussi dans ses tiroirs des objets qui lui rappelaient son traumatisme: les jouets de ses quatre enfants disparus, le collier de son chien écrasé sous les murs de la maison. En plus de ces objets, il rangeait les mots qui le faisaient souffrir tels inondation, naufragés, mort, ouragan, coupure d'électricité, stress.

Trouvant son comportement insolite, je m'approchai de lui et me présentai.

— Bonjour, dis-je en le saluant, je m'appelle Pénélope Ryder.

— Ah c'est donc vous la jeune fille qui est obsédée d'Homère. — Dites-moi êtes vous obsédée d'Homer Simpson ou d'Homère le poète grec?

— Monsieur, cela n'est pas du tout cela! Je recherche en fait mon père surnommé Ulysse le Grand. Comme la guerre de Troie, dis-je en reniflant, l'ouragan Katrina nous a séparés.

— Ah c'est donc cela, vous cherchez en fait votre père que vous avez idéalisé et surnommé Ulysse le Grand.

— L'avez-vous déjà vu? demandai-je intriguée.

— Non hélas, depuis mon séjour dans cette auberge, je n'ai rencontré personne et j'ai peur de sortir!

— Ah bon? Mais pourquoi?

— Parce que j'ai tellement peur que l'ouragan Katrina frappe de nouveau la Nouvelle-Orléans que je passe mon temps à ranger mes souvenirs douloureux dans mes tiroirs. Je ne peux hélas me débarrasser facilement des images violentes du cyclone, dit-il en se tordant les doigts. Je répète sans cesse les mêmes idées obsédantes et les mêmes scènes dans ma tête. Le soir j'ai du mal à fermer les yeux car je revois tout le temps la vague de huit mètres de haut qui a déferlé dans les rues commerçantes et a détruit les vieux quartiers pauvres de la ville. Comme j'ai vu des cadavres, des corps sans vie qui flottaient autour de moi, mon âme est envahie par des ennemies intérieures, c'est à dire mes obsessions. Ces idées fixes m'épuisent tellement que je m'accroche à ces tiroirs que vous voyez dans ma chambre.

— Pourquoi ces tiroirs ? demandai-je, en ouvrant grand mes yeux.

— Parce qu'ils m'aident à y déverser le poids de mes pensées ennemies et obsédantes. Plus je les trie, les absorbe et les enfouis dans mes armoires, plus je me sens libéré.

— Ça alors, c'est incroyable! Je pensais que les antidépresseurs vous aideraient plus à surmonter votre traumatisme et à vous défaire de vos obsessions que ces tiroirs surannés.

— Oui, vous avez peut-être raison. Les antidépresseurs aident un certain temps à les estomper mais il faut aussi vider, absorber, digérer et éliminer les souvenirs douloureux et les pensées qui m'obsèdent et m'empêchent d'avancer dans la vie.

Seuls ces tiroirs m'aident à déverser toutes les pensées obsédantes de mon cerveau.

— Et quelles sont les pensées qui vous obsèdent?

— Ce sont des mots durs, assassins qui tourmentent mon âme et résonnent dans ma tête comme la mort, le néant, l'absurdité de la vie et bien sûr Katrina. Chaque jour les mêmes images morbides et violentes de Katrina défilent dans mon esprit et je ne peux m'en débarrasser. J'ai peur qu'une catastrophe naturelle s'abatte à nouveau sur la Nouvelle-Orléans. Je me demande pourquoi l'ouragan Katrina s'est acharné sur moi et a emporté le corps de mes quatre enfants. Ils étaient innocents et méritaient de vivre. Qu'ont-ils fait de mal? martela-t-il à maintes reprises.

— Vos enfants n'ont rien fait de mal, la mort n'est pas une punition, répondis-je d'une voix douce. C'est Katrina qui en est la cause et vous ne pouvez rien faire contre un ouragan. L'homme est insignifiant face à la force de la nature.

— Oui, vous avez sûrement raison. Je ne sais pas pourquoi je suis envahi par des pensées absurdes et que je me sens coupable.

— Dites-moi, lorsque vous aurez vidé le poids lourd de vos pensées douloureuses dans ces tiroirs que comptez-vous faire après?

— Eh bien je pourrai alors franchir la porte de gauche et rejoindre les autres rescapés de l'ouragan qui logent sur l'aile gauche!

— La porte de gauche? repris-je.

— Oui c'est la porte de la liberté, murmura-t-il en écrivant avec son doigt Katrina sur un meuble recouvert de poussière. Mademoiselle Ryder, je ne peux vous en dire plus, il faut d'abord que vous visitiez d'autres chambres pour comprendre le sens de votre séjour.

— Ah je comprends, il s'agit en fait de la statue de la liberté. repris-je.

— Non, ce n'est pas du tout cela, je ne peux vous en dire plus. Vous saurez tout plus tard.

— Bon d'accord. Au fait, comment êtes vous arrivé ici?

— Eh bien comme l'ouragan m'a tout pris, mes quatre enfants, mon chien et ma maison, monsieur Espoir m'a gentiment hébergé. De surcroît, la ville était irrespirable. Elle était couverte de tonnes d'ordures, de nourriture avariée, de maisons détruites et il m'était impossible de trouver un logement décent. Avant d'atterrir dans cette auberge, j'habitais dans l'un des quartiers du district de Lower Ninth Ward à La Nouvelle-Orléans, l'un des plus pauvres et plus touchés par les inondations. L'endroit a été totalement détruit par l'ouragan Katrina. Logements, boutiques, restaurants, tout a été balayé. Terrassé par le fantôme de Katrina, je me suis refugié ici. Je ne sais pas ce que je vais devenir. Il n'y a pas de filet de sécurité pour les démunis. Alors pour surmonter mon traumatisme, la perte de mes quatre enfants et de mon logement, je m'accroche à ces tiroirs qui détiennent le secret de mon passé, de mes obsessions et de mes angoisses.

— Avez-vous trouvé le corps de vos enfants?

— Non, c'est pour cette raison que je range leurs effets personnels dans mes armoires. Lorsque j'ouvre ces tiroirs et palpe leurs vêtements, j'ai l'impression de toucher leur pauvre corps, dit-il en sanglotant. Mais vous savez je garde encore l'espoir de revoir mes enfants.

— Ah bon?

— Oui, tant que je n'aurai pas retrouvé leurs corps, je ne pourrai jamais accepter leur mort.

Soudain il referma un des tiroirs et les aiguilles se mirent à tourner follement. Son comportement changea subitement. Les obsessions s'emparaient de son esprit comme cette horloge déréglée. Il avait des idées fixes dont il lui était impossible de se défaire. Il était tellement hanté par le souvenir de l'ouragan que sa santé et sa personnalité en étaient affectées. Il s'emportait, s'irritait, et rangeait violemment les objets de ses enfants dans ses tiroirs. Il éprouvait des sentiments de culpabilité, de colère et d'impuissance! Katrina l'avait violemment agressé psychologiquement et physiquement. Il répétait et écrivait sans arrêt la même phrase « Le monde qui m'entoure est hostile, injuste, insensé et je ne vaux plus rien »

Je fus tellement pétrifiée en le voyant en cet état que je sortis de la pièce. L'aubergiste me rejoignit et m'expliqua alors pourquoi ce rescapé ruminait sans cesse.

— Je comprends que cette chambre des obsessions vous fasse peur, mais cela peut arriver à n'importe qui. On appelle ces ruminations mentales «des idées noires» ou des «obsessions». Elles surviennent souvent après un choc émotionnel ou un événement traumatisant. Elles hantent l'esprit pendant des jours ou des mois.

Ces pensées intrusives ne relèvent pas forcément de la pathologie, mais seraient plutôt nécessaires à l'équilibre psychologique de l'individu.

— Mais pourquoi ce rescapé est-il agressif?

— L'ouragan l'a violemment agressé psychologiquement, l'a séparé du corps de ses quatre enfants et il trouve cela injuste. Il se demande pourquoi le destin s'en est pris à lui. Comme il est atteint de « stress post traumatique» il a l'humeur mélancolique.

— Comment l'aider à se débarrasser du fantôme de Katrina?

— C'est simple, tous les jours, il fait des exercices d'incendie. Il descend les escaliers jusqu' à la sortie de telle sorte que son cerveau emmagasine un souvenir physique de l'expérience. Je le prépare à l'arrivée d'un éventuel ouragan. Se préparer à l'avance réduit le stress et l'anxiété.

— Mais alors pourquoi avoir suggéré ces tiroirs à Christopher qui est envahi par des pensées obsédantes? Vous n'avez pas peur qu'il développe des TOCS.

— Des TOCS?

— Oui, je voulais dire des troubles obsessionnels du comportement!

— Non, pas du tout, ne vous inquiétez pas. Ranger les tiroirs est une très bonne thérapie. En effet, pour éviter qu'il cherche dans les drogues une façon d'oublier ses souvenirs douloureux, comme bon nombre de personnes atteintes de trouble de stress post traumatique, j'ai invité ce rescapé à venir vider ses souvenirs traumatisants dans ses tiroirs.

— Vous avez beau me dire, je ne comprends toujours pas pourquoi les clients de votre auberge rangent les affaires de leurs proches disparus dans leurs tiroirs. Cela les aident-ils vraiment? Et qu'y a-t-il derrière la porte de gauche? Qui sont les clients qui logent sur l'aile gauche? Sont-ils des révolutionnaires gauchistes qui ont fui un ouragan politique?
Monsieur Espoir éclata de rire.

— Je comprends mademoiselle Ryder, mais je ne peux rien vous dire pour l'instant. Prenez patience et attendez d'avoir visité toutes les chambres, vous comprendrez mieux. Sur ce, au revoir, et revoyons nous demain soir à minuit.

Il me raccompagna jusqu'à ma chambre et à peine eus-je regagné mon lit qu'il disparut dans l'obscurité. Toute la nuit je fus hantée par des questions : pourquoi les rescapés de l'ouragan Katrina qui logent sur l'aile gauche sont-ils séparés des autres rescapés qui résident sur l'aile droite? Qu'y a-t-il derrière la porte de gauche?

XXIV - La Chambre De L'espoir; La Boîte De Pandore

« L'espoir des hommes, c'est leur
raison de vivre et de mourir »
ANDRÉ MALRAUX»

Au moment où je mettais la main sur la poignée de la porte, j'entendis l'aubergiste qui m'appelait et me demandait de sortir. Je lui obéis et nous nous dirigeâmes rapidement vers une autre chambre appelée la chambre de l'espoir. Elle était très éclairée et conviviale. A l'intérieur nous trouvâmes une joyeuse compagnie assemblée autour d'une table sur laquelle se dressait un énorme gâteau orné de vingt et une bougies. Au mur était accrochée une jolie peinture de l'artiste anglais John William Waterhouse qui représentait la belle Pandore libérant de la boîte tous les maux de l'humanité. Ces rescapés s'étaient réunis pour fêter l'anniversaire du disparu, dont le nom était John Dickens. Ils se souvenaient que le jour de l'ouragan Katrina, John Dickens aurait dû fêter ses vingt ans. Depuis le 29 août 2005, ils n'avaient pas retrouvé son corps, mais ils gardaient l'espoir de le revoir en fêtant son anniversaire!

Près de la cheminée, se trouvait une jeune fille qui parlait à une chaise vide, réservée au disparu.

— Frère, disait-elle, reviens à la maison! Nous fêtons aujourd'hui ton anniversaire.

— Mademoiselle, pourquoi parlez-vous à une chaise vide? demandai-je en m'approchant d'elle.

Interloquée par ma question, elle se tourna vers moi, et me lança:

— Je ne parle pas à une chaise vide, mais à mon frère.

— Votre frère? Où est-il? dis-je étonnée en promenant mon regard autour de la chaise et de la pièce.

— Eh bien, il est assis sur sa chaise et je lui souhaite un joyeux anniversaire.

— Mais je ne le vois pas, où est il? insistai-je en la regardant d'un air inquiet.

— Eh bien ici, sur cette chaise, répéta-t-elle agacée. Dis-donc qui es-tu pour ignorer la présence de mon frère?

— Je m'appelle Pénélope Ryder.

— Ah! s'exclama-t-elle. C'est donc toi la jeune fille dont tout le monde parle ici.

— Ah oui! Et que dit-on de moi?

— Eh bien, il paraîtrait que tu recherches désespérément le corps du grand poète Homère disparu il y a trois mille ans.

— Mais non pas du tout! répliquai – je outrée d'entendre de telles inepties. Je recherche en fait mon père qui a disparu le jour de l'ouragan Katrina.

— Ah c'est donc cela, dit-elle d'une voix triste. N'as-tu pas encore retrouvé son corps?

— Non, et toi que fais-tu à bavarder avec un objet?

— Mais non, je ne parle pas à une chaise, mais à mon frère qui vient juste d'avoir 21 ans, le même jour de l'anniversaire de l'ouragan Katrina.

— Mais je ne le vois pas, répondis-je affolée.

— Mais si, mon frère est sur sa chaise, martela-t-elle. Ne sens-tu pas sa présence, son odeur de lilas qui inonde la pièce?

J'étais sur le point de répliquer quand monsieur Espoir s'approcha de moi et me souffla à l'oreille:

— Mademoiselle Ryder, cessez de questionner cette jeune fille au sujet de cette chaise qui représente l'espoir de revoir, de toucher le corps du disparu. N'oubliez pas que vous êtes dans la chambre de l'espoir, et que l'espoir fait vivre. Je vous prie donc de ne pas perturber l'ambiance chaleureuse qui y règne. N'anéantissez surtout pas l'espoir de ces rescapés!

Je fis ce qu'il me dit et me mis à observer et à analyser le comportement de la jeune fille. Me voyant silencieuse, elle vint rejoindre les invités et ses parents et fit un vœu en feignant de souffler les bougies.

— Monsieur Espoir, dis-je à voix basse, pourquoi ne souffle-t-elle pas les bougies? Souffre-t-elle de problèmes respiratoires?

— Non pas du tout! Il ne faut surtout pas les éteindre, car les rescapés pensent que le souvenir de John Dickens peut à tout jamais s'envoler avec les cendres! Mademoiselle Ryder, je vous répète il ne faut pas assaillir ces rescapés de questions.

— Et pourquoi je ne pourrai pas leur poser de questions?

— Parce qu'ils caressent toujours l'espoir de revoir le jeune Dickens. Dois-je vous le répéter, l'espoir fait vivre.

— Que dois-je faire alors?

— Eh bien vous devez juste observer en silence ces rescapés. Il ne faut en aucun cas perturber le rangement de leurs souvenirs heureux dans ces nombreux tiroirs que vous voyez en face de vous. Plus ils vident le passé du jeune Dickens dans leurs armoires, plus leurs yeux se remplissent d'espoir.

— Ah, j'ai compris! m'exclamai-je. En fait ces tiroirs sont comme la boîte de pandore qui contient le mot espoir.

— C'est-à-dire? Quel lien y a-t-il entre Pandore et ces rescapés de l'ouragan?

— Eh bien, je vais vous expliquer. Comme Pandore le fit avec sa boîte, ces pauvres rescapés ont ouvert et fait échapper de leurs armoires les maux de l'humanité notamment la Vieillesse, la Maladie, la Guerre, la Famine, la Misère, la Folie, le Vice, la Tromperie, et la Passion. Et heureusement pour eux seule l'espérance y est restée enfermée et les aide à affronter l'adversité et la disparition du jeune Dickens. Je comprends pourquoi maintenant ils s'accrochent à ces boîtes de Pandore; l'espoir est en effet aussi précieux que la marque de bijoux PANDORA.

— Oui, c'est un peu cela, rit-il doucement. Alors s'il vous plaît, observez bien leur comportement et vous me direz ce que vous en pensez à la fin de votre visite.

J'acquiesçai et promenai mon regard sur la chambre. Le bruit qui s'y faisait était assourdissant. Il y avait quarante enfants. Cette atmosphère tranchait avec celle des autres chambres que j'avais visitées. Elle était très chaleureuse.

Le père de John Dickens, d'une voix qui s'élevait au dessus des sifflements aigus du vent, chantait « joyeux anniversaire ». De temps en temps, les invités reprenaient avec lui le refrain. Chaque fois que le père de John Dickens chantait, il redoublait d'énergie et déversait sa bonne humeur dans la pièce. Mais dès que le chant se terminait, il retombait dans le désespoir, les maux le rattrapaient pour un temps. Alors, son épouse se levait pour remettre de la musique.

Il y avait parmi les invités, un vieil homme et son épouse, dont le visage avait été abîmé par les vicissitudes du temps. Ils entonnèrent de leur voix rauque toutes les chansons cajuns et créoles. Leurs rires et leur joie étouffaient les grondements de la mer et du vent. Cette chambre parfaitement éclairée était ornée de tiroirs et de miroirs qui semblaient eux aussi participer à ce joyeux événement. Les tiroirs étaient à moitié fermés, et regorgeaient de toutes sortes d'objets que John Dickens possédait. Ils étaient tous de couleur verte; la couleur de l'espoir.

De gros paniers, au ventre rebondi, remplis de cadeaux s'étalaient devant les 21 tiroirs; les parents accompagnés des invités les triaient. Je notai aussi que les bonbons étaient exposés dans des bocaux, et que les enfants fermaient les yeux en les mangeant, exprimant leur souhait de revoir le jeune Dickens.

Après les chants, les enfants participèrent à différents jeux. Le premier était le Colin-maillard. Le père du disparu avait couvert les yeux d'un enfant d'un mouchoir. Lorsque celui-ci s'approchait de ses camarades, il évoquait tous les noms, excepté celui de John Dickens. Si on le mentionnait, cela voudrait dire qu'il ne reviendrait jamais à la maison.

Soudain, un autre enfant annonça un nouveau jeu. Tous devaient penser aux endroits où pouvait se trouver John Dickens, le jour de l'ouragan. Si par exemple, un des enfants, suggérait la Californie ou un autre Etat, ses camarades ne répondaient que par oui et par non. Chaque fois qu'ils recueillaient les réponses, ils les écrivaient sur des feuilles de papier et les rangeaient dans les tiroirs. Ces réponses rassuraient les parents et leur remontaient le moral.

C'était tout à fait extraordinaire de voir ces rescapés folâtrer et se trémousser de joie, malgré la disparition du jeune Dickens.

J'éprouvais pourtant de la peine en les regardant s'amuser. N'était-il pas curieux qu'ils n'eussent jamais envisagé de faire le deuil et d'accepter la mort de ce jeune homme? C'était un mirage terrible que ces rescapés avaient créé. Les convives s'étaient ingéniés à être naturels en célébrant l'anniversaire du disparu. Ils se prenaient à ce jeu et oubliaient à chaque instant la réalité. La douleur trop lourde avait égaré leur esprit; ils parlaient à une chaise vide, comme si John Dickens était présent.

Soudain, les convives annoncèrent la fin de la fête, et avant leur départ, ils se promirent de revenir le lendemain soir fêter à nouveau l'anniversaire du jeune Dickens.

De retour dans ma chambre, monsieur Espoir me dit:

— Que pensez-vous du nom donné à cette chambre?

— Je pense que vous auriez dû l'appeler la chambre d'André Malraux.

— Ah oui? Pourquoi?

— Parce que Malraux disait: «L'espoir des hommes, c'est leur raison de vivre et de mourir.» C'est vrai que ce sentiment est très puissant et peut nous amener à des pensées diamétralement opposées selon qu'il soit réalisé ou déçu, l'espoir est vital pour l'être humain. Sinon comment expliquer la résistance, l'amour, la paix, l'imagination de jours meilleurs, la lutte contre les maladies...

— Mais si l'espoir fait vivre, interrompit monsieur Espoir, il fait aussi beaucoup souffrir. A espérer, on est souvent blessé...

— Oui, mais on est encore sur le chemin de nos rêves, de notre idéal, de notre absolu.

— Il faut donc selon vous éviter au maximum la résignation, car c'est la mort du rêve, de l'espérance, de l'émotion, des sentiments, c'est la mort de l'âme... Il faut donc se battre pour réaliser ses espoirs et ne jamais les abandonner.

— Oui c'est cela, et je pense que vous portez bien votre nom, monsieur Espoir.

Il sourit, me serra la main, puis d'un pas pressé il s'engagea dans les couloirs sombres de l'auberge. Je ne savais pas à cet instant que monsieur Espoir, frappé de ma lucidité envers les rescapés de l'ouragan Katrina et de mon aveuglement pour moi-même, réfléchissait aux particularités de l'esprit humain, mi rationnel-mi émotionnel. Il y avait ceux qui niaient la réalité et ceux qui la reconnaissaient, mais étaient bloqués. Et finalement, il était content de constater que les rescapés qui rangeaient les tiroirs reprenaient peu à peu ses phrases. Ils se soulageaient en organisant leurs affaires.

XXV - La Chambre À Arrêter Le Temps; Orphée Et Eurydice

Le timbre de l'horloge annonça minuit. L'aubergiste vint me chercher comme prévu et me conduisit dans la chambre à arrêter le temps. Dès mon entrée, je fus étonnée de voir une vieille dame vêtue d'une robe nuptiale assise dans un fauteuil noir. Ses longs cheveux gris flottaient sur ses épaules et ses longs cils ressemblaient à des stalagmites usées par le temps. Elle portait une pince à linge sur le nez pour avoir le profil grec. La flamme dorée de la lune éclairait son visage flétri et glacial.

— Qui êtes-vous ? me demanda-t-elle en versant de l'eau glacée dans son verre.

— Je m'appelle Pénélope Ryder.

— Que faites-vous ici?

— Je suis là pour retrouver mon père disparu le jour de l'ouragan. Les secouristes n'ont pas retrouvé son corps.

— Vous aussi! dit-elle en soupirant. Sa voix rauque était comme le grincement d'une serrure rouillée.

— Et vous, pourquoi êtes vous là?

— Pour mon fiancé.

Elle resta silencieuse pendant un long moment; des souvenirs ressuscitaient devant ses yeux. Pendant tout ce silence, j'observai méticuleusement les objets qui l'entouraient. Je remarquai que les fleurs se mouraient dans de vieux vases et que l'aiguille de l'horloge s'était arrêtée à six heures.

— Il n'est pas six heures, lui dis-je. Il est plus de minuit.

— Que dites-vous? Il est six heures.

— Non, insistai-je, votre horloge retarde! Est-elle cassée?

— Non, poursuivit-elle. Elle fonctionne. Il est bien six heures, l'heure de l'arrivée du passage de l'ouragan, c'est-à-dire l'heure de la cérémonie de mon mariage.

C'est alors que je commençai à comprendre que tout dans cette chambre, s'était arrêté au jour de l'arrivée de Katrina. La vieille dame avait délibérément brisé le ressort de l'horloge pour empêcher le temps de s'envoler. Elle s'était retirée dans cette auberge pour reconstruire les souvenirs de son fiancé. Tous les soirs, elle se parait de sa robe nuptiale et imaginait la scène de la cérémonie de son mariage. Elle avait sombré dans un abîme de douleur et ne pouvait admettre que son fiancé fût mort. Elle rangeait machinalement les mêmes cartes d'invitation dans ses tiroirs, dans l'espoir de figer à tout jamais la date de son mariage.

— Savez-vous ce que l'ouragan a brisé? me demanda-t-elle

— Les vitres de votre maison. lui répondis-je.

— Non! Mon cœur!

— Votre cœur! repris-je, abasourdie.

— Oui, Katrina l'a dévoré! me dit-elle en posant ses mains sur sa poitrine.

Elle me demanda de toucher son artère et j'eus l'impression que son cœur s'était arrêté comme l'horloge dans la chambre.

— Comment l'ouragan a-t-il bien pu dévorer votre cœur?

— Eh bien, il l'a fait en emportant le corps de mon fiancé le jour de mon mariage. Et mon cœur en est rongé de douleur.

— Comment s'appelait votre fiancé ?

— Georges. Et vous mademoiselle, votre cœur ne vous fait-il pas mal depuis la mort de votre père?

— Non, il n'est pas mort, on n'a pas encore retrouvé son corps, répondis-je en tremblant.

— Avez-vous apporté une photo de votre père? me demanda-t-elle.

— Non, je ne l'ai pas sur moi.

— Ah bon? Alors dites-moi qu'avez-vous rangé dans vos tiroirs?

— Un manga en grec ancien!

— Ah! Et de quoi parle ce livre?

— Eh bien de l'Odyssée d'Homère.

— Ah oui, le fameux poète grec! J'avais douze ans lorsque j'ai commencé à le lire. J'avais même appris que l'Odyssée avait été composée pour un public féminin et qu'un écrivain anglais de l'époque victorienne, Samuel Butler, avait suggéré qu'Homère était en réalité une femme! Que c'est grotesque, comment une femme aurait-elle pu en être l'auteur?

— Ah mais pourquoi l'auteur de l'Odyssée ne serait-il pas une femme? demandai-je en la regardant droit dans les yeux.

— Eh bien c'est simple! répondit-elle en fronçant le sourcil. D'une part le but du voyage d'Ulysse est de retrouver sa femme Pénélope, d'autre part, dans le monde d'Homère les femmes sont souvent dangereuses et méchantes. Par exemple, les sirènes sont des chanteuses destructrices et diaboliques. Charybde et Scylla sont des monstres féminins qui dévorent tous ceux qui s'approchent d'elles. La sorcière grecque Circé transforme les hommes en porcs! L'auteur de l'Odyssée n'est ni une femme ni une féministe! martela-t-elle à maintes reprises.

Me voyant perplexe, elle changea de conversation et attira mon attention sur une longue table couverte d'une nappe grise sur laquelle était posé un gâteau de noces, couvert de toiles d'araignées et de moisissures.

— Regardez ce gâteau de noces! C'est le seul souvenir qui me reste de mon fiancé. En voulez-vous?

— Non, merci!

— Et vous, que faites-vous en attendant votre père?

— Je lis l'Odyssée et j'imagine mon père affrontant les dieux, la mer, les vents, les tempêtes, les monstres et les chants des sirènes.

— Tout ceci n'est que chimère! me dit-elle sèchement. Mais après tout, si Ulysse vous soulage et vous aide à surmonter la mort de votre père, tant mieux pour vous!

— Mais mon père n'est pas mort! répondis-je en colère. On n'a pas encore retrouvé son corps.

— Ah oui c'est vrai Ulysse a retrouvé sa Pénélope! dit-elle en riant.

— Et vous, que faites-vous en attendant votre fiancé?

— Hélas! Depuis le passage de l'ouragan, je ne peux pas avancer dans la vie. Je suis trop abîmée dans mes pensées. Ma vie s'est arrêtée comme cet endroit. Je suis trop vieille pour lutter! Seul mon fiancé pourrait me faire avancer. Je souffre de ne plus le serrer dans mes bras, et de ne plus entendre le timbre mélodieux de sa voix. Si vous saviez comme son corps me manque.

— Je comprends, lui dis-je, il faut vous battre et continuer de vivre!

— Hélas, je suis trop vieille! répondit-elle en penchant la tête sur ses mains et ses genoux. La vie s'est arrêtée pour moi le jour du passage de l'ouragan. Vous voyez, je ne suis pas Pénélope qui attend désespérément le retour d'Ulysse! dit-elle d'une voix triste. Je ne peux malheureusement pas vivre dans un monde imaginaire, je suis trop désespérée pour lutter contre ma destinée.

— Mais alors pourquoi rangez-vous les souvenirs de votre fiancé dans ces tiroirs?

— Eh bien parce que ces tiroirs m'ont permis de ne pas sombrer dans la folie après la séparation physique d'avec mon bien-aimé. Sans ces armoires je mourrai. Quand je trie et range les souvenirs de mon passé je me demande où se trouve le corps de mon fiancé.

— Pourquoi ne tiendriez-vous pas le journal du corps de votre fiancé? lui dis-je en souriant.

— Je n'en ai pas la force, mais merci de me suggérer cette idée. On parle souvent de l'esprit, de l'âme mais pas du corps, savez vous que l'aspect physique me manque énormément? Ne plus sentir Georges, l'embrasser, l'entendre me fend le cœur. Vous savez mademoiselle Ryder, je me plaignais souvent quand Georges éructait et ronflait au lit, maintenant je donnerais n'importe quoi pour entendre ses bruits et sentir ses odeurs. Pas vous?

— Non, pas vraiment, répondis je embarrassée.

— Vous savez, continua-t-elle, j'ai du mal à accepter la disparition de Georges et je me demande tous les jours où Katrina a emporté son pauvre corps. Je pense que je ne franchirai jamais la porte de gauche qui mène au bonheur

— La porte de gauche? repris-je. Pourquoi est-elle différente des portes de l'aile droite?

— Ah mademoiselle Ryder, je ne peux rien vous dire pour l'instant. Il faut d'abord visiter les autres chambres pour comprendre le sens de votre vie, et accepter votre destin.

— Quel destin?

— Eh bien, la vérité sur votre père, dit-elle en me faisant signe d'avancer.

En m'approchant d'elle je sentis sa mauvaise haleine. Elle ne s'était pas brossée les dents depuis le passage de l'ouragan. La chambre répandait des odeurs nauséabondes.

— Donc mon père loge dans cette auberge ? demandai-je en me couvrant le nez.

— Ah, mademoiselle Ryder, dit-elle à voix basse, je ne peux rien vous dire pour l'instant, soyez patiente! Attendez la fin de votre séjour! Après tout, Pénélope a bien attendu des années pour revoir son Ulysse.

— Je sais, je sais, monsieur Espoir me l'a déjà dit, répondis-je en regardant l'aubergiste qui se trouvait près de la porte d'entrée, je saurai tout sur la destinée de mon père à la fin de mon séjour!

Soudain, l'alarme de ma montre retentit. La vieille dame, effrayée, me dit d'un ton sévère:

— Sortez! Sortez! Il est six heures, l'heure du passage de l'ouragan! Ne changez pas l'heure!

Je fis ce qu'elle me dit et m'éloignai de la chambre.

Dans le couloir, je lui fis part de mes impressions à monsieur Espoir.

— Dites-moi, monsieur Espoir, cette pauvre femme va-t-elle s'en sortir?

— Tout dépendra des souvenirs qu'elle aura rangés dans ses tiroirs. Quand elle les aura remis en ordre, l'horloge fonctionnera de nouveau.

— Pauvre femme, lui dis-je en soupirant. Elle me fait penser à Orphée.

— Ah bon? Pourquoi rapprochez-vous la vie de cette vieille dame de celle du poète Orphée?

— Eh bien, c'est simple! Quand Orphée perdit à tout jamais sa bien-aimée, il erra le long du fleuve des enfers pendant sept jours sans rien manger, se nourrissant seulement de ses larmes. Quand il eut fini de pleurer tout son soûl il se réfugia dans une région montagneuse désolée où il chanta son malheur, son désespoir, son chagrin aux rochers et au vent. Mais il y a une différence entre cette vieille dame et Orphée. Alors que celui-ci était parti rejoindre son épouse Eurydice au royaume d'Hadès, la vieille dame, elle, a préféré arrêter le temps.

— Donc si je comprends bien, mademoiselle Ryder, la vieille dame est Orphée qui s'est retirée du monde pour panser les blessures de son âme meurtrie.

— Oui, c'est cela et vous auriez dû appeler cette chambre la chambre d'Orphée.

— Mademoiselle Ryder, s'écria monsieur Espoir, vous raisonnez vraiment comme Homère.

— Au féminin, répondis-je.

— Oui, dit-il, et j'ai décidé de nommer votre chambre, la chambre d'Homère au féminin.

XXVI - Le Jardin Cartésien; Le Jardin Zen; La Grotte De Calypso

Ce soir là, je n'attendis pas que minuit eût sonné pour aller voir d'autres rescapés de l'ouragan. Je préférai rester éveillée. Quand le jour tout juste levé, pénétra lentement et paisiblement dans la chambre, je m'habillai rapidement et me dirigeai vers les couloirs sombres de l'auberge. Après avoir traversé un grand vestibule, j'aperçus une porte sur laquelle était écrit en lettres majuscules: LE JARDIN CARTESIEN. Je poussai la porte et un jardin austère se dressait devant moi. Cet endroit exprimait, dans chaque recoin, une forme de triomphe de l'ordre, du réfléchi, et de la symétrie. Il avait un style géométrique avec ses allées perpendiculaires, ses sentiers parallèles, ses bassins circulaires, ses arbustes bien taillés et alignés, ses arbres garnis de feuilles triangulaires et ses carrés de pelouse. Alors que je promenais mon regard sur les parterres ornés de fleurs, des crampes envahirent soudain mon corps. J'avais l'impression que des milliers d'aiguilles volantes s'étaient mises à me piquer. Malgré la douleur, je parvins tant bien que mal à m'agripper à un banc rectangulaire sur lequel je m'assis. A peine reposée, j'entendis une voix qui m'interpellait. Je relevai la tête, un homme bien charpenté se tenait près de moi. C'était le jardinier.

— Qui êtes-vous? demanda-t-il.

— Je m'appelle Pénélope Ryder, répondis-je.

— Ah, la jeune fille qui raisonne comme Homère.

— Oui c'est bien moi, mais qui vous a parlé de moi?

— Monsieur Espoir. Dites-moi mademoiselle, où logez-vous?

— Sur l'aile droite.

— Je suis désolé mademoiselle Ryder, mais ce jardin cartésien est réservé aux clients des chambres de gauche.

— Ah bon? Mais y-a t-il un autre jardin qui me soit réservé?

— Oui, le jardin zen!

— Monsieur, sachez que je n'ai pas besoin d'aller à la boutique zen pour me faire faire des massages thaïlandais, répondis-je d'un ton indigné.

— Mais je ne vous conseille pas de faire des soins du corps! dit-il, simplement de vous promener dans le jardin de méditation.

— Et pourquoi ne pourrais-je pas me promener dans le jardin cartésien?

— Parce que votre état ne vous le permettrait pas.

— Ah je vois, ces deux jardins ne représentent-ils pas le clivage politique droite-gauche?

— C'est à dire?

— Eh bien, les clients qui adhérent au parti socialiste se promènent dans le jardin cartésien et ceux qui sont partisans de la droite flânent dans le jardin zen. Vous me direz, monsieur, comment pourrait-on laisser ces deux partis politiques cohabiter dans un jardin cartésien? Il nous faudrait beaucoup de zen ou de calme pour surveiller les clients des chambres de droite et de gauche. — N'y a-t-il pas un jardin apolitique? Par exemple, un jardin anglais appelé John Locke?

A ces mots il éclata de rire

— Pourquoi riez-vous?

— Parce que ces deux jardins n'ont rien à voir avec la politique.

— Ah bon? Alors pourquoi n'aurais-je pas le droit de me promener ici?

— Ah, mademoiselle, je ne peux vous en dire plus. Il faut d'abord que vous visitiez toutes les chambres des rescapés de l'ouragan Katrina pour comprendre l'origine de ces deux jardins. Soyez patiente, mademoiselle.

Il me semble entendre un accent dans votre voix, dis-je subitement. — De quel pays venez-vous?

— Je viens d'Irak.

— Vous venez d'Ithaque! m'exclamai-je.

— Non, d'Irak! répondit-il. Décidément, mademoiselle Ryder, vous raisonnez vraiment comme Homère…

— Au féminin! ajoutai-je.

— Bon, d'accord, vous raisonnez comme Homère au féminin.

140

— Dites-moi, que faites-vous en Louisiane? demandai-je.

— Oh, c'est une longue histoire! Je vous parlerai de ma vie en Irak après votre promenade dans le jardin zen.

— Comment vous appelez-vous?

— Saïd Janna.

— Enchantée de faire votre connaissance.

— Bon maintenant suivez-moi, je vais vous montrer le jardin zen.

— Nous nous dirigeâmes vers la sortie et après être passés devant deux lions de pierre au regard indéchiffrable, nous nous enfonçâmes dans un dédale de couloirs étroits, d'escaliers irréguliers et de salles obscures et glacées où se trouvait une porte secrète qui donnait sur le jardin Zen. Avant d'entrer, Saïd me dit:

— Mademoiselle Ryder je vais vous laisser, il est temps pour moi de retourner au travail.

— Ah! Vous ne voulez pas m'accompagner!

— Non, j'ai à faire. Quand vous aurez fini votre promenade, venez me rejoindre dans la salle de cérémonie du thé et là, je vous parlerai de mon passé en Irak.

— D'accord, répondis-je.

Je lui serrai la main, il me quitta et me mis aussitôt à arpenter ce lieu splendide. Je notai que cet endroit était différent du jardin cartésien où régnait la rigueur. Il ressemblait en effet à la nature avec ses étangs, ses chemins sinueux, ses plantes grimpantes, ses arbustes taillés en nuages et ses bambous en cascade. Les feuillages bigarrés des arbres faisaient ressortir les émotions de ce jardin cerné de fleurs variées et parfumées. C'était un lieu tranquille, calme et reposant. On avait l'impression de se trouver sur un canapé confortable.

Pensive, je me dirigeai vers un étang, les yeux fixés sur les pierres qui roulaient sous mes pas. Je n'osais les écarter car les rescapés de l'ouragan y avaient gravé le nom de leurs disparus. Ces pierres polies dont la couleur faisait penser à celle des ossements des victimes de l'ouragan Katrina, étaient aussi lourdes que leur chagrin. Je m'abaissai pour en ramasser une, puis la serrai contre ma poitrine. Je sentais battre la pierre dans ma main, comme si je tenais le cœur du défunt. « Ce que veulent les rescapés, ce sont ces cailloux » songeai-je. Je reposai la pierre et d'un pas léger, je m'avançai vers le bord de l'étang, dont les nénuphars arrondis, lisses et majestueux flottaient dans l'eau immobile. Le silence était profond comme celui dans une forêt ténébreuse. Assise sur un banc protégé par un petit rideau d'arbres, je contemplai les fleurs et méditai leurs symboles: le lotus symbolisait la pureté; les fleurs de cerisiers qui jonchaient le sol étaient associées à la beauté éphémère, les aiguilles de pin à l'immortalité et les fleurs de pêchers à la féminité.

Je les touchai une à une, les sentis, puis quelques instants après, je pris un chemin ombrageux, boisé de grands cèdres qui faisaient voûte sur ma tête. Devant moi se dressait un rocher solitaire sur lequel le temps avait gravé son empreinte. Cette pierre simple et nue faisait penser à un moine bouddhiste perdu dans sa méditation. Devant ce caillou énorme se trouvait un lac artificiel, tapissé de mousses. Ses rives étaient en pente, et tout en haut, poussaient deux saules pleureurs qui s'enlaçaient comme deux amants. Je les regardai en pensant au couple harmonieux d'Ovide, Philémon et Baucis, métamorphosés en arbres. J'entourai de mes bras l'un des troncs et fis attention de ne pas l'abîmer, car Père m'avait dit que le moindre arbuste pouvait être le corps d'une déesse. Alors que je caressais les feuilles de ces deux arbres, le léger clapotis d'un ruisseau attira mon attention. Je tendis l'oreille et me laissai guider par cet agréable murmure débouchant sur une cascade miniature. Un petit torrent s'écoulait entre des rochers. Je m'avançai et vis un groupe de rescapés qui contemplait l'eau douce et étincelante aux paillettes dorées. Pour exprimer la perte de leur proche, ils avaient jeté des chrysanthèmes dans l'eau. Chacune des fleurs portait sur une bandelette le nom du défunt. Bercés par le bourdonnement des moustiques, le chant des cigales et le bruissement des allées, ils plissaient leurs paupières rêveuses en contemplant les bambous, les hêtres, les lotus et les chênes. Ils se laissaient aller à la rêverie et se rappelaient les interminables jeux avec leurs proches disparus. Ils affluaient vers l'eau pour soulager leurs souffrances et surmonter leur traumatisme. Les rescapés étaient envahis de bien être quand ils entraient en contact avec la nature. Celle-ci était comme une amie, une confidente ou une protectrice.

Accablée de fatigue, la tête levée, j'inspirai pour boire le vent. Quand les rescapés s'éloignèrent, je m'éclipsai à mon tour et traversai plusieurs allées bordées de bambous. Soudain mon regard tomba sur une grotte artificielle, d'où émanait une lueur rougeâtre. J'entrai et vis une none bouddhiste, vêtue d'une tunique blanche, assise en tailleur. Du doigt, elle dessinait des arabesques sur le sol, en jetant parfois des regards rapides tout autour d'elle.

Le claquement de mes sandales l'arracha à ses pensées, elle leva la tête et me fit signe d'approcher. J'avançai d'un pas, et me mis devant elle:

— Qui êtes-vous? demanda-t-elle.

— Je m'appelle Pénélope Ryder.

— Ah! C'est donc vous la jeune fille qui raisonne comme Homère.

— Qui vous a parlé de moi?

— Monsieur Espoir.

— Et vous, qui êtes vous?

— Je m'appelle Calypso et je suis la gardienne de cette grotte.

— Pourquoi êtes-vous ici?

— Je suis venue aider les rescapés de l'ouragan Katrina à se réconcilier avec la nature et à vivre en harmonie avec elle. Pour cela, je leur montre la voie du zen qui consiste à faire le vide en soi et à effacer son ego. Lorsque les rescapés viennent me voir je les soutiens et nous cultivons ensemble notre jardin. Je suis moi-même une rescapée de l'ouragan et Katrina a détruit ma famille, ma vie et ma maison. J'ai perdu mon mari, mon fils et tous les biens que j'avais. Un jour monsieur Espoir m'a invitée à séjourner dans son auberge et je suis devenue la gardienne du jardin zen et de cette grotte. Tous les jours je médite sur la vie et la perte de mes proches, mais ce jardin est une vraie thérapie, il apaise les souffrances et m'apporte beaucoup de paix et de sérénité. Nous avons tous besoin d'un jardin zen pour vivre en harmonie avec la nature. Ce jardin a sauvé un grand nombre de rescapés qui ne dormaient plus, prenaient des somnifères ou se droguaient. En plus de ranger les souvenirs douloureux de Katrina dans leurs tiroirs, la nature les a aidés à surmonter leur traumatisme.

— Mais comment vivre en harmonie avec la nature en pensant à l'ouragan Katrina, cela semble incongru, m'écriai-je. Et pourquoi ce jardin aiderait-il les gens atteints d'un traumatisme à guérir?

Que de questions pertinentes vous me posez, mademoiselle Ryder. On voit bien que le poète Homère vous a forgé un esprit logique et clair.

— Merci, lui répondis-je en rougissant.

— Ce jardin se veut avant tout de relaxation, de ressourcement, de méditation, de calme et de sérénité. C'est aussi un jardin métaphysique qui nous permet de nous élever vers la spiritualité. Les rescapés ont besoin de cultiver leur jardin zen car ils peuvent non seulement rendre hommage à la nature mais aussi se réconcilier avec elle, et lui pardonner l'ouragan. Ce jardin est un refuge pour eux car il leur apporte la paix et les aide à surmonter leur traumatisme. Ils retrouvent leur énergie au contact des plantes et des végétaux.

— Pourquoi les rescapés se refugient-ils ici?

— Parce qu'ils ont tout perdu et qu'ils font peur aux gens.

— Pourquoi susciteraient-ils la crainte?

— Parce qu'ils apportent la fin des illusions de l'homme.

— Quelles illusions?

— En particulier celle que nous soyons immortels. Les rescapés nous enseignent qu'une catastrophe peut un jour nous arriver, que nous sommes mortels, et que la vie est éphémère.

— Donc selon vous, nous devrions cultiver notre jardin zen.

— Oui, dit-elle, il faut cultiver des jardins zen dans notre société actuelle, car les jeunes de nos jours n'ont plus de repères. En effet, que voient-ils autour d'eux? Des familles éclatées, des parents permissifs, des pères absents, des adolescents livrés à eux-mêmes, des enfants maltraités, des adultes, qui au nom de la liberté individuelle, ne sont plus attentifs aux besoins des autres, avec comme conséquence de plus en plus de mariages qui se terminent par un divorce. De nombreux jeunes vivent dans des familles où les parents n'ont pas de travail. Les adolescents vont à l'école tout en se disant qu'il n'y aura pas de possibilité d'emploi pour eux plus tard. De nos jours, les valeurs spirituelles et la notion de travail se sont effondrées au profit de la consommation. L'homme post moderne veut de plus en plus d'agréments, de plus en plus vite sans efforts. Il ne profite pas de sa vie, mais des soldes, des remises ou des cours en bourse. Il veut se faire plaisir tout de suite, sans efforts. Il dépense sans limite comme s'il possédait éternellement de l'argent sur son compte en banque. L'homme post moderne vit dans un monde irréel et nie souvent la réalité. En fait il ne réfléchit pas car ce sont ses pulsions qui le poussent à consommer. Il est frustré en permanence. Il doit en effet à tout prix satisfaire ses plaisirs, ses désirs et ses envies. C'est seulement quand un malheur le frappe qu'il s'aperçoit que sa vie n'avait pas de sens jusque là et que la recherche d'un sens à cette vie est l'une des dimensions centrales de l'expérience spirituelle. Il peut le faire par la recherche du zen, de l'intériorité et de la méditation. L'homme post moderne recherche alors la cohésion et la solidarité entre les hommes pour surmonter son traumatisme. L'ouragan Katrina représente la faille de notre société; la violence, la détresse, la misère, le chômage, les adolescents qui se droguent pour fuir la réalité. Les jardins zen devraient se répandre partout et permettre aux gens d'apprécier la méditation, le calme, et la nature. Ici dans le jardin zen, les rescapés traumatisés apprennent à s'entraider, à compatir et à affronter les malheurs de la vie. Ce jardin est une vraie thérapie pour les gens traumatisés et sensibles.

— Une thérapie? repris-je

— Oui, c'est une thérapie. En effet, vivre au contact de la nature, quitter pour un temps le monde réel, écouter le chant des oiseaux, le bruissement des arbres, la pluie qui tombe au loin sur les toits, contempler le paysage qui change de minute en minute, ce sont là des activités thérapeutiques qui peuvent sauver beaucoup d'âmes perdues en donnant des repères au corps et au sens. Les jardins ne sont plus seulement faits pour cultiver des fleurs ou des légumes, ils servent aussi de remède. Ils aident les rescapés à reprendre goût à la vie, à reprendre confiance. Quand les fleurs poussent, ils se rendent compte qu'ils sont capables de faire de belles choses. Le jardinage leur permet de développer leur sens, comme toucher la terre pour ressentir, coller son oreille contre un arbre pour écouter, caresser les pierres, prendre de longs moments pour contempler, observer la nature, la façon dont les bourgeons se forment et croissent. Quand ils arrachent les mauvaises herbes ils ont l'impression de se débarrasser de leurs pensées négatives. Ils expriment leur tristesse ou la mort de leur proche en plantant des chrysanthèmes, des saules pleureurs et des camélias. Aller dans le jardin zen apaise les rescapés de l'ouragan. Ils ne pensent à rien. L'esprit du jardin est naturellement zen.

— Ah bon? Mais pourquoi son esprit est il zen?

— Eh bien parce que les rescapés ne jardinent par pour eux-mêmes, mais pour le jardin. Ils apprennent à effacer leur ego, leur individualisme et leur esprit matérialiste, tous ces maux qui rongent notre société contemporaine.

— Et le jardin cartésien? Pourquoi ne pourrais-je pas m'y promener?

— Ah mademoiselle Ryder, vous ne pouvez pas y entrer pour l'instant. Votre état mental ne vous le permettrait pas. Vous n'êtes pas encore prête à affronter le monde réel et toutes les formes géométriques qui entourent le jardin cartésien.

— Ah, vous voulez dire que seuls les gens doués en géométrie peuvent se promener dans le jardin cartésien!

— Non pas du tout!

— Alors pourquoi?

— Ah, mademoiselle Ryder, je ne peux vous en dire plus. Comme dit monsieur Espoir, il faut avoir visité toutes les chambres des rescapés pour comprendre le sens de ces deux jardins. Mais dites-moi pourquoi êtes-vous ici?

— Je cherche mon père disparu le jour de l'ouragan.

— Avez-vous une photo de lui?

— Oui, répondis-je en lui tendant la photo de mon père.

— Cela ne me dit rien, non…. Vraiment je ne vois pas qui cela peut bien être. Je ne l'ai jamais vu. Je suis désolée de ne pas pouvoir vous aider.

A ces mots mon visage s'assombrit, Calypso prit alors ma main et dit:

— Fermez les yeux et imaginez votre père se promenant dans le jardin zen.

— Je fis ce qu'elle me dit et quelques minutes plus tard, je vis Père dans un jardin entouré de bambous en cascade, de hêtres, de pins, de lotus, de cerisiers et de bonsaïs.

— Le voyez-vous? demanda-t-elle

— Oui, je le vois comme si je vous voyais.

— Donc, vous le voyez, poursuivit-elle, approchez vous de son image.

Je courus alors vers lui. A chaque instant, je m'attendais à ce que l'ouragan surgît et emportât son corps. Quand je m'approchai de lui, je le vis qui me fixait, l'air étonné de me voir. Je ne parvenais pas à le croire, Père était devant moi, me tendant la main. Mais au moment où je m'avançais pour la saisir, son image disparut.

— Il est parti! dis-je d'une voix triste et rauque.

— Ah, me dit-elle! Cela arrive parfois. Il faudra recommencer.

— Mais est-il en vie?

— Oui, tant que vous penserez à lui, son âme, ses souvenirs resteront toujours gravés dans votre mémoire. Le corps matériel est éphémère mais l'esprit est immortel.

— Vous vous appelez vraiment Calypso?

— Oui, c'est bien mon prénom.

— Etes-vous la nymphe qui a gardé Ulysse dans sa grotte pendant sept ans.

— Non, je ne le suis pas. Je suis none. Calypso chantait dans sa grotte tandis que moi je médite. Décidément, monsieur Espoir a raison de dire que vous raisonnez comme Homère. Revenez me voir pour cultiver votre esprit intérieur. En vous promenant dans le jardin zen, vous pourrez par la suite développer le cerveau de Bouddha!

— Le cerveau de Bouddha? repris-je

— Oui, c'est cela, à l'origine, Bouddha avait le même cerveau que tout le monde, capable de sérénité mais aussi de colère, de clairvoyance comme de confusion, d'amour ou de haine. Mais par le travail de la méditation, il a transformé son être profond.

Ah je vois, vous êtes la nymphe Calypso reconvertie en Bouddha.

Non, dit-elle en regardant sa montre. Bon il est temps pour moi de retourner à mon travail de méditation. Bonne chance mademoiselle Ryder.

Malgré cela, j'étais persuadée qu'elle était la nymphe Calypso reconvertie en none bouddhiste. Pourquoi en étais-je arrivée à cette conclusion?

Comme Calypso le fit pour Ulysse, cette none avait accueilli les rescapés dans sa grotte. Elle les protégeait et les empêchait de penser à leurs problèmes. Alors qu'Ulysse avait trouvé une nymphe aimante, les rescapés avaient trouvé un autre abri, le jardin zen. La grotte de Calypso était aussi un piège car Ulysse était prisonnier d'un monde immortel et parfait, étouffé par un amour excessif. Comme le guerrier grec les rescapés pouvaient se trouver un jour coupés du monde et être incapables de vivre en dehors du jardin zen.

Je saluai la none Calypso et pris le chemin caillouteux qui menait à la salle de cérémonie du thé. Quand j'arrivai devant l'entrée, Saïd me dit:

— Attendez un instant! Il faut d'abord que j'arrose le parterre, les arbres, les pierres, ensuite nous pourrons discuter ensemble.

Je fis ce qu'il me dit et je le vis nettoyer les pierres, les branches, les tiges de toutes les plantes qui se dressaient devant lui. Quand il eut terminé son travail, il me fit signe de m'asseoir sur un banc. A peine installée, il me dit:

Alors comment était votre promenade?

— C'était très bien. Je viens juste de faire la connaissance de la nymphe Calypso.

— Vous voulez dire la none bouddhiste.

— Euh oui, c'est cela. Dites-moi comment avez-vous atterri dans cette auberge de fous ? Êtes-vous un agent de la CIA?

Il éclata de rire, puis il commença à me raconter sa vie.

XXVII - Saïd, L'ancien Jardinier
De Saddam Hussein

— Je m'appelle Saïd Janna, et je suis né à Bagdad, dit-il. Avant de cultiver et d'entretenir les jardins zen et cartésien dans cette auberge, j'étais le jardinier de Saddam Hussein.

— Sans blague! m'exclamai-je.

— Oui parfaitement, avant de venir habiter à la Nouvelle-Orléans, je travaillais pour Saddam. Je pensais à cette époque que mon avenir serait prospère et que je pourrais exprimer ma joie de vivre avec la nature. J'adorais en effet jardiner et cultiver les plantes du jardin du président irakien. En plus du jardinage, j'étais sculpteur et pour satisfaire son ego le grand Saddam m'avait demandé un jour de sculpter dans l'ivoire une statue à son effigie. Quand j'eus terminé mon œuvre, Saddam vint la voir. Emu, émerveillé, il dit en regardant la statue:

— Ah c'est bien moi, que c'est beau! On dirait Dieu en personne!

Comme Narcisse, Saddam était épris de son image. Tous les jours, il regardait son sosie en ivoire, se penchait sur lui et l'embrassait. Il promenait ses mains sur son corps et il me demandait si ce sosie était réel. Ce qu'il y avait de bien c'est que la statue ne le contredisait jamais. Elle le regardait avec admiration quand il s'énervait ou éliminait ses opposants. Alors que Narcisse souffrait de ne pas posséder son image, Saddam, lui au contraire, pouvait tâter les épaules, les jambes, les cuisses et le sexe de son sosie en ivoire.

Ayant appris par les journaux l'existence de la statue, une foule de gens vint la voir et l'embrasser. Ils la serraient fortement et imaginaient Saddam les couvrant de baisers doux et soyeux. Quand Ils déposaient des fleurs au pied de la statue, ils disaient:

— Ô Grand Saddam, donnez-nous à manger et à boire.

Alors un garde du corps, dissimulé derrière un buisson, répondait d'une voix gaie:

— Je vous donnerai de la nourriture tant que je resterai au pouvoir!

Saddam avait aussi attiré des jeunes filles qui posaient leur bouche sur celle de son sosie. On avait l'impression que la statue réagissait. Quand je fis part à ma mère de l'amour et de l'attention prodigués à notre président, elle me dit d'un ton sarcastique:

Mon fils, l'amour est comme la politique, il rend les gens aveugles.

Saddam était fier d'apprendre que malgré la pauvreté de son peuple, une cohorte de vieillards et de mendiants avait épuisé leurs ressources pour offrir à son sosie des pots pourris de fleurs desséchées qui dégageaient des odeurs nauséabondes.

En voyant cette foule d'admirateurs devant ma statue, j'avais fini par considérer Saddam comme le dieu de la nature!

— Que vous étiez naïf, Saïd! l'interrompis-je, comment cela se fait-il que vous n'étiez pas choqué de l'idolâtrie de votre président envers une statue et de la crédulité du peuple?

— Non je ne l'étais pas, répondit-il en baissant les yeux, nous étions tous endoctrinés dès notre enfance et nous pensions vraiment que Saddam était un Dieu. En effet, notre président avait permis à 89 pour cent des Irakiens d'être alphabétisés et d'avoir l'un des meilleurs systèmes scolaires de la région.

— Eh bien mon père avait raison lorsqu'il évoquait la fameuse citation de son poète préféré Adonis « le voile ne couvre pas seulement le visage, il recouvre aussi le cerveau ». ajoutai-je en écarquillant les yeux.

— Oui vous avez raison, j'étais vraiment naïf. Malheureusement, reprit-il, les erreurs pouvaient coûter cher, et mettre en danger la vie des artistes. Un jour, Saddam demanda à l'un d'eux de sculpter la belle Vénus. Le pauvre artiste qui connaissait mal la culture grecque, confondit Vénus avec Méduse, un monstre dangereux qui transformait en pierre tous ceux qui croisaient son regard. Quand on lui présenta la statue, Saddam fut horrifié en voyant le regard de Méduse, dont la tête était entourée de serpents. Il prit alors un marteau et brisa la tête de la statue, j'avais l'impression de voir Persée tranchant le cou de Méduse en utilisant son bouclier comme miroir. Fou de rage, il convoqua ses hommes sur le champ. Assis sur la tête brisée du monstre, il les regardait d'un air épouvanté. Il secoua sa moustache, ses cheveux noirs ruisselants, puis il leur dit: « Tous les jours, nos jardiniers arrachent les mauvaises herbes, c'est pareil pour les mauvais artistes, qu'on se débarrasse d'eux! »

150

Après la disparition mystérieuse de ce sculpteur dont la mauvaise réputation était parvenue aux oreilles du peuple irakien, les hommes de Saddam surveillaient de près les «artistes en herbe»

Mon patron me disait: « attention lorsque tu plantes des fleurs et que tu tailles les branches des arbres, les hommes de Saddam te voient et t'écoutent! Si tu négliges l'une de ses plantes, tu auras le même destin que leurs tiges coupées. Notre grand Saddam aime les jardins majestueux et non les jardins délaissés. »

Comme je trouvais normal d'arrêter les jardiniers qui négligeaient les végétaux, j'idolâtrais mon président. C'était clair Saddam était le dieu de la nature. Il avait beaucoup de points communs avec elle. Nous devons la craindre et la respecter, devenir en somme de parfaits écologistes. Elle peut nous apporter la folie avec ses rafales de vent, ses ouragans, ses tempêtes, et ses grêles. Comme elle, Saddam était imprévisible avec ses humeurs et ses colères soudaines. Pour être protégé du dieu de la nature, j'avais gravé le nom de mon président sur chaque pierre qui se trouvait dans le jardin.

Si certains d'entre nous approuvaient pleinement notre souverain, d'autres s'inquiétaient à l'idée de la disparition mysté-rieuse de leurs proches ou de leurs collègues. Quand j'interrogeais les hommes de Saddam, ils me répondaient: « Mon cher Saïd, ces hommes qu'on recherche sont partis dans un autre jardin appelé le paradis. Ils dorment en paix maintenant, alors ne t'inquiète pas pour eux. »

A ces mots j'interrompis Saïd et m'exclamai:

— Ah! Saddam était comme Aquilon, le vent violent et froid, qui écartait d'un souffle les nuages et qui détruisait les moissons.

— Ce que vous dites est très juste Pénélope, dit Saïd.

— Et votre famille?

— Ma famille! reprit-il. Elle me protégeait, me réconfortait et m'apportait l'amour et la paix. Mon père, passionné d'art, d'architecture et de jardinage m'a transmis le goût de la nature et du savoir ancien. C'est ainsi que je suis devenu familier de la culture et de la mythologie grecques.

— Ah! m'exclamai-je. Je comprends pourquoi vous étiez le jardinier du grand Saddam.

— Merci mademoiselle Ryder de votre compliment! Mon père, continua-t-il, ne manquait pas un seul jour de se promener dans les jardins que j'avais agencés pour Saddam. Il était fier de moi. Aveuglé par le charisme de notre président, mon père l'idolâtrait comme les fleurs qu'il déposait souvent dans les vases de notre maison. Il possédait une grande bibliothèque où il aimait se retirer. C'était un lieu de refuge, comme son jardin. Un jour je m'ennuyais tellement qu'il me prit par la main et m'emmena dans sa bibliothèque garnie de livres d'art. Là, il commença à me lire différents traités de jardinage.

— Mon fils, dit-il, sais-tu qui a inventé les jardins?

— Non! lui répondis-je

— C'est en Inde que l'on a commencé à construire des jardins. Un jour, le roi Suddhodana apprit que son fils, le prince Sidohaita, désirait quitter le palais royal et se faire moine. Inquiet, il convoqua les membres de la cour impériale. Ceux-ci suggérèrent au roi de construire des jardins sur les quatre côtés du palais et de les aménager selon les quatre saisons. C'est ainsi que naquirent les jardins. Et toi mon fils, tu deviendras le jardinier architecte du grand Saddam.

Des années plus tard, j'étudiai à l'université l'art, le jardinage et l'architecture, puis adhérai au parti Baas, le parti politique panarabe, socialiste et laïc créé en 1944 par les Syriens Michel Aflak et Salahedine Bitar. Militant du mouvement baasiste je n'eus aucun problème pour devenir le jardinier architecte de Saddam Hussein. A cette époque, malgré le savoir de mon père, nous ignorions que Saddam était un despote car nous étions de pauvres sunnites socialistes. Mon père comparait les sautes d'humeur, les crises de Saddam avec celles de la nature, donc nous trouvions cela normal de voir notre dieu s'emporter facilement. Cependant, cette image de dieu tout puissant commença à changer quand Saddam perdit la guerre avec le Koweït. Lorsqu'il apprit la défaite cuisante de notre pays, mon père m'avoua :

— Mon fils, peut-on vraiment vaincre la force de la nature?

— Non, Père, c'est impossible!

— Si mon fils, le Koweït a battu notre président.

A ces mots je restai silencieux et ne sus quoi lui répondre. Après la défaite de notre pays, nous devions faire face à l'embargo imposé par les Nations Unies. Le boycott économique avait le même effet que des eaux qui roulaient leurs flots furieux vers la mer, entraînant tout sur leur passage, hommes, arbres, animaux et maisons. Malgré l'huile et la farine distribuées par le gouvernement, nous souffrions. La peur régnait la nuit car des pillages avaient lieu. Alerté par les actes de vandalisme qui se multipliaient à Bagdad, Saddam me nomma gardien de son jardin. Je devais le surveiller et empêcher les voyous de le saccager. Des contrebandiers s'y introduisaient en effet la nuit pour se livrer à leurs trafics illicites.

Malgré les disettes, notre président survivait, il devenait de plus en plus robuste et musclé. Père reconnaissait en lui le dieu de la nature et sa force.

— Mon fils, me dit-il en regardant un jour Saddam à la télévision, regarde notre président comme il est fier. Nous mourons tous de faim sauf lui! C'est un président remarquable. Il grossit malgré le manque de nourriture. Quelle force, il tient bon!

Pendant l'embargo économique nous avions peur de tomber malade. Les hôpitaux manquaient de personnel qualifié et de médicaments adéquats pour soigner les maladies même bénignes. De plus ils étaient coûteux! Las, déprimé, la peau desséchée, les yeux cernés, à 50 ans, mon père ressemblait à un vieillard.

Pour recouvrer ses forces, il écoutait les discours de Saddam qui accusait l'Amérique, l'Iran et Israël de tous les malheurs qui frappaient le pays. Et pour redonner l'espoir au peuple désespéré, Saddam me demanda de planter des fleurs dans son jardin. Malgré l'amour qu'il portait à ses plantes, celles-ci semblaient elles-aussi le craindre lorsqu'il passait devant elles avec ses hommes. Elles se refermaient aussitôt et s'ouvraient comme des papillons dès que Saddam s'éloignait.

Un jour il s'arrêta devant une fleur très rouge qui brillait sous la clarté de la lune. D'un geste preste il s'approcha pour la sentir. Soudain les pétales se refermèrent brusquement et lui pincèrent le nez. On avait l'impression que la fleur voulait l'étouffer, venger le peuple opprimé de toutes les injustices qui touchaient le pays. Il leva la main pour signaler qu'il ne se sentait pas bien. Affolés, les gardes accoururent et arrachèrent cette plante qui était selon eux une espionne des Nations Unies. Saddam ordonna de couper toutes les fleurs rouges qui ressemblaient à cette traîtresse. Quand je racontai à mon père ce qui s'était passé, celui-ci me dit:

— Mon fils, les fleurs sont comme les femmes. Certaines sont douces, dociles et soyeuses, d'autres piquent et sont de vraies tigresses. Cette fleur est un peu comme ta mère, difficile à manier.

Dieu soit loué mon fils que cette fleur n'ait pas eu affaire au prince d'Arabie Saoudite, il l'aurait décapitée.

— Père, tu crois que Saddam a eu raison de faire couper toutes les fleurs rouges dans le jardin?

— Bien sûr mon fils, regarde mon nez!

Je m'approchai et vis une griffure.

— Oh! Qui t'a fait cela?

— Ta mère, une vraie tigresse chiite qui ne se laisse pas faire dans la vie!

— Maman, tu plaisantes!

— Oui, c'est bien ta mère. Quand elle est en colère, elle me pince et griffe le nez comme la fleur rouge à qui Saddam a eu affaire.

— Pauvre Saddam! pleurai-je.

— Pauvres de nous! répondit mon père en se grattant le nez.

Suite à la conversation avec mon père, je décidai d'agir et d'aider le pauvre Saddam. J'avais vraiment pitié de lui. Pour empêcher ses jardiniers de cultiver des fleurs très dangereuses, je fis pousser des plantes dociles qui se courbaient sous le vent. Je plantai aussi des fleurs jaunes, couleur de safran, d'où rayonnaient des pétales blancs, les narcisses. Saddam les aimait tellement qu'il croyait voir son image en les regardant. Toutes les plantes s'inclinaient devant le grand Saddam quand il venait les sentir.

— N'est ce pas une belle chose que la docilité de la nature? me dit-il un jour en contemplant les fleurs dans son jardin?

— Oui, monsieur le président, ces fleurs ressemblent à votre peuple qui vous adore.

Alors que Saddam vivait, respirait l'air pur dans son jardin, la capitale était envahie de mendiants, de rats, de cadavres, de carcasses, sans parler des égouts nauséabonds. Le peuple mourait de faim. Je pensai au début que la vie coulait comme un fleuve tranquille jusqu'au jour où j'aperçus en sortant de mon travail, un groupe d'étudiants en colère. Ils scandaient des slogans pour que les gens se rallient à leur mouvement anti Saddam. Ils ne pouvaient plus supporter la situation et se révoltaient. L'embargo les accablait et leur famille était touchée par la pénurie de denrées alimentaires, le chômage et la pauvreté. Ils ne pouvaient plus payer leurs études.

A peine m'éloignai-je de ce groupe d'étudiants, que des hommes surgirent. A leur tête se trouvait le chef de la police qui n'hésita pas à tirer sur la foule. De retour chez moi, je contai à mon père ce que j'avais vu.

— Mon fils, sois heureux, les ponts du jardin de Saddam sentent bons alors que le peuple traverse des tunnels malodorants et suffocants. En plus les longs trajets quotidiens les fatiguent tellement qu'ils ont des crampes et ont du mal à marcher. Toi, tu peux te promener tranquillement dans le jardin pur de notre grand Saddam. Ne te mêle surtout pas à ces jeunes étudiants chiites et kurdes que tu viens de croiser dans la rue, mon fils! Ne te pose aucune question, ce sont des voyous, de la racaille. Saddam est bon pour le peuple sunnite qui adhère au mouvement Baasiste. Il te laisse cultiver, soigner ses plantes et tu peux aussi les arroser avec de l'eau pure et potable.

Réconforté je me mis sur le champ à arroser les fleurs dociles de Saddam en ignorant les enfants qui criaient dans la rue: « Monsieur s'il vous plaît j'ai soif, donnez moi de l'eau potable! »

Puis vint l'année 2001 qui fut une année tragique pour Saddam et le président Bush. Le 11 septembre, deux avions détournés par des commandos d'Al Qu'Aïda frappèrent les deux tours jumelles du World Trade Center de New York et les détruisirent. Quelques heures plus tard, les fleurs de Saddam moururent. Elles étaient devenues noires comme du charbon. Les hommes de Saddam arrêtèrent le supposé terroriste des plantes: un jardinier analphabète qui avait pris un bidon de pétrole et s'en était servi pour arroser toutes les plantes du jardin. Affolé, Saddam était persuadé que l'effondrement des deux tours et les fleurs inondées de pétrole étaient un signe: Bush voulait envahir l' Irak. Quand je demandai des nouvelles du jardinier illettré, les gardes du corps m'annoncèrent qu'il avait fini comme les deux tours du World Trade Center. Les hommes de Saddam employaient un langage allusif que je ne saisissais pas toujours et je devais lire dans leurs pensées. Je compris plus tard qu'on avait empalé ce pauvre jardinier.

Depuis l'effondrement des tours, Saddam évitait les fumées noires qui s'engouffraient dans les rues. Les cuisiniers devaient veiller à la cuisson et éviter de servir des viandes trop cuites.

Bush veut envahir l'Irak, criait-il, quand il voyait le brouillard de pollution dans les rues de Bagdad.

Deux ans après, ses prédictions s'avérèrent exactes. Bush et son administration l'accusèrent de posséder des armes de destruc-

tion massive et peu de temps après l'armée américaine renversa
son régime. Le jour de la défaite des troupes irakiennes, les statues
que j'avais bâties s'écroulèrent et les plantes dociles ne se courbè-
rent plus sous le vent. Quant à père, il ne se remit jamais de la
chute du grand Saddam et de son arrestation. Pour lui ce n'était pas
possible car son président était un dieu!

Saddam était grandiose! martelait-il

Ma mère devait plusieurs fois passer la serpillière pour
éponger les torrents d'eau qui sortaient des yeux de Père. Des
larmes plein les yeux il répétait:

— Aucun homme ne pouvait surpasser Saddam.

En le voyant triste ma mère disait:

— Oublie ce tyran, il était mauvais pour les chiites, les
Kurdes et le peuple en général.

— Non, répondait-il, il était bon pour notre fils sunnite et
baasiste. Maintenant il n'aura plus de travail, personne ne voudra
l'embaucher en sachant qu'il était son ancien jardinier architecte.

Ses paroles me glacèrent le sang. Les traits de père s'affais-
saient de jour en jour et il mourut, quelques jours après l'arrestation de Saddam, en me laissant ses dernières volontés: « Venge
l'âme de Saddam. »

— Qu'avez-vous fait alors? demandai-je, en écarquillant les
yeux. — Avez-vous exécuté le testament de votre père?

— Oui, bien sûr, je voulais venger l'arrestation et la chute
du grand Saddam que j'admirais. J'étais au chômage et personne
ne voulait de moi. J'étais dépité, révolté par la situation du pays.
Malgré les promesses de Bush au peuple irakien de faire régner la
liberté, la démocratie et d'instaurer le capitalisme dans tout le pays,
j'étais inquiet. En effet, la ville de Bagdad était partagée en zones
chiites, sunnites, et américaines. Toutes ces divisions me donnaient
la nausée. J'avais peur car le pays était réduit à un chao sectaire
sans foi ni loi. La haine était palpable dans les rues de Bagdad et le
peuple était plongé dans une guerre confessionnelle. La violence
devint le lot quotidien du fait de l'instabilité économique et politique du pays. Les bombes explosaient sans qu'on sache d'où elles
venaient. Les attentats suicides inspirés par Al-Qaïda se multipliè-
rent. Je sortais très peu. J'avais peur de me rendre au marché car
les terroristes pouvaient tuer n'importe qui. Je craignais les bus, les
voitures et aussi les colis, qui pouvaient être piégés. Je n'osais
traverser le centre ville car je pouvais recevoir des tirs de roquette.

Chaque fois que les bombes explosaient et déchiquetaient les corps, je vomissais du sang. Je voulais hurler, tuer ces assassins. Mes yeux étaient rouges de colère quand je regardais cette bouillie humaine. En regardant les cadavres qui s'amoncelaient dans les rues, je pensai aux dernières paroles de père:

« venge l'âme de Saddam ». J'étais tellement rongé de douleur que je décidai de contacter le chef du mouvement de résistance sunnite: « les vengeurs de Saddam ». Je ne me voyais pas du tout comme un assassin, un tueur, mais comme un résistant. On avait tué le grand Saddam. J'étais au chômage et je voulais un travail. Le chef du mouvement terroriste sunnite lié à la mouvance locale d'Al-Qaïda me donna rendez vous dans une ancienne école qui formait des élèves baasistes. Quand j'entrai dans cet établissement, je me sentis perdu et me demandai qui pouvait être le chef car tous les hommes présents portaient une barbe et une tunique blanche. Alors que je m'approchais d'une colonne dorée deux mains puissantes effleurèrent mon dos. Je me retournai et vis un homme de grande taille, barbu au regard menaçant qui me dit:

Suivez-moi, Saïd Janna.

A ces mots nous traversâmes un dédale de rues, de commerces encombrés de véhicules, puis nous tournâmes à droite et entrâmes dans une vaste cour. Au moment où je poussais la porte, le chef m'asséna une grêle de coups et je m'évanouis. Quelques heures s'écoulèrent et je repris connaissance. L'homme barbu à la tunique blanche accompagné de cinq autres hommes me gifla, frappa mon ventre, mon sexe, en me posant des questions:

— Es-tu bien Saïd Janna?

— Oui c'est bien moi.

— Sale chiite! On t'a reconnu, tu as trahi Saddam.

— Mais non je ne suis pas chiite, je suis sunnite.

— Sale porc, on t'a reconnu, tu travailles avec l'armée chiite et tu as vendu Saddam aux Américains.

— Mais non! J'étais son jardinier et j'adhérais au parti baasiste. Mon frère, je suis comme vous, un sunnite pauvre qui est membre du parti socialiste de la renaissance. Je veux faire partie de votre mouvement pour venger l'arrestation de mon patron, Saddam Hussein.

— Menteur! répéta le chef, tu es un ami des chiites, des Kurdes, des Américains, des Iraniens et des Israéliens.

— Mais non, c'est faux, je ne suis pas chiite.

— Montre-nous alors que tu travaillais pour Saddam?

Je sortis de ma poche une carte du parti Baas et des photos de Saddam.

— Ah! Tu es Saïd Janna, le jardinier de Saddam?

— Oui lui dis-je, mais qui est l'autre Saïd Janna?

— Un traître, un porc, un sale capitaliste! Il a dénoncé Saddam aux Américains et travaille pour eux. C'est un chiite.

Je baissai la tête car ma mère était chiite et avait épousé un sunnite. La situation familiale de mes parents ressemblait un peu à celle de Romeo et Juliette, un amour impossible entre un chiite et une sunnite, deux personnes de confessions différentes.

— Bon, reprit le chef, puisque tu es venu venger l'arrestation de Saddam, nous allons te donner une mission. Es tu prêt?

Oui, répondis-je en le regardant droit dans les yeux. Quelle est la mission que je dois accomplir?

— Tuer un Américain?

— Pourquoi faut-il tuer un Américain?

— Parce qu'il est dangereux et il vient du pays de l'oncle Sam.

— Qui est l'oncle Sam?

Il éclata de rire.

— Tu te fous de nous!

— Non, pourquoi?

— L'oncle Sam représente l'Amérique!

— Ah! C'est donc cela.

— Es tu d'accord pour le tuer?

— Euh… je dois tuer l'oncle Sam? C'est un peu énorme pour un seul homme mortel que je suis.

— Mais, non abruti! Il s'agit d'un homme américain qui est dangereux pour la sécurité de notre pays. De toute façon, tu n'as pas le choix, mon frère sunnite, personne ne voudrait de l'ancien jardinier du grand Saddam.

— Alors dites-moi, qui est ce monsieur que je dois tuer?

— Il s'appelle monsieur Espoir.

— Un français?

— Non, un canadien-américain qui porte un nom grotesque!

— Que fait-il?

158

— Ah ici on ne se pose aucune question. Tout ce qu'on peut te dire c'est qu'il est dangereux pour notre mouvement. Si tu réussis cette mission en éliminant monsieur Espoir, nous garderons alors l'espoir de restaurer le pouvoir du parti BAAS en Irak.

— Comment dois-je le tuer?

— C'est simple, tu dissimuleras des explosifs sous ton gilet et tu iras le voir dans son bureau situé dans les quartiers américains. Tu lui diras que tu veux l'aider à entrer en contact avec des hommes d'affaires irakiens. Je te donne une lettre du Général Powell!

— Du général Powell? repris-je

— Oui, j'ai imité son style et sa signature.

— Mais si la bombe explose, vais-je mourir moi aussi ?

— Non, pas du tout, toi le jardinier, tu iras tout droit au jardin du paradis. Tu auras tué un infidèle, un mécréant. Bon es-tu prêt?

— Oui, dis-je en le regardant droit dans les yeux.

— Alors, affaire conclue.

Il se leva, parla à voix basse à un de ses hommes, puis il me poussa vers la sortie et me força à entrer dans une voiture qui démarra à toute vitesse. Quelques heures plus tard, il me déposa abruptement devant l'entrée de ma maison où se tenait Mère. Affolée, elle se précipita vers moi.

— Mon fils, tu es blessé?

— Ce n'est rien maman, j'ai seulement bu de la vodka!

Harassé de fatigue je me laissai tomber sur le sol. Après trois jours de repos, je décidai d'agir et de rencontrer monsieur Espoir. Avant de me rendre à son bureau je dissimulai des explosifs sous mon gilet, puis je hélai un taxi qui me conduisit à quelques mètres devant la barrière de l'entrée de la zone américaine.

Vous ne continuez pas? demandai-je au chauffeur

Non, car les soldats américains pensent que nous sommes tous des terroristes, donc si vous voulez être mitraillé par eux, allez-y! Ne pleurez pas si vous mourez!

Je sortis de la voiture et me dirigeai vers la barrière, les bras levés.

J'étais à une dizaine de mètres de l'entrée quand un garde armé me vit de sa cabine. Il fit signe aussitôt à son traducteur qui, muni d'un haut parleur, me posa de loin des questions d'une voix puissante:

— Qui êtes-vous? Que voulez vous?

— Bonjour, je m'appelle Saïd le Désespéré et je voudrais rencontrer monsieur Hope.

— Il n'y a pas de monsieur Hope, ici! Allez tire toi! répondit-il en me rudoyant.

Euh je voulais dire monsieur Espoir. C'est le général Powell qui m'a recommandé. J'ai apporté sa lettre.

Il posa le haut parleur et s'empressa d'aller voir le garde. Après qu'ils eurent échangé quelques mots, il reprit son haut parleur et me dit:

Monsieur le Désespéré, jetez la lettre par terre et faites dix pas en arrière.

J'exécutai ses ordres et un soldat armé d'une mitraillette se précipita pour ramasser la lettre et la remit à son lieutenant qui l'examina avec précaution. Quelques minutes après, le traducteur accompagné de deux soldats armés m'ordonna de le suivre. Il me conduisit au bureau de monsieur Espoir et celui-ci me reçut, le sourire aux lèvres. Je déclinai mon identité en lui tendant les faux papiers que j'avais apportés. La tête penchée sur le côté droit, il les regarda méticuleusement. Je me tordais les doigts tout en épiant ses gestes. Sentant ma nervosité, il se tourna vers le traducteur et l'interrogatoire commença:

— Monsieur le Désespéré, vous sentez-vous bien?

— Oui, monsieur Espoir, répondis-je en frissonnant.

— Installez-vous et débarrassez vous de votre veste, il fait très chaud ici.

— Non merci, dis-je en baissant la tête.

— Ah, mais si j'insiste! Retirez votre veste! Il fait une chaleur épouvantable! 40 degrés Celsius! Et vous portez une veste en peau de mouton!

— Oh pour moi, il fait très froid! C'est comme si nous étions en hiver.

— Êtes-vous souffrant?

— Oui, j'ai un rhume.

— Ah, alors permettez-moi d'appeler notre médecin!

— Non, non merci.

— Ah monsieur Saïd Le Désespéré, j'insiste!

— Ce n'est pas la peine, monsieur Espoir, je vais très bien, je vous assure. C'est juste un coup de froid.

— Monsieur Le Désespéré, j'insiste, vous ne me semblez pas très bien.

— Ce n'est pas la peine, monsieur Espoir, je vais très bien. C'est juste un petit rhume.

Alors il se leva de sa chaise et me dit brusquement:

— Monsieur Saïd Janna, je sais ce que vous cachez sous votre veste!

— Pardon?

— Oui, je suis au courant de votre plan machiavélique. Vous voulez me tuer.

A ces mots je devins blême, balbutiai et touchai nerveusement mon gilet. Je voulais actionner les explosifs.

— Cela ne sert à rien, vos explosifs ne fonctionneront pas. Un agent de la CIA vous a suivi et a appris votre rendez-vous avec le chef du mouvement terroriste. Nous avons tout de suite informé votre mère qui a introduit de faux explosifs dans votre gilet pendant que vous dormiez. Elle était très inquiète. Nous avons arrêté le chef du mouvement des vengeurs de Saddam. On l'a envoyé à Guantanamo. Et vous, voudriez-vous finir votre vie là-bas et faire de la peine à votre mère?

— Non, répondis-je en tremblant.

— Alors, au lieu d'aller en prison, je vous propose de m'aider à construire deux jardins cartésien et zen.

— Mais pourquoi devrais-je construire ces deux jardins? Que signifie tout cela?

— Eh bien un érudit comme vous devrait comprendre que ces deux jardins aideraient les gens qui sont traumatisés comme vous l'êtes et que la nature soulagerait votre cœur rongé de haine et guérirait votre traumatisme.

— Quel traumatisme?

— Eh bien la perte de votre père et la chute de l'homme que vous avez idolâtré, Saddam Hussein. Je comprends vos désillusions, vos angoisses. J'étais contre la guerre en Irak, mais je suis venu dans ce pays pour aider les gens atteints de stress post traumatique.

— Pourquoi moi?

— Parce que je pense que vous pourriez aider les rescapés de l'ouragan Katrina qui ont perdu leurs proches à apaiser leur douleur. En construisant ces deux jardins vous les aiderez à surmonter leur traumatisme.

— Mais pourquoi faites-vous cela?

— Parce que je n'ai pas d'autre choix. L'un des meilleurs jardiniers d'Irak veut me tuer. Dites moi savez vous pourquoi le chef du mouvement les vengeurs de Saddam voulait m'assassiner?

Non, il a juste dit que vous étiez très dangereux. Au fait qui êtes vous et pourquoi faites vous peur à des terroristes?

— Ah, vous saurez tout sur moi après avoir construit ces deux jardins, patience! Acceptez-vous mon offre?

— Oui, dis-je, comme je n'ai pas d'autre alternative, j'accepte volontiers.

Nous nous serrâmes la main et quelques jours plus tard, je commençai mon séjour dans cette auberge, aidant monsieur Espoir à construire les deux jardins. Finalement je me sens bien quand je les cultive

— Ah bon, comment cela? demandai-je, intriguée.

— Eh bien quand mon cœur est rongé de haine, je cultive mon jardin zen pour calmer ces émotions fortes et virulentes. Quand je vais mieux et réalise que je voulais tuer un homme de bien et sensible comme monsieur Espoir, je me promène dans le jardin cartésien. Je passe mon temps, mes journées dans ces deux endroits à raisonner, me calmer et à penser à mon avenir. La situation en Louisiane me rappelle celle que j'ai connue en Irak.

— Ah bon? dis-je étonnée, mais je ne vois aucun rapport entre les deux. Les louisianais ne sont pas engagés dans une guerre confessionnelle.

— Oui, vous avez raison, mais ils sont eux aussi atteints d'un traumatisme, l'ouragan a détruit leur vie. Ils ont perdu leur famille, leur maison et doivent reconstruire la Nouvelle-Orléans. La guerre en Irak et l'ouragan Katrina ont été tous les deux néfastes pour l'équilibre mental de nos peuples. Nous souffrons et nous essayons de reconstruire nos vies, nos villes et de surmonter notre traumatisme.

— Dites moi monsieur Saïd Janna, voulez vous un jour retourner en Irak? Ulysse est bien retourné chez lui après plusieurs années d'errance.

— Non je ne suis pas Ulysse qui est retourné à Ithaque, je préfère cultiver mes deux jardins en paix.

Saïd regarda tout à coup sa montre et me lança:

— Il est presque minuit, il est temps pour vous de regagner votre chambre.

Je le saluai et d'un pas assuré je sortis du jardin zen. Sur le chemin du retour, des doutes m'assaillirent. « Que c'est étrange tout cela! » songeai-je, un ancien terroriste avec sa faconde orientale qui nous raconte sa vie en Irak, qui se met à cultiver deux jardins cartésien et zen aux États-Unis, et la nymphe Calypso qui s'est reconvertie en none bouddhiste! Quel est le sens de ces deux jardins? Comment se fait-il que les chambres de gauche et de droite soient séparées? Pourquoi les terroristes ont-ils peur de monsieur Espoir? Est-il vraiment un aubergiste?

XXVIII - La Chambre Du Sixième Sens

Quand je regagnai ma chambre je vis monsieur Espoir, les mains dans les poches, silencieux, adossé à ma porte.

— Alors Mademoiselle Ryder, comment était votre promenade dans les deux jardins?

— Ah, comment le savez vous?

— Oh, un aubergiste sait tout sur le va et vient de ses clients.

— Dites-moi monsieur Espoir, pourquoi avez-vous construit ces deux jardins d'apartheid politique: droite-gauche?

— Mais pas du tout, ces deux jardins n'ont rien à voir avec l'apartheid ou avec la politique. Soyez patiente, mademoiselle, je vous dirai tout après que vous aurez fini de visiter les chambres des rescapés de l'ouragan.

— Et quelle est la chambre que nous allons visiter ce soir ?

— La chambre du sixième sens! répondit monsieur Espoir.

— Ah, monsieur Espoir, vous voulez dire que nous allons maintenant rencontrer le héros du film le sixième sens?

— C'est à dire?

— Eh bien souvenez-vous, ce film raconte l'histoire de Cole Sear, un jeune garçon de neuf ans traumatisé par un secret: il voit aller et venir des personnes décédées, parfois agressives, qui l'apostrophent.

— Non ce n'est pas ça, nous n'allons pas rencontrer les acteurs hollywoodiens, Bruce Willis, et Haley Joel Osmen. Vous allez en fait voir quatre hommes qui ont prédit l'arrivée de l'ouragan.

— Ah bon? Où sont-ils ?

— Eh bien, comme je vous le disais il y a un instant, ils logent dans la chambre du sixième sens.

— Et pourquoi avoir appelé cette chambre, la chambre du sixième sens?

— Eh bien parce que le sixième sens désigne le fait de pouvoir voir autrement, en se servant d'autres choses que les cinq sens que l'on connaît et que tout le monde possède: la vue, l'ouïe, le toucher, le goût et l'odorat.

—Vous voulez dire que nous allons voir des charlatans de voyants?

—Non, mes clients sont honnêtes et ce ne sont pas des chamans ou des sorciers! Allez, suivez-moi! Il ne faut surtout pas perdre de temps. N'oubliez pas qu'après minuit nous ne pouvons plus voir les rescapés, car à cette heure là ils veulent commencer à ranger leurs souvenirs dans les tiroirs.

—Bon d'accord, allons y!

A mon grand étonnement je dus monter six étages pour atteindre cette chambre. Quand monsieur Espoir ouvrit la porte, nous vîmes quatre hommes en train de ranger leurs rêves prémonitoires dans les tiroirs.

—Une semaine avant l'ouragan Katrina, dit le premier homme, j'avais rêvé d'eaux violentes et de digues effondrées. Tous les jours, ce rêve était si fort que j'en parlai à ma femme. « la Nouvelle-Orléans n'a rien à redouter, me dit elle, ses digues sont solides. Ne te laisse pas emporter par ton imagination! » Elle pensait en fait que j'étais fou. J'étais un peu comme Cassandre, la fille du roi Priam qui avait prédit la défaite de la ville de Troie. Personne ne la croyait et elle était perçue comme une pessimiste qui gâchait la vie des gens, en leur annonçant des catastrophes. Depuis le passage de l'ouragan, ma femme me regarde différemment. L'ouragan a bien fait s'effondrer les digues!

—Donc, tu as un sixième sens, dit le deuxième homme.

—Oui, je voyais les eaux qui montaient et détruisaient les maisons et j'ai vu…

—Tu as vu quoi? demanda le deuxième homme qui se tenait à côté de lui.

—J'ai vu l'ouragan Katrina arriver, je l'ai prédit, et je ne peux pas t'expliquer pourquoi mon cerveau a eu cette vision.

—Moi aussi, j'ai eu cette vision pendant mes rêves. En regardant les digues de la Nouvelle-Orléans, je les ai vues s'effondrer, et j'en faisais même des cauchemars. Pourquoi ai-je rêvé de ces digues un an avant l'arrivée de l'ouragan? Et je peux te dire, quand j'entendais les prénoms Catherine ou Katarina, je frissonnais et mes lèvres tremblaient. N'est-ce pas étrange? J'ai même évité d'embaucher une stagiaire qui s'appelait Katrina. J'en avais la nausée.

166

Les deux hommes rangeaient les dessins des digues qu'ils avaient rêvées et des plaques qui portaient le nom de Katrina dans leurs tiroirs.

— Les rêves! dit le troisième homme. Quel curieux cinéma nous avons dans la tête? Parmi eux les rêves prémonitoires sont les plus troublants. Tout est écrit? J'avoue que j'aurais tendance à le croire, sinon, comment expliquer ce que nous rêvons, qui, sur le moment, paraît fort improbable ou dénué de sens et se réalise point par point des mois, voire des années plus tard? Quelques semaines avant le passage de l'ouragan Katrina, je me suis mis à rêver. Le même rêve, obsédant de l'ouragan, revenait sans cesse. Je voyais un petit garçon, vêtu d'un ensemble bleu, courir dans l'herbe et emporté par un cyclone. En fait c'était mon fils! Je n'envisageais pas du tout que cela pouvait arriver. Etait-ce un rêve prémonitoire ou un «ordre» venu de plus haut, je me le demande encore? Quand j'en parlais à mes proches, ils me prenaient pour un illuminé! A partir du jour où l'ouragan a emporté le corps de mon fils, tout a changé, mes amis me regardent différemment. Une heure avant le passage de l'ouragan, Christian courait dans le jardin, heureux de vivre. Il portait ce jour là un petit ensemble bleu qui lui allait à ravir, ses traits, la couleur de ses cheveux, le ton doré de sa peau légèrement bronzée, tout était comme dans le rêve!

— Moi aussi, dit la quatrième personne, j'ai eu des rêves prémonitoires. Bien des années plus tard, le 29 octobre 1994 très exactement, j'ai fait un rêve étrange: On me tendait un carnet rouge sur lequel était inscrite la date 29 août 2005 en gros caractères. Il était mentionné que ce devait être une année de grands changements pour moi. Je notai ce rêve sur mon cahier et je n'y pensai plus. Quelques années plus tard, le rêve était devenu plutôt un cauchemar; je voyais mon fils Marc pris par des rafales violentes. Je le voyais mort et j'entendais des cloches annonçant un enterrement le 29 août 2005. Marc a été tué par l'ouragan et je n'ai jamais retrouvé son corps. Depuis le passage de Katrina, mes rêves prémonitoires concernent surtout la mort. Une de mes amies s'est suicidée. J'ignorais totalement ses intentions. Un jour, je m'étais assoupi dans cette chambre lorsque je l'ai vue en rêve, toute radieuse, m'annoncer son prochain départ. Le surlendemain, j'appris, catastrophé: Marie s'était suicidée! Savez-vous pourquoi personne ne nous a crus?

— Non! répondirent les trois autres.

— Eh bien, parce que la majorité des gens n'a pas envie de regarder la vérité en face. Voilà pourquoi personne n'a cru à nos rêves prémonitoires, notre lucidité fait peur aux autres et ils nous ressentent différents d'eux. Mais ils vivent et supportent si mal cette différence qu'ils préfèrent nous considérer comme des illuminés, des fous qu'il faudrait enfermer. Nous sommes en fait des « Cassandre », des personnes sensées qui prédisent l'avenir.

Monsieur Espoir regarda soudain sa montre et me fit signe de sortir. Tandis que nous redescendions les escaliers, je lui posai quelques questions au sujet de cette chambre.

— Pourquoi rangent-ils les dessins de leurs rêves prémonitoires dans des tiroirs? demandai-je

— C'est simple. Au cours du sommeil, le cerveau fait le tri, classe les informations, établit des corrélations, et peut ainsi prévoir des événements dont la trame nous est inaccessible à l'état de veille. Voilà qui peut effectivement expliquer le caractère prémonitoire à tort donc de certains rêves. Karl Jung, dans le cadre de son interprétation des rêves dans la psychologie analytique rapporte le cas d'un roi qui souhaitait aller envahir le pays voisin mais ne savait pas s'il y parviendrait. Il eut un rêve où il voyait un pays envahi et pensa que ce rêve annonçait le succès de son entreprise. Il commença à pénétrer chez ses ennemis et ceux-ci en profitèrent pour envahir son propre pays. On interpréta que le rêve annonçait bien l'invasion d'un pays, mais pas celui souhaité subjectivement. Karl Jung croyait aux rêves prémonitoires!

— Et vous, vous y croyez?

— Nous n'avons pas de preuves scientifiques, mais pourquoi pas! Il faut suivre parfois son intuition et savoir la développer, me dit il, avant de disparaître dans le couloir sombre.

« Tiens comme c'est étrange, songeai-je, un hôtelier qui me parle de psychologie, de cerveau et de Karl Jung! »

Durant toute la nuit, je me posai des questions :

« Pourquoi et comment ces messages du futur, qui mettent à mal notre conception linéaire du temps, nous parviennent-ils? Notre avenir est-il écrit? Pouvons-nous influer sur notre futur et éviter des catastrophes ou des drames? Que tout cela est étrange, bon attendons minuit! »

XXIX - La Chambre Du Bouc Émissaire
Tête De Turc

Trois jours passèrent. Trois jours où monsieur Espoir fut invisible. Pendant tout ce temps là, je l'attendais, le cherchai dans tous les couloirs situés sur l'aile droite. Pendant trois nuits, je dus affronter l'angoisse, l'abattement et le désespoir. L'aubergiste n'était pas venu me chercher pour visiter l'une des chambres des rescapés de l'ouragan. « Où peut-il bien être » songeai-je en m'allongeant sur mon lit. Au moment où je m'apprêtais à prendre un livre, j'entendis un bruit mystérieux qui venait de l'extérieur. Je pensais au début que c'était le vent qui gémissait, rugissait et hurlait. Mais en ouvrant la fenêtre, je réalisai qu'il n'y avait aucune brise. « Que c'est étrange » marmonnai-je. A peine l'eus je refermée que j'entendis de nouveau un bruit qui se faisait de plus en plus fort. Un pas inconnu, lourd hésitant, allait et venait, ébranlant les murs de l'auberge et l'air tranquille. Mon cœur battait. Ne pouvant plus supporter ce tapage nocturne, je décidai d'aller rencontrer ce client qui se promenait de long en large dans sa chambre et qui m'empêchait de lire mon manga en grec ancien! Je sortis en trombe et me trouvai ainsi, vers une heure du matin, déambulant à travers les couloirs sombres de l'auberge, munie d'une lampe électrique. Puis je pris l'escalier vers le haut et au fur et à mesure que je montais je m'étonnais qu'une auberge comptât autant d'étages. « Que c'est étrange tout cela! songeai-je, il y a donc autant de chambres dans cette auberge! » Quand j'atteignis le treizième étage, je vis apparaître une lumière rougeâtre sous la fente d'une porte sur laquelle était écrit en gros caractères: LA CHAMBRE DU BOUC EMISSAIRE. J'entendis aussi à l'intérieur les mêmes bruits de pas. Je frappai à la porte. J'attendis un instant.

— Qui est là? dit une voix masculine.

— Je m'appelle Pénélope Ryder et je loge dans la chambre d'Homère.

— Ah! C'est la jeune fille qui raisonne comme Homère au féminin! Que me voulez vous?

A peine eus je continué de lui expliquer les raisons de ma visite qu' un homme mal rasé, au visage couvert de cloques et de cicatrices de guerre m'ouvrit. En voyant qu'il n'avait plus de cils ni de sourcils, je reculai d'un pas.

— Entrez! dit-il! N'ayez pas peur, je ne vais pas vous mordre.

J'avançai, puis comme il me l'avait demandé pris un siège. Quand je fus confortablement installée, il poursuivit:

— Je suis désolé de vous avoir dérangée mademoiselle Ryder, mais je suis occupé à ranger mes malheurs dans ces tiroirs.

— Ah oui! Vous faites comme tout le monde ici. On range les souvenirs de la personne dont le corps a disparu. Je me demande où je suis vraiment.

— Ah comment?

— Euh, je voulais dire que cet endroit est vraiment étrange.

— En vérité, mademoiselle Ryder, croyez en mon expérience, vous n'avez qu'un seul moyen de comprendre où vous êtes c'est de demander à chacun de nous quels sont les souvenirs traumatisants qu'ils rangent dans ses tiroirs.

— Alors dites moi, qui vous êtes! Et quels sont les malheurs que vous enfermez dans ces tiroirs surannés et ennuyeux!

— Bon, eh bien commençons! je m'appelle «Tête de Turc»

— Pardon?

— Oui, je m'appelle bien Tête de Turc, répéta-t-il.

Je me retins de rire et lui dis:

— D'où vient ce nom?

— Je suis né en Turquie et comme je suis sorti la tête la première, ma mère, d'origine louisianaise, illettrée et ignorante des termes péjoratifs, m'a appelé Tête de Turc. Depuis l'enfance, je suis habitué à ce qu'on m'appelle ainsi, qu'on déverse sa haine, ses rancœurs, ses angoisses sur moi et qu'on me tienne pour responsable de tous les maux de la terre, comme l'arrivée de l'ouragan Katrina, l'effondrement des deux tours du World Trade Center, des digues de la Nouvelle-Orléans et l'explosion d'un magasin Cajun. C'est peut-être pour ça que ma chambre se trouve au treizième étage. En fait, je dépends des humeurs, des souffrances et des douleurs des gens.

— Ah bon? Mais c'est affreux! dis-je d'un ton alarmé. Mais comment se fait-il? Comment peut on devenir un souffre douleur au 21ème siècle, je pensais que nous n'étions plus comme ces primates au cerveau étroit qui grouillaient sur la terre au Moyen-âge?

— Hélas, dit Tête de Turc, en levant les yeux au ciel.

Puis il se mit à me raconter ses déboires.

— Comme je vous le disais à l'instant, ma mère, illettrée et ignorante des mots péjoratifs, m'a appelé Tête de Turc, et ce nom ne m'a apporté que des malheurs dans ma vie. Quand j'avais dix ans, mon institutrice était persuadée que j'étais responsable de la chute du niveau des élèves de ma classe. Chaque fois que je manquais un examen de mathématiques, mes camarades obtenaient de très bons résultats. Mais lorsque j'étais présent aux épreuves, l'ensemble de la classe échouait. Cette institutrice m'avait même conseillé un jour de rester bien au chaud chez moi pendant les examens, car j'étais responsable des mauvaises notes de mes camarades de classe. Accusé à tort et à travers de la baisse du niveau général des élèves, je devins le bouc émissaire favori des petits tyrans de l'école. A la sortie des cours, on m'assénait des coups, j'étais giflé, battu et insulté. Pendant toute mon adolescence, mes camarades s'en prirent à moi et je fus réputé pour être un souffre douleur. Je voulais finir au plus vite ma scolarité. Après l'obtention de mon baccalauréat, je travaillai comme vendeur dans un grand magasin au rayon de papiers toilette. Quand les clients se plaignaient de la qualité et de la texture de ces produits hygiéniques, mon chef me blâmait. Il expliquait même aux clients que mon nom Tête de Turc était la cause de la mauvaise qualité de ces papiers toilette fabriqués en Chine et de leurs odeurs nauséabondes. Les papiers toilette restaient même collés au derrière des gens et il fallait des jours pour les retirer. Quelques années plus tard, un événement tragique se produisit dans ce magasin. Le jour où j'étais en congé, une bombe explosa et mon patron et mes collègues trouvèrent la mort. La police trompée par mon nom m'accusa au début de cet acte terroriste. J'étais le coupable idéal. Heureusement je fus relâché faute de preuves. Dix ans après ce mystérieux attentat, mes voisins étaient persuadés que j'étais à l'origine de l'effondrement des tours jumelles du World Trade Center.

— Ah, mais c'est complément fou !

— Oui je sais Pénélope, mais je vais-vous expliquer. Au moment où les avions des kamikazes islamistes foncèrent sur les deux tours, je longeais tranquillement la rue, pensant que Spielberg tournait un film d'action. Malgré les hurlements des passants, les bouchons humains et la circulation routière, je marchai paisiblement traversant les débris. Comme certains passants avaient pris une photo de moi au moment de l'attaque, ils la diffusèrent partout sur Internet. Mes voisins qui avaient vu cette photo circuler sur les réseaux sociaux étaient persuadés que tout le mal venait de moi et que mon nom Tête de Turc expliquait l'acte commis par ces terroristes.

— Bon admettons, répondis-je, mais les digues?

— Eh bien, la veille de l'ouragan Katrina, je les inspectais avec mes collègues de l'équipement. Lorsque l'ouragan les a détruites ils ont péri et mon chef a déclaré: « Tête de Turc, vous êtes responsable de tous les maux de la terre, chaque fois que vous travaillez ou flânez dans un endroit, une catastrophe arrive! »

— Êtes-vous marié?

— Non, divorcé, là aussi je n'ai pas eu de chance. Mon ex épouse était chinoise et je l'ai rencontrée à Shanghai. Au début nous nous aimions follement. Avant d'apprendre le français, elle pensait que mon nom « Tête de Turc » était noble car il comprenait la particule de. Elle en était fière et imaginait même mes ancêtres possédant des châteaux en Turquie. Mais la situation changea quand elle se mit à parler le français. Elle réalisa alors que porter un nom comme le mien en Chine pouvait lui attirer beaucoup d'ennuis et de malheurs. Je peux vous dire qu'elle en a ri jaune. Et puis elle n'a pas eu de chance avec moi. Avant elle ne tombait jamais enceinte, les pilules fonctionnaient merveilleusement. Mais un mois après notre rencontre, cela lui arriva. Elle décida aussitôt d'avorter car elle ne voulait surtout pas que son enfant hérite des gènes et du nom de son père: Tête de Turc. Rouge de honte et craignant d'affronter le médecin toute seule, elle me suppliait d'aller le voir et de remplir sa fiche d'admission. Ne connaissant pas le mandarin, j'ai coché la case insémination artificielle. La malheureuse! Elle s'est retrouvée avec dix enfants à nourrir. Pourtant depuis notre séparation, elle mène une vie heureuse. Elle gère sa télé réalité de « super maman en Chine», et un milliard de téléspectateurs la regardent élever ses dix enfants eurasiens. Mon nom fait peur. On ne peut imaginer qu'une femme sérieuse tomber amoureuse de moi et porter un nom pareil. Tout le monde sait que je porte malheur. Vous arrivez au monde avec des gènes indésirables, une histoire familiale complexe et une mère illettrée qui vous appelle Tête de Turc et voilà. J'aurais aimé cent fois que ma mère m'appelle Ulysse et qu'elle accouche en Grèce!

— Ah, je comprends pourquoi monsieur Espoir a donné votre nom à cette chambre, mais dites-moi pourquoi êtes vous venu ici? demandai-je.

— Eh bien je suis venu ici pour vider mes malheurs, mes douleurs et mes souffrances dans ces tiroirs. Vous savez ces armoires sont ma seule compagnie et ma thérapie. Quand on est un bouc émissaire, on est tellement habitué à rester seul dans son coin, à être isolé du monde et à prendre soin des objets qu'on finit par leur parler. Quand on frotte ces tiroirs, on pense qu'on leur fait la toilette. Quand on les casse, on a l'impression de les avoir blessés. Alors vous voyez ces tiroirs sont ma compagnie car ils détiennent tous les secrets de ma vie et de mon passé. En rangeant, en triant tous ces mauvais souvenirs, je réalise jour après jour que les gens avaient besoin de déverser leur haine sur moi et que je les laissais faire. J'étais à leurs yeux un bouc émissaire, une tête de turc car je n'avais pas appris à m'affirmer positivement. J'avais honte de moi et me sentais coupable d'entraîner les gens dans le malheur! Les souvenirs douloureux que j'ai enfouis dans ces tiroirs m'aident à nommer et à ressentir les pulsions et les émotions que j'ai toujours cherché à taire en moi –même. Et puis pour me soulager de ce fardeau, je me dis que je ne suis pas le seul. De tout temps, les hommes ont ainsi eu recours à des boucs émissaires pour porter les maux du monde qui les terrorisaient, ce qui a parfois donné lieu à des tragédies dans l'histoire de l'humanité. Au milieu du XIVe siècle, par exemple, les Juifs ont été accusés à tort d'être les ambassadeurs de la peste noire en France parce qu'ils auraient empoisonné l'eau des puits. De la même façon, des milliers de femmes ont été traitées de sorcières et brûlées vives sur la place publique. Et en temps de récession, on accuse les immigrants d'être des « voleurs de travail ». L'homme cherche à se protéger des comportements, des émotions ou des pulsions qui lui paraissent étrangers et qui le déstabilisent. Cette réaction d'autodéfense est d'autant plus vive dans une période de crise, comme l'ouragan Katrina, n'est-ce pas?

— Tout à fait, Tête de Turc! répondis-je. Dites-moi, pourquoi certains de vos meubles sont-ils piqués de clous et d'autres garnis de satin?

— Eh bien, les meubles garnis de satin regorgent de souvenirs agréables tels que mes bonnes notes, mes diplômes, mes cadeaux préférés, tandis que les autres sont remplis de souvenirs douloureux et traumatisants comme l'ouragan Katrina et les deux tours du World Trade Center. J'essaye tous les jours d'équilibrer mes souvenirs positifs et négatifs dans mes tiroirs. Plus je range mes malheurs, plus je réalise que je peux changer et que je pourrai un jour gagner l'aile gauche où logent les autres rescapés de l'ouragan.

— L'aile gauche? Repris-je, vous voulez dire que vous voudriez loger avec les gauchistes et les révolutionnaires de Fidel Castro.

— Quoi? C'est quoi ce délire? On ne vous a pas dit ce que représentait l'aile gauche? Vous n'avez pas encore deviné qui logeait sur l'aile gauche ?

— Non!

— Eh bien, l'aile gauche représente la liberté et la résilience!

— Vous voulez dire les principes révolutionnaires « la liberté, l'égalité et la fraternité » à la Darwin?

Non, pas du tout! Les rescapés qui acceptent la mort de leurs proches logent sur l'aile gauche, même s'ils n'ont jamais retrouvé leurs corps.

— Ah c'est donc cela! m'exclamai-je. Avez-vous perdu quelqu'un de votre famille? Votre mère? Votre chat? Votre chien? Votre bouc?

— Non, personne, mais je me sens coupable de tous les maux de la terre. Et puis je me dis pourquoi mes collègues sont ils morts et pas moi! Comme je m'identifie à une victime et que j'ai facilement mauvaise conscience, monsieur Espoir m'a logé sur l'aile droite.

— Et comment allez-vous faire pour franchir la porte de gauche?

— Il faut d'abord que je vide toutes mes idées irrationnelles dans mes tiroirs.

— Ça alors! Comment des tiroirs peuvent-ils vous soulager de vos maux et vous aider à affronter la vie et à accepter la mort? C'est une chose incroyable et invraisemblable!

Pas du tout! C'est en déversant dans nos armoires tous les objets qui nous rappellent les malheurs de notre vie que nous

174

réalisons nos erreurs. Les tiroirs détiennent les secrets de notre mémoire inconsciente. Tout ce qui s'est passé dans notre vie sans que nous le réalisions y est enterré. Tous les souvenirs venus de l'inconscient, de notre bourreau intérieur que nous avons rangés dans ces armoires nous aident à surmonter nos angoisses, notre traumatisme !

— Mais ce n'est pas possible!

— Ah vous croyez ? Voyons, qu'avez-vous rangé dans l'un de vos tiroirs?

— Eh bien j'ai rangé Homère.

— Pardon, le poète d'il y a trois mille ans?

— Euh, je voulais dire que j'ai rangé le manga de l'Odyssée.

— Avez-vous constaté des changements?

— Je dois avouer que depuis que j'ai rangé ce manga et que j'ai visité les chambres des rescapés, je me plonge moins dans le monde d'Homère. Et ce qui est étrange, c'est que depuis trois jours je ne me réveille plus à minuit.

— Ah! Mais c'est une bonne nouvelle! Vous allez sûrement accepter le destin de votre père?

— Quel destin?

— Je ne sais pas, c'est à vous de choisir entre l'aile gauche et l'aile droite.

— C'est à dire?

— Soit vous restez sur l'aile droite et vous n'acceptez pas la mort de votre père, soit vous gagnez l'aile gauche et là vous faites le deuil et acceptez sa mort. Vous êtes alors prête à affronter le monde réel muni d'un important mécanisme de défense que vous avez développé, la résilience.

— Ah bon? Nous serons alors résilients comme Popeye le marin qui avale ses épinards pour avoir la force de récupérer sa fiancée Olive et de battre le méchant Brutus.

— Oui, si vous voulez, mais n'exagérons rien. En fait la résilience permet aux gens de refaire leur vie et de s'épanouir en surmontant un choc traumatique grave! Il est très difficile d'accéder à l'aile gauche car tout le monde ne peut pas devenir résilient dans la vie. Tout le monde n'a pas les mêmes dispositions pour affronter un traumatisme tel que l'ouragan Katrina.

— Oui, mais comment peut-on accepter la mort de quelqu'un sans avoir retrouvé son corps? C'est impensable!

— Ne vous emportez pas, je comprends vos sentiments! Tous les rescapés ont peur de la mort, je dois vous le dire, ils la nient même. Et cela n'est pas du tout leur faute, c'est notre société moderne qui ne nous a pas préparés à accepter la mort et à traverser les deuils qui en découlent. La mort y a été occultée, on a tenté de la nier alors que savoir mourir c'est vivre mieux. La conscience de la mort nous aide à mieux percevoir le caractère précieux de la vie.

— Mais mon père n'est pas mort, insistai-je.

C'est ce que disent la plupart des rescapés qui ont perdu un proche, ils refusent la réalité!

J'étais sur le point de lui répondre quand nous fûmes interrompus par un bruit de serrure venant de la chambre voisine.

XXX - La Chambre Du Menteur

— Qu'est-ce que c'est? demandai-je intriguée.

— Eh bien c'est Sam, mon voisin qui loge dans la chambre du menteur!

— La chambre du menteur? repris-je abasourdie. Pourquoi les rescapés logent-ils dans des chambres dont les noms sont si étranges?

— Eh bien, c'est parce que nous réagissons tous différemment et de façon imprévue lorsque nous devons traverser des épreuves traumatisantes. Mademoiselle Ryder, la vie est rarement un fleuve tranquille. Réveillez vous! La vie ne ressemble pas à Disneyworld !

— Donc Sam est un menteur!

— Oui, c'est cela, mais il a commencé à ne plus mentir depuis qu'il loge ici.

— Ah bon?

— Oui, plus il déverse ses mensonges dans ses tiroirs, plus il a tendance à nous dire la vérité.

— Incroyable! C'est un peu comme le nez de Pinocchio qui s'allonge ou se rétrécit. Mais dites-moi Tête de Turc, pourquoi quelqu'un est-il amené à mentir?

— Ah pour connaître la réponse à votre question, il faut demander à Sam, le menteur. Voulez-vous que je vous le présente?

— D'accord.

— Nous nous dirigeâmes alors vers la chambre du menteur et celui-ci nous reçut chaleureusement.

— Comment vas-tu Tête de Turc? demanda t-il.

— Très bien, et toi, Sam?

— Bien, enfin, j'espère. Qui est cette jeune fille à tes côtés?

— Je m'appelle Pénélope Ryder, fis-je en le saluant.

— Ah oui, la jeune fille qui recherche désespérément Homère au féminin.

— Euh non, ce n'est pas vraiment cela, je recherche mon père, surnommé Ulysse le Grand.

— Oui, vous avez raison, dit-il, nous recherchons tous quelque chose ici, la vérité de ce qui s'est passé le jour de l'ouragan Katrina.

— Et vous? Que faites-vous ici? demandai-je d'un air curieux. Pourquoi logez-vous dans cette chambre appelée la chambre du menteur? Monsieur Espoir a réservé de drôles de chambres aux rescapés de l'ouragan!

— Voulez-vous mademoiselle que je prenne un air grave pour vous parler de ma vie mensongère et vous dire aussi qu'avant de loger dans cette auberge j'aimais le mensonge comme la vie, que j'investissais mon temps dans la fabulation, et que je mettais toute mon énergie à embellir la vérité car la réalité m'écœurait.

— Ce serait irrespirable, lui répondis-je. Ceci dit monsieur Espoir aurait dû appeler votre chambre «la chambre de Pinocchio».

Il éclata de rire, puis il reprit.

— Bon, puisque nous sommes là à vider et à ranger nos souvenirs douloureux dans nos tiroirs, je vais vous raconter pourquoi je loge dans cette chambre. C'est à cause de ma tante Claire.

— Ben voyons, dit Tête de Turc, on cherche encore une victime innocente pour expliquer l'origine de ses péchés, de ses maux et de ses problèmes.

— Oui, euh, mais tu vois, c'est bien ma tante qui m'a poussé à mentir. Comme elle profère sans cesse des imprécations, souhaite le malheur des gens et aime mentir et manipuler, j'ai suivi son chemin.

— Mais pourquoi mentir? Qu'avez-vous fait de mal? Avez-vous trompé votre femme, braqué une banque, tué des gens?

Non rien de tout cela, je ne suis pas un criminel mais un menteur névrosé! Mentir c'est moins grave que tuer.

— Quoique… intervint Tête de Turc.

— Donc je vous disais à l'instant que ma tante fut à l'origine de mes mensonges et qu' à cause d'elle j'ai toujours altéré la vérité. Trois jours après le passage de l'ouragan, elle s'empressait tous les matins d'acheter les journaux et de lire avec délectation la rubrique des décès. Plus elle lisait et apprenait le nom des morts, plus elle glapissait joyeusement «Ah bien fait, il est mort, j'ai toujours souhaité sa mort, celui là! » s'écriait-elle. J'avais l'impression que plus elle feuilletait les pages de cette rubrique, plus elle se sentait invincible. La voyant heureuse et enthousiaste, je décidai de rencontrer des personnes qui avaient perdu l'un des leurs et

178

n'avaient jamais retrouvé son corps. Je me présentai en tant que descendant de la prêtresse vaudou Marie Laveau, connue pour attirer plus de gens sur sa tombe que celle d'Elvis Presley. Comme Marie Laveau, je faisais tourner les tables, briller les boules de cristal, distribuais les gris-gris et tirais les cartes de tarot. Je m'enivrais de voir ces pauvres gens naïfs qui croyaient en mes mensonges. Je leur faisais croire que leurs proches disparus étaient toujours vivants. Plus je m'enfonçais dans les mensonges plus je respirais la joie de vivre. J'avais l'impression d'exister! Comme je connaissais un vif succès auprès des gens, j'ai ouvert une école de sorcellerie où les aspirants sorciers et sorcières apprenaient comment voler sur des balais et à fabriquer des potions magiques. Avec le succès de la saga Harry Potter j'ai attiré beaucoup de rescapés de l'ouragan Katrina désespérés, qui croyaient en la magie blanche. Ils pensaient vraiment que je pouvais faire réapparaître le corps de leurs proches disparus.

— Mais vous êtes un charlatan! m'écriai-je.

— Un escroc, ajouta Tête de Turc.

— Euh oui, je l'étais, mais maintenant c'est différent…

— Et comment êtes vous arrivé ici?

— Eh bien l'un des mes clients fut monsieur ESPOIR!

— Monsieur Espoir! m'exclamai-je.

— Oui, un jour monsieur Espoir s'est présenté à ma porte et il m'a parlé de son auberge. Au début j'ai cru que c'était une farce et que je pourrais continuer à mentir aux gens et leur dire que leurs proches disparus étaient en vie. Mais quand j'ai commencé à ranger et à classer mes mensonges dans mes tiroirs, j'ai réalisé que j'avais blessé beaucoup de gens, que je travestissais la réalité, et que j'avais besoin de quelqu'un pour me croire. Je ressemblais à un toxicomane qui ne tenait debout qu'à coups de doses répétées, titubant jusqu' à l'effondrement.

— Pourquoi avez-vous classé vos mensonges?

— Parce qu'ils sont de différents types.

— Ah bon, lesquels ?

— Eh bien, il y a trois types de mensonge que j'ai classés dans mes différents tiroirs; dans celui du haut se trouve le mensonge pernicieux, c'est à dire celui qui est fait dans le seul but de faire du mal, du tort à celui qui en est victime. Dans le tiroir du milieu se trouve le mensonge joyeux ou inoffensif; c'est à dire les plaisanteries. Ce mensonge est fait dans les moments de jeux, de fête, de détente, de plaisir. Dans le tiroir du bas se trouve le mensonge officieux qui est là pour nous protéger ou dissimuler la faute d'une autre personne. Plus je range mes souvenirs et les trie, plus je réalise que le mensonge blesse, salit, déshonore, avilit, et tue la victime comme son auteur. Le mensonge n'a pas d'âge, les menteurs non plus. Dès l'enfance les petits apprennent à mentir pour se protéger, pour préserver leur monde ou parce que leurs parents le leur demandent. Ma tante Claire m'a appris à mentir. Le mensonge était selon elle le meilleur moyen de s'attirer la sympathie d'autrui. Lorsque je n'appréciais pas les cadeaux de mes camarades elle me forçait à dire le contraire. Plus nous mentions tous les deux plus nous étions heureux. Cela devait être un gène de famille.

— Vous n'êtes pas le seul à mentir, dit Tête de Turc, durant toute la vie, nous continuons à mentir, ainsi que le démontre la recherche effectuée en 1996 par la psychologue Bella DePaulo, attachée à l'Université de Virginie. Elle avait demandé à des personnes de 18 à 71 ans de tenir le journal quotidien de leurs mensonges. Eh bien, croyez-le ou non, l'étude a révélé que tous mentaient 1 fois sur 5 dans leurs échanges de 10 minutes ou plus!

— Incroyable! dis-je étonnée en avalant ma salive. Si nous mentons à ce point, alors nous allons tous finir en enfer!

— Et vous Mademoiselle Ryder, combien de fois mentez-vous chaque jour? demanda Sam.

— Eh bien, je ne sais pas moi, peut-être deux fois par jour!

— Vous êtes dans la moyenne des gens, fit Sam. Vous voyez le mensonge fait bien partie de notre quotidien.

— Nous irons donc tous en enfer, repris-je en prenant un air grave, car nous ne respectons pas les dix commandements. Il faut dire que c'est vraiment difficile!

— N'exagérons rien, tous les gens qui mentent sans faire de mal aux autres n'iront pas en enfer! dit Tête de Turc. Dire toujours la vérité blesse souvent et dire des mensonges positifs dans la vie n'est pas nuisible. On ment beaucoup, surtout à nos proches, conjoint, famille et amis. Ainsi on leur ment pour éviter de les blesser ou pour les protéger. Ce ne sont là que des mensonges inoffensifs et bénéfiques. En revanche les mensonges pernicieux qui font du mal aux autres sont condamnables, n'est-ce pas Sam?

— Oui, c'est vrai tu as raison, avoua le menteur. Mais que veux-tu, avant de loger ici, je mentais comme je respirais, c'était plus fort que moi!

— Donc vous classez vos mensonges positifs et négatifs dans ces tiroirs? demandai-je en regardant les armoires.

— Oui c'est cela, et j'essaye de les équilibrer. Cela m'aide beaucoup à comprendre que j'étais un menteur névrosé et professionnel.

— Vous devez avoir vraiment une mémoire phénoménale pour vous souvenir de vos mensonges!

— Oui, en effet, j'ai une excellente mémoire. Mais vous savez, à force de mentir, on s'isole et on s'embrouille. Vous me direz Pénélope, savoir bien mentir, savoir bien dire la vérité; être trop franc nous isole, être trop menteur aussi! Le menteur fuit plutôt que de prendre ses responsabilités et de dire les choses comme elles sont. Mais il faut bien l'admettre, malgré ses dangers, le mensonge est parfois utile!

— Et à quel âge commence-t-on à mentir ? demandai-je.

— Eh bien, il paraîtrait que nous mentons à partir de l'âge de trois ans. dit Sam.

— A peine avons-nous appris à aller au pot que nous commençons à mentir. C'est incroyable! ajoutai-je avec humour.

— Oui, nous commençons très tôt, répondit Sam. Et puis mentir n'est pas nouveau, les Grecs, qui ont inventé la démocratie, le faisaient déjà il y a 2 500 ans. Le président Lincoln l'avait même constaté puisqu'il disait qu'on pouvait, pendant quelque temps, tromper tout le monde, ou tromper tout le temps une partie des gens, mais on ne pouvait pas tromper tout le monde tout le temps. Notre vie est donc parfumée de mensonges, qu'on le veuille ou pas.

— Et avant l'arrivée de l'ouragan Katrina, que faisiez-vous? demandai-je.

— J'étais représentant commercial et j'exagérais et altérais souvent la vérité pour vendre mes produits. J'adorais mon métier car les mensonges avaient pour moi un pouvoir magique. Ils me permettaient de m'évader et de devenir une autre personne. Je mentais énergiquement pour vendre tous mes produits aux clients. Je pensais tous les jours à la citation de Fédor Dostoïevski « la vie et le mensonge sont synonymes. ». Mais j'ai changé depuis mon séjour dans cette auberge. Depuis que j'ai vidé mes mensonges dans mes tiroirs, je commence à dire la vérité et à apprécier la réalité. Enfin, je dis juste quelques mensonges.

— Sans blague! dis-je. Comment des tiroirs peuvent-ils vous aider à dire la vérité? C'est encore un mensonge que vous avez fabriqué. Vous auriez dû tenir le journal de vos mensonges et l'envoyer ensuite aux psychologues car vous seriez vraiment un cas intéressant pour les neurosciences!

— Mais je vous dis la vérité au sujet de ces tiroirs! Tiens, la preuve. Il y a trois jours, j'ai écrit à ces parents à qui j'avais fait croire que leur fils Raymond était toujours en vie. Ils m'ont pardonné. Je m'attendais à recevoir une lettre pleine d'insultes. En fait cela ne fut pas le cas, les parents m'ont souhaité un prompt rétablissement et m'ont pardonné.

— Et comment ont-ils pu faire cela? demanda Tête de Turc.

— Eh bien parce que je leur ai dit que je voulais changer et dire la vérité.

— Ce sont des gens biens, dit Tête de Turc.

— Et les autres? demandai-je.

— Euh… c'est un peu délicat.

— Comment ça?

— Eh bien regardez ces paquets de lettres entassés dans ces tiroirs abîmés.

— En effet, mais pourquoi ces lettres sont-elles aussi sales?

— Que voulez-vous, les gens m'ont envoyé des lettres d'injures parfumées de crotte. Il faut que je les digère, et aère bien les tiroirs, dit-il en baissant la tête. Je les classerai dans le tiroir « mensonges pernicieux ».

Soudain nous entendîmes le bruit d'une porte qui s'ouvrait.

— Qu'est ce que c'est? demandai-je intriguée.

— C'est la porte de gauche où logent les rescapés qui ont accepté la réalité.

— Quelle réalité? repris-je

— Eh bien ils ont accepté la mort de leurs proches même s'ils n'ont pas retrouvé leurs corps.

— Donc si j'ai bien compris je loge avec des illuminés qui n'acceptent pas la mort et croient en l'immortalité.

— Non nous ne sommes pas fous! rétorqua Sam. Il est normal que beaucoup de rescapés n'acceptent pas la réalité quand ils apprennent que les corps de leurs proches ont disparu. Il en est de même pour les clients qui logent sur l'aile droite. Tant qu'ils n'auront pas retrouvé les corps de leur famille, ils n'accepteront pas la mort. D'ailleurs vous êtes un peu dans la même situation qu'eux.

— Mais je ne comprends pas très bien. Mon père n'est pas mort, on n'a pas encore retrouvé son corps.

— Oui, c'est bien ce que je dis, et vous logez sur l'aile droite.

— Quelle naïveté! m'exclamai-je, comment peut-on croire qu'une personne est morte sans avoir retrouvé son corps. C'est insensé. — Attendez! dis-je, en mettant la main sous mon menton. Pourquoi logez-vous sur l'aile droite, Tête de Turc et vous, alors que vous n'avez perdu personne?

— Nous n'avons certes perdu personne, dit Sam, mais nous souffrons quand même d'un traumatisme. Nous avons tous les deux peur d'affronter la réalité. Tête de Turc pense qu'il est une victime, un bouc émissaire et est responsable de tous les malheurs de la terre. Quant à moi, j'ai altéré la vérité et menti aux rescapés de l'ouragan, aussi ai-je peur d'affronter un jour la vérité. C'est pourquoi nous déversons tout notre inconscient dans ces tiroirs pour guérir de notre mal, de notre traumatisme et de nos douleurs.

— C'est à dire?

— Eh bien, nous enfermons toutes nos idées irrationnelles dans nos armoires. Comme cela, elles ne nous encombrent pas l'esprit et nous pouvons raisonner sans trop d'émotion. Nos tiroirs qui débordent de souvenirs traumatisants nous aident à comprendre le pouvoir de l'inconscient et de son travail.

Ces mots me troublèrent et je me mis à réfléchir sur le sens de ces tiroirs. Quelques instants après, nous fûmes de nouveau interrompus par des voix bruyantes dans le couloir.

— D'où vient ce bruit ? demandai-je en me tournant vers la porte d'entrée.

— Ce sont mes voisins, Georges et Marie. Ils logent dans la chambre des illusions.

— Pardon?

— Oui, dit Sam, monsieur Espoir les a logés dans cette chambre car ils refusent la réalité, un peu comme les gouvernements, les élites qui ferment les yeux sur les catastrophes naturelles, les déficits publics, les chiffres réels du chômage, de l'insécurité, de l'éducation etc.

— Exactement, dit Tête de Turc. Et ils cherchent tout le temps un bouc émissaire quand ils doivent affronter la réalité. Mais la réalité et la vérité rattrapent toujours l'homme.

— Allez, fit Sam, je vais vous présenter Georges et Marie qui sont convaincus que l'Ouragan Katrina n'a jamais eu lieu. Êtes-vous d'accord?

— Oui, volontiers, répondis-je.

XXXI - La Chambre Des Illusions

Nous nous dirigeâmes vers la chambre des illusions, Georges et Marie se levèrent pour nous accueillir. Je notai que les miroirs et les tiroirs étaient déformés et que leurs vêtements ne correspondaient pas à leur taille. Ceux qu'ils portaient étaient trop grands.

— Bonjour, dit Sam, comment allez-vous?

— Ça va! Nous sommes en bonne santé, répondit Georges d'une voix agréable.

— Forcément, les gens qui nient la réalité de nos jours sont en forme! Il n'y a pas de vraie santé sans illusion! dit Sam d'un ton sarcastique.

— Euh… qui est cette jeune fille à côté de vous? demanda Georges, gêné d'avoir été humilié par un menteur.

— Je m'appelle Pénélope Ryder. Je suis enchantée de faire votre connaissance.

— Ah! C'est donc vous la jeune fille qui est plongée dans le monde chimérique et rocambolesque de l'Odyssée? Monsieur Espoir nous a parlé de vous et je me demandais si vous existiez vraiment, car Ulysse, lui, il n'a jamais existé.

— Comment ça? Mais j'existe puisque je vous parle. Dites-moi plutôt ce que vous faites ici?

— Eh bien, c'est une longue histoire, celle de ma vie, répondit Georges en se grattant le front, mais je vais vous la raconter.

— Oui, et j'espère que cela ne sera pas trop long, dit Sam.

— Excusez-moi Mademoiselle Ryder, poursuivit Georges, je vais vous paraître stupide, mais je ne sais pas très bien ce que je fais ici. Je ne me souviens pas d'avoir vu arriver l'ouragan ni d'en avoir entendu parler et pourtant monsieur Espoir et les autres clients des chambres du couloir de droite m'affirment qu'il y a eu un cyclone féministe nommé Katrina qui a détruit la Nouvelle-Orléans pour se venger de la condition des femmes. Lorsque je suis arrivé ici, je ne me souviens pas que j'avais réservé avec Marie une chambre dans cette auberge. Et pourtant monsieur Espoir avait tout

185

préparé: nos noms étaient inscrits sur le registre. L'aubergiste m'a raconté une histoire incroyable et douteuse. D'après lui l'ouragan Katrina aurait détruit ma maison et suite à cet événement tragique, je serais à la rue. J'ai tout perdu selon lui; mon affaire aurait périclité et mes actions se seraient effondrées. Hier je suis allé à la Banque et j'ai appris que j'étais ruiné, insolvable, mais c'est faux! J'ai de l'argent. J'ai beau montrer mes relevés de compte à mon banquier, essayer de retirer de l'argent, on me claque la porte au nez, alors que je ne suis ni endetté ni ruiné. Mademoiselle Ryder, regardez mes relevés de compte, vous voyez bien que je suis solvable.

J'y jetai un coup d'œil et fus frappée de stupeur. Georges et Marie devaient des millions à la banque. Ils étaient effectivement ruinés.

— Georges a raison, interrompit Marie, moi non plus je ne sais pas pourquoi je suis ici. Monsieur Espoir m'a aussi raconté une histoire invraisemblable. D'après lui, quelques jours après l'ouragan Katrina, j'achetais des robes qui valaient le prix d'un Picasso et je pensais que c'était une bonne affaire car j'avais des cartes de crédit.

— Quoi? Mais comment avez-vous pu les payer? Demandai-je intriguée.

— Eh bien, en utilisant mes cartes de crédit! Je ne comprends pas pourquoi mon banquier s'entête à dire que je suis endettée, ruinée, que j'ai perdu ma maison et que mes économies se sont envolées, mon portefeuille est rempli de cartes de crédit. Si j'ai des cartes de crédit c'est que je peux payer mes dettes, donc je ne suis pas endettée.

— Encore une victime du système, dit Sam. Régler ses achats avec du plastique inhibe le cerveau et l'endort. Les commerçants le savent bien qui manipulent leurs clients.

— Mais ce n'est pas vrai! rétorqua Marie, je fais tout le temps de bonnes affaires. Quand un magasin place un autocollant à côté de l'étiquette du prix mentionnant que c'est une bonne affaire ou bien une offre exceptionnelle, je l'achète!

— Bien sûr cette technique de vente endort la vigilance de votre cerveau. Ce sont vos émotions impulsives qui expliquent votre comportement irresponsable. Comme vous êtes sous l'effet Veblen, c'est à dire l'effet de snobisme, vous vivez au dessus de vos moyens et vous n'arrivez pas à comprendre la réalité. Vous êtes en fait une victime du système, martela Sam.

— Bien dit, intervint Tête de Turc. Marie pense que si elle consomme ostentatoirement, elle existe.

— Mais dites donc c'est vous, menteur comme vous êtes qui me tancez ainsi? Je ne l'accepte pas! répliqua Marie, humiliée par les remarques de Sam.

— Comprenez Marie, ma malhonnêteté et mes mensonges sont peut-être gravés sur la plaque d'entrée de ma chambre mais je l'admets en rangeant les souvenirs douloureux de mon passé fabulateur dans mes tiroirs, tandis que vous, vous niez la réalité. Depuis que je séjourne ici, je dis la vérité. Cette auberge m'a apporté le bonheur, la paix dans l'âme en me promenant dans le jardin Zen. J'ai pu voir la réalité en face. J'étais un menteur névrosé et professionnel. Et je caresse l'espoir de sortir d'ici chaque fois que je vide mes souvenirs dans les tiroirs. Le jour où vous serez prête à vider toute votre vie d'illusions dans vos tiroirs, vous souffrirez ma pauvre dame, car vous êtes atteinte du syndrome de l'illusion et de la consommation de masse! C'est bien triste tout cela!

— N'importe quoi! répondit Marie, choquée par de tels propos.

— Dites-moi Marie, comment avez-vous rencontré monsieur Espoir et comment s'est passé votre entretien? demandai-je.

— Eh bien, monsieur Espoir nous aurait rencontrés dans la rue. Il paraîtrait que nous étions de pauvres clochards. Notre premier entretien fut difficile, car monsieur Espoir a détruit toutes nos cartes de crédit. Il les a découpées. Il nous a aussi demandé d'éplucher nos factures et nos relevés bancaires, essayant de comprendre ce qui s'était vraiment passé, puis de ranger nos dettes dans les tiroirs. En plus, chaque fois qu'il me rend visite il me pose une question qui me torture: « si vous aviez dû payer cet article en espèces, l'auriez-vous acheté? »

— Monsieur Espoir a raison, dit Sam, un achat effectué en espèces est réel, tandis qu'avec une carte de crédit, la transaction devient abstraite. Les cartes de crédit sont là pour endormir votre esprit et il y a beaucoup de gens comme vous qui ne comprennent pas les taux d'intérêts. Peut-être que vos tiroirs vous aideront à voir la réalité.

— Les tiroirs! Croyez-vous vraiment en la théorie de monsieur Espoir? répondit Marie.

— Quelle théorie? repris-je

— Eh bien que ranger ses souvenirs traumatisants ferait du bien. — Dites-moi mademoiselle Ryder, qu'avez-vous rangé dans votre armoire?

— Le manga d'Homère, mais je cherche la version de Raymond Ruyer, Homère au féminin.

— Tiens, c'est curieux que vous ayez pu ranger Homère dans un tiroir! Encore une vie homérique remplie de songes et d'illusions.

Eh bien vous n'allez pas me croire, Marie, mais depuis que je l'ai enfoui dans l'un de mes tiroirs, et que je rencontre les rescapés de l'ouragan Katrina, j'imagine moins le corps de mon père traverser les mêmes îles qu'Ulysse. C'est vraiment étrange.

— Qu'est ce qui est étrange? demanda Marie. Vous croyez en cette auberge, en ces tiroirs, mais tout cela n'est que vision, songe et illusion! Cette auberge n'existe pas, tout vient de votre imagination.

— Pardon?

— Quand monsieur Espoir m'a attribué cette chambre, poursuivit Marie, j'ai fait semblant de ranger mes tiroirs et j'ai réalisé que les pensionnaires croyaient en ce gourou qui profitait de leur naïveté. L'ouragan Katrina n'a jamais eu lieu et notre maison n'a jamais été détruite par ce cyclone. Tout est faux!

— Je suis formel, renchérit Georges, nous sommes en fait dans un asile d'aliénés et nous habitons avec des illuminés, des fous qui croient qu'un cyclone nommé Katrina a balayé la Nouvelle-Orléans. Ce sont des misogynes qui accusent encore une féministe des catastrophes naturelles.

— Quoi? m'exclamai-je. Il n'y a jamais eu d'ouragan?

— Allons, ma chère Pénélope, soyons sérieux, dit Georges, cette auberge est vraiment étrange! Et à quoi riment tous ces couloirs sombres éclairés par des bougies?

— Vous oubliez, interrompit Sam que beaucoup de louisianais n'ont plus d'électricité et cela explique pourquoi nous sommes éclairés par des bougies!

— Ah bien dit! intervint Tête de Turc.

— Tout ça n'existe pas, martela Georges, l'ouragan n'a jamais existé. Nous ne sommes pas endettés et notre maison n'a jamais été détruite!

— Je suis formelle, renchérit Marie. Tout ça n'existe pas!

— Et comment expliquez vous que je sois là, lui dis-je, lui pinçant le bras pour m'assurer qu'elle était réelle, et que je sois venue ici pour rechercher mon père disparu, le jour de l'ouragan Katrina?

— C'est votre esprit qui a fabriqué tout cela, répondit Marie. Ce sont les pouvoirs de l'autosuggestion. Vous vous êtes dit qu'un ouragan a balayé la Nouvelle-Orléans et que votre père n'est pas revenu depuis la catastrophe. En fait, il vous a abandonnée, et vous ne l'acceptez pas. Vous n'êtes pas la seule dans cette situation. Les clients de cette auberge ont du mal à réaliser que leurs proches les ont quittés pour refaire leur vie. Ils ont transformé leur départ en un ouragan qu'ils nomment Katrina. C'est normal, on a toujours blâmé les femmes en cas de catastrophe. L'ouragan Katrina n'est qu'une vision de votre esprit, c'est un peu comme votre Homère et son Ulysse.

— C'est hallucinant! s'exclama Tête de turc.

A cet instant, Sam s'approcha de moi et me glissa discrètement à l'oreille:

— Pénélope vous êtes dans la chambre des illusions, de ceux qui nient la réalité. Ecoutez-les bien! L'illusion est pire que le mensonge. Ils ne vont pas se nourrir d'illusions mais mourir d'illusion si un jour ils ne se réveillent pas de la vie. Regardez ces tiroirs!

— Que contiennent-ils, dis-je à voix basse

— Eh bien les illusions, les songes que Marie et Georges y ont enfermés sans le savoir ; tout le cerveau inconscient verrouillé auquel nous avons accès que par des images ou des rêves. Un jour lorsque Georges et Marie seront confrontés à la réalité, une peur et une tristesse immenses les envahiront. Nier la réalité est un mécanisme de défense en cas de traumatisme. Georges et Marie sont victimes de leur bourreau intérieur, leur inconscient. Seuls les tiroirs pourront les sauver en les aidant à affronter le réel.

— Espérons-le! répondis-je

— Que murmurez-vous, Sam? demanda Georges,

— Nous parlions de vos relevés de compte, et nous nous demandions s'ils étaient eux aussi réels.

— Ils ne le sont pas, répondit-il, c'est la banque qui les a envoyés. C'est elle qui croit que nous sommes insolvables, mais en fait notre banque est une illusion. Elle vit dans un monde de spéculation et les valeurs boursières ne reflètent pas la réalité. Si par exemple le journal de Wall Street prétend que les actions d'une compagnie ont baissé, je n'en crois rien. La spéculation est en effet une illusion sans avenir.

— Et vos dettes? demanda Sam

— Eh bien ce n'est pas moi qui les ai créées, c'est la banque qui m'a offert généreusement ses cartes de crédit, et toutes ces dépenses extravagantes ne sont pas réelles. La banque affirme que je suis ruiné, mais c'est sa propre vision, non la mienne. Ce qui sera vrai pour moi ne le sera pas forcément pour ma banque. Ce que je perçois, ma façon de ressentir et de vivre les choses ne sera pas vécue de la même manière par quelqu'un d'autre, donc les relevés de compte ne sont qu'illusion car je ne les perçois pas de la même façon que cette institution financière dirigée par des requins qui vivent dans un monde de valeurs spéculatives et irréelles. Il n'y a pas une vérité mais des vérités, il n'y a pas une réalité mais des réalités. Tout est question de perception. En fait nous sommes les démiurges du monde et de nos propres perceptions, sensations et odeurs.

— Mais vous niez tout! interrompit Sam.

— Nous nions quoi?

— Eh bien la réalité! répondis-je

— Quelle réalité? Votre réalité Homérique?

— Mais non l'ouragan Katrina et vos dettes.

— Homère a-t-il existé? demanda Georges.

— Bien sûr que oui, répondis-je en haussant les épaules, Homère est à l'origine de la figure du poète aveugle, dont le handicap physique est contrebalancé par son génie poétique. À ce titre, plusieurs poètes ou écrivains postérieurs fameux ont été rapprochés d'Homère à cause de leur cécité, par exemple John Milton, auteur de l'épopée le paradis perdu.

— Avez-vous des preuves que ce poète grec a bien existé?

— Non, bien sûr que non.

— Ah, vous voyez bien! L'ouragan Katrina est comme la guerre de Troie, il n'a jamais existé.

— Je suis chez des fous. m'exclamai-je.

190

— Pas totalement, dit Tête de Turc. Ils sont comme des illusionnistes qui trompent le spectateur avec leur matériel truqué. Une personne atteinte d'un traumatisme peut parfois nier la réalité pour se protéger du monde réel qui la fait souffrir. C'est un peu comme vous avec votre Homère qui vous aide à affronter la disparition du corps de votre père. Puisque Georges et Marie ne croient pas qu'Homère ait pu exister, alors je leur conseille de regarder un autre Homer!

— Ah oui lequel? demandai-je intriguée

— Eh bien celui des Simpson!

— Les Simpson, encore eux! m'exclamai-je. Et pourquoi?

— Parce que Georges et Marie sont comme les Simpson qui sont endettés jusqu'au cou. En regardant cette série ils pourront comprendre alors le consumérisme de masse et le capita-lisme aveugle, incarnés respectivement par Krusty le clown et monsieur Burns, le propriétaire de la centrale nucléaire.

— Je ne connais rien de plus débile que Les Simpson! répondit Marie, en se référant à la fameuse citation de Bush Senior. Georges et moi n'avons pas de traumatisme, martela Marie. Nous n'avons rien perdu, nous ne sommes pas endettés et notre maison n'a jamais été démolie.

A cet instant, je vis Sam le menteur, tenir un journal qui parlait de l'ouragan.

— Regardez! dis-je en montrant l'article, lisez bien le titre: « l'ouragan Katrina a balayé la Nouvelle-Orléans».

— Naturellement, fit Georges, ce journal vient de monsieur Espoir, comment pouvez-vous le croire? Et surtout un journal, vous croyez tout ce que vous lisez dans la presse?

— Euh… non, mais l'ouragan Katrina a tout de même bien existé et mon père a disparu le jour de cette catastrophe naturelle.

— Taratata…. Interrompit Sam en se tournant vers Georges, vous parlez sans savoir. Je peux vous dire, Georges, que le journal que je tiens a dit la vérité.

— Eh bien moi, dit Marie, quand je lis cet article sur l'ouragan, je prétends éprouver chaque fois une réelle sensation de surprise pour cette femme obèse qui a vu sa voiture emportée par le prétendu ouragan Katrina. Elle s'est sentie pour la première fois légère comme une plume. Mais enfin qu'est-ce que c'est cette histoire!

— Ah çà! m'exclamai-je, c'est déjà de l'histoire ancienne. Figurez vous que cette femme obèse que vous signalez existe bien et que c'est une concierge qu'on surnomme le monstre Scylla.

— Ah! Ah! éclatèrent de rire Georges et Marie. Ma chère Pénélope vous vivez vraiment dans un monde homérique et plein de songes. Vous appelez cette concierge le monstre Scylla, or ce monstre marin n'a jamais existé. J'en déduis que l'ouragan Katrina est le fruit de votre imagination. Tiens, vous devriez écrire un livre « Pénélope et le monde d'Homère! »

J'étais sur le point de leur répliquer quand j'entendis soudain une porte du couloir de gauche s'ouvrir, ce qui annonçait un départ. Je sursautai.

— Qu'est ce que c'est ? demandai-je interloquée.

— C'est le bagagiste qui conduit les clients des chambres de gauche vers la sortie, dit Tête de Turc.

Sam le menteur entrouvrit la porte, passa la tête pour regarder. Des voix se répandirent dans le couloir:

— Monsieur, j'espère que ce séjour vous aura été profitable.

— Oui, je pense que je vais refaire ma vie et accepter mon destin. Il faut que j'aille remettre les pendules à l'heure à la maison. J'organiserai les funérailles de mes enfants, de ma femme, même si je n'ai jamais retrouvé leurs corps. Vous savez, les souvenirs douloureux de Katrina que j'ai rangés dans mes tiroirs m'ont fait prendre conscience que la vie est éphémère et que tout être humain est vulnérable. Je peux maintenant affronter la réalité et les défis qui m'attendent. Je vais aider les Louisianais à reconstruire la Nouvelle-Orléans.

— Très bien ! répondit le bagagiste. Vos valises sont prêtes et bonne chance.

La porte se referma et un silence pénible s'installa.

— AAH!!! dis-je en étouffant de rage. Je m'en doutais. J'en étais sûre. Cet endroit est pour les fous et je loge sur l'aile droite avec des illuminés qui croient en l'immortalité. Je suis tombée chez des malades, des illuminés, des irréalistes qui nient la mort et le passage de l'ouragan Katrina. Je ne reste pas une seconde de plus ici. L'aile droite appartient aux fous alors que je suis lucide!
Georges et Marie éclatèrent de rire.

— Fous! Nous sommes fous! répétèrent-ils en riant.

— Oui, vous êtes fous et cela vous fait rire. Éclatai-je de colère.

— Remarquez que si nous le sommes, répondit Marie, vous l'êtes aussi.

— Vous aussi, vous niez la réalité avec votre Homère! ricana Georges.

Et irrésistiblement cela déclencha un nouveau fou rire chez Marie.

Ecumant de rage, je sortis en trombe de la chambre et me précipitai vers l'aile centrale de l'auberge où se trouvait le réceptionniste. Mon entrée le fit sursauter.

— Qu'est-ce qui se passe? dit il en me voyant en cet état. Calmez-vous, mademoiselle!

— Ecoutez, je crois que je me suis trompée et que j'ai fait fausse route en venant ici.

— Moi aussi! répondit-il

— Ah bon?

— Oui, j'aurais voulu être philosophe, et me voilà réceptionniste

— Mais non, je me suis trompée en venant ici. J'aimerais sortir de cet asile de fous et rentrer chez moi!

— Mais vous ne pouvez pas partir, il faut d'abord finir votre séjour.

— Très bien! Alors je le finirai aujourd'hui.

Le réceptionniste éclata de rire.

— Ce n'est pas vous qui décidez.

— Ah? Qui alors?

— Monsieur Espoir.

— Monsieur Espoir?

— Oui, c'est lui qui vous a invitée à venir séjourner dans son auberge, donc c'est lui qui vous fera sortir d'ici.

— Mais qui est en réalité monsieur Espoir?

— Eh bien c'est mon patron, le directeur de cette auberge.

— Pourquoi m'enferme-t-il ici?

— Il ne vous enferme pas ici, il est là pour aider les rescapés de l'ouragan et les diriger vers la sortie, c'est à dire la réalité: accepter la mort d'un proche disparu, même si on n'a pas retrouvé son corps. Il vous aide à devenir une personne résiliente dans la vie.

— Je n'ai pas besoin de devenir comme Popeye le marin. Je déteste les épinards! Je veux partir! dis-je en tapant du poing sur le comptoir. J'ai fait fausse route.

— Allons, calmez-vous! Les clients des chambres de droite sont tous passés par là. Ils voulaient tous fuir cette auberge. Ils m'insultaient au début, me méprisaient, et puis finalement, ils ont décidé de rester.

— Je me trouve en prison ou quoi? Cet endroit est-il bien réel?

— Oui, nous sommes dans une auberge et je suis bien réel. De quelle chambre sortez-vous?

— La chambre des illusions.

— Ah je vois! C'est pour cette raison que vous êtes hors de vous.

— Pourquoi suis-je ici?

— Vous êtes là pour connaître la vérité sur la disparition de votre proche disparu et pour rencontrer des personnes qui ont perdu un des leurs et qui n'ont jamais retrouvé son corps. Monsieur Espoir est là pour vous aider.

Soudain la sonnerie retentit. La porte du couloir de gauche s'ouvrit. J'eus un sursaut de surprise. Les bagagistes accouraient vers une jeune femme qui sortait, chargée de tiroirs. Ils l'encadrèrent et l'emmenèrent vers la sortie.

— Merci ! dit la cliente, je peux maintenant affronter le monde réel, sans le corps de mon mari. J'ai accepté la tragédie de l'ouragan Katrina.

— Bonne chance dit le réceptionniste.

Elle referma la porte et un silence tendu se fit.

— Puis-je loger sur l'aile gauche? repris-je.

— Non, vous ne pouvez pas y accéder pour l'instant.

— Et comment le pourrai-je?

— Eh bien en finissant votre séjour et en rangeant vos souvenirs douloureux dans vos tiroirs de façon à accepter votre destin.

— Quel destin?

— Ah ça, tout dépendra de vous. Ecoutez mademoiselle, dans la vie, quand l'homme est confronté à une épreuve douloureuse comme celle de l'ouragan Katrina, il a trois possibilités: se battre, fuir ou ne rien faire. Que choisissez-vous?

— Je reste!

— C'est un excellent choix! Tenez, j'ai un message pour vous!

— Ah bon? De qui?

— Monsieur Espoir.

— Je le pris et me dirigeai d'un pas chaloupé vers ma chambre!

XXXII - La Chambre Qui Accélère Les Étapes De La Vie

J'ouvris l'enveloppe, sortis la lettre puis en lus le contenu. Monsieur Espoir me conseillait de me détendre dans le jardin zen pendant son absence. Sitôt la lumière du jour glissée sous les rideaux, je me levai et me promenai longuement dans le jardin. Je m'arrêtai à l'endroit où les rescapés avaient jeté des chrysanthèmes dans l'étang artificiel. Désœuvrée, j'errai un long moment dans les allées où l'herbe mouillée brillait. Le jardin était baigné d'une brume épaisse. Quand le soleil dissipa le brouillard du matin, j'aperçus une belle jeune femme noire, vêtue d'une robe sombre et d'une élégante tunique blanche. Assise sur un banc, elle tenait un cahier. Je m'approchai d'elle, la saluant. Elle était affreusement pâle.

— Bonjour, je m'appelle Pénélope Ryder et vous?

— Bonjour, je m'appelle Michelle, comme la chanson des Beatles, répondit-elle en souriant.

— Excusez moi madame, je vais peut-être vous paraître stupide, mais pourriez-vous me dire comment on fait pour se distraire ici?

Hélas, mademoiselle, ici on ne se distrait pas, on s'occupe. D'abord, on rencontre des rescapés de l'ouragan qui logent uniquement sur l'aile droite, puis on bavarde, comme nous le faisons là; on échange ses impressions, sa vie et on dévoile les souvenirs douloureux que nous rangeons, cachons, scellons dans nos tiroirs. C'est tout un programme. Bien sûr, ce n'est pas Disneyland ou « la croisière s'amuse ».

— Que c'est ennuyeux pour une jeune fille qui ne lit que des mangas en grec ancien!

— Ah! s'exclama-t-elle, c'est donc vous la jeune fille qui raisonne comme Homère, la féministe.

— Non, au féminin, rectifiai-je. Je suppose que monsieur Espoir vous a parlé de moi

— Oui, dit-elle. Allons, ne soyez pas déprimée, la sortie est proche.

— Vous pouvez préciser!

— Vous allez bientôt sortir et découvrir la vérité sur votre père.

— Ah bon l'avez-vous rencontré? lui dis-je pleine d'espoir.

— Euh, non, … je suis désolée…

— Décidément, personne n'a vu mon père, grommelai-je. Je me demande bien ce que je fais ici.

— Patience! Vous saurez tout sur votre père à la fin de votre séjour. — Qu'avez-vous rangé dans vos tiroirs.

— Rien!

— Rien?

— Enfin ... Homère.

— Homère, vous voulez dire un livre?

— Oui, le manga de l'Odyssée.

— Vous avez enfermé les souvenirs imaginaires de votre père dans vos armoires.

— Comment savez-vous cela?

— Eh bien monsieur Espoir m'a parlé de vous et de vos rêves sur Homère! Alors j'en ai déduit que vous avez enfermé les îles où Ulysse s'est rendu, imaginant le corps de votre père les traverser.

Mes rêves! Quels rêves?

— Eh bien, vous avez imaginé le corps de votre père disparu et introuvable traverser les mêmes îles qu'Ulysse. Homère vous aide à surmonter la mort de votre père, vous en avez de la chance.

— Quoi? Mais mon père n'est pas mort, répliquai je, on n'a pas retrouvé son corps!

— Ah oui, c'est vrai Ulysse est retourné à Ithaque.

— Et vous, avez-vous perdu quelqu'un?

— Oui mon petit Bouddha, dit elle en sanglotant.

— Comment? Vous avez élevé chez vous le descendant de BOUDDHA!

— Ah quelle imagination vous avez! Avec vous, on passe de la Grèce antique au Tibet. Non, c'était le surnom que j'avais donné à mon fils Boris. Il aimait que je l'appelle ainsi. Il était sage et très discipliné. Il a disparu le jour de l'ouragan et il avait tout juste quatre ans. Katrina a fait disparaître son pauvre corps que l'on n'a jamais retrouvé. Je suis arrivée trop tard. J'étais en Italie quand Katrina a balayé la Nouvelle-Orléans. Mon fils était avec sa baby-sitter. Depuis cette tragédie, je ne peux imaginer le pire, l'inévitable destin, la mort de mon petit Bouddha.

Elle s'arrêta brisée par l'émotion, puis elle reprit:

— Quelques jours après la catastrophe, j'ai quitté mon travail, je n'arrivais plus à me concentrer, je hurlais, criais quand les clients se plaignaient de la qualité des produits. Je basculais peu à peu dans un monde de la colère. J'en voulais à la terre entière car l'ouragan Katrina avait emporté le pauvre corps de mon fils. Durant des mois, je ne mangeai plus, je ne voyais plus mes amis. Ma maison avait été détruite. Et puis un jour, j'ai reçu une lettre de monsieur Espoir dans laquelle celui-ci m'invitait à séjourner dans son auberge et à rencontrer les rescapés de l'ouragan qui avaient eux aussi perdu le corps de leurs proches. Quand j'ai commencé à me promener dans le jardin zen, j'ai eu une inspiration, écrire les étapes de la vie de mon fils et imaginer celle-ci. Alors je me mets à sa place lorsque je m'assieds sur ce banc et j'écris ce journal.

— Où logez-vous? lui demandai-je

— Je loge dans la chambre qui accélère les étapes de la vie.

— Ah, sans rire, vous avez une machine à faire avancer le temps! — Est-elle la même que celle du retour vers le futur?

— Non, pas du tout, dit-elle en riant. Comme j'écris un journal en imaginant les étapes de la vie de mon fils, monsieur Espoir m'a logée dans cette chambre.

— Vous ne trouvez pas étrange toutes ces chambres où monsieur Espoir nous a logés et les noms qu'il leur a donnés ?

— Non pas du tout ! C'est parce que le cerveau est un siège de bataille et qu'il serait difficile pour nous tous de nous entendre!

— Ah bon? Pourquoi?

— Eh bien parce que nous réagissons différemment face à des épreuves douloureuses dans la vie.

— C'est donc cela!

— Oui, c'est cela, reprit-elle.

— Dites-moi Michelle, que comptez vous faire lorsque vous aurez fini d'écrire ce journal de fiction?

— Eh bien je compte ranger les souvenirs fictifs de mon petit Bouddha dans les tiroirs.

— Ah encore ces tiroirs! Je me demande à quoi ils servent? Pourquoi les rescapés passent-ils leur temps à ranger les souvenirs de leurs proches disparus dans ces armoires désuètes et abîmées?
— Quelle perte de temps!

— Non pas du tout ! Nous pouvons au contraire laisser libre cours à notre imagination et nos sentiments devant ces tiroirs surannés. On les ouvre, les ferme, c'est un peu comme un journal intime où l'on déverse ses émotions, son passé et ses secrets. Cela fait travailler notre esprit en le distrayant de nos souffrances quotidiennes et nous permet de mieux entrevoir la réalité et de comprendre le pouvoir de l'inconscient. Eh bien moi ils vont m'aider à déverser mes émotions et à ranger les souvenirs de mon fils. Ces armoires sont comme le journal que je tiens dans la main.

— Et qu'il y a-t-il dans votre journal?

— En fait, il ne s'agit pas de mon journal mais du journal de mon fils. J'écris à la première personne imaginant les étapes de la vie de mon petit Bouddha. Comme son corps me manque, j'invente des souvenirs qui gravitent autour de son aspect physique.

— Donc vous vous mettez à la place de votre fils.

— Oui c'est cela.

À ces mots, elle me tendit son journal, puis dit:

— Sentez-le!

— Pardon?

— Oui, sentez-le.

Je fis ce qu'elle me dit en collant mon nez contre la couverture de son journal.

— C'est une odeur de poire! dis-je d'une voix radieuse.

— Oui, c'est le parfum des cheveux de mon fils.

Et la couverture du journal, de quelle couleur est-elle ? demanda Michelle.

— Verte!

— C'est la couleur des yeux de mon fils. J'embrasse les pages comme si j'échangeais un baiser avec mon petit bouddha. Ce journal m'a sauvée la vie, dit-elle en le serrant dans ses bras.

— Mais pourquoi tenir un journal alors que votre fils a disparu ?

— Eh bien comme je ne pouvais pas exprimer la douleur de ne pas avoir retrouvé le corps de mon fils, j'ai eu l'idée d'écrire un journal. L'écriture a des effets bénéfiques sur ma santé physique et mentale. Je me sens bien quand j'écris. Plus je déverse mes émotions sur le papier plus j'éprouve de la sérénité. L'écriture est l'un des meilleurs traitements pour combattre mon traumatisme, la disparition du corps de mon petit Bouddha. Quand j'écris je me mets à sa place et imagine son corps évoluer. Voulez-vous que je vous lise quelques lignes de ce journal?

J'acquiesçai et elle commença à me lire les souvenirs qu'elle avait inventés. Je notai qu'ils étaient teintés d'humour. Ils gravitaient autour du corps de son fils disparu et étaient datés le jour de l'anniversaire de l'ouragan Katrina, le 29 août, mais à différentes périodes.

29 AOÛT 2006, DIT-ELLE:

J'ai cinq ans et depuis que l'ouragan est venu détruire la Nouvelle-Orléans et tuer de nombreuses personnes, les chiffres me font peur. J'ai du mal à compter. Alors pour m'aider à surmonter mes peurs maman a élaboré des exercices très romantiques que voici:

Je t'embrasse les joues: un, deux.

Je t'embrasse les yeux, les joues: un, deux, trois, quatre.

Je t'embrasse le cou, les yeux, les joues: un, deux, trois, quatre, cinq.

Nous finissons par nous dire je t'embrasse à l'infini et oublions l'ouragan Katrina!

29 AOÛT 2007

Deux ans après la tragédie de l'ouragan Katrina, j'ai vraiment peur de devenir autonome. L'ouragan a paralysé mon corps et je ne peux me déplacer sans maman, j'ai six ans et je dois aller à l'école tout seul, comme un grand. J'ai très peur car je n'ai jamais lu une carte. Alors aujourd'hui c'était le jour de l'anniversaire de l'ouragan Katrina et maman m'a montré le chemin. Ses mains caressaient les coins des rues que l'ouragan Katrina avait auparavant détruits. L'odeur des parfums de maman me servait de point de repère et son corps, de carte routière. En touchant ses mains, j'ai noté qu'elles changeaient comme mon corps qui évolue chaque jour. En traversant les rues boueuses, les mains de maman changeaient de personnalité, tantôt elles étaient sensuelles, tantôt elles étaient travailleuses, musiciennes ou masseuses.

Quand nous nous sommes arrêtés devant un parc, elles se sont transformées en jardinières. Les mains, le corps de maman sont magiques et m'aident à aller à l'école tout seul comme un grand.

Maman, si un jour mon corps te manque, regarde tes mains et pense à moi quand tu m'emmenais à l'école.

29 AOÛT 2008

Jour de l'anniversaire de l'ouragan Katrina; je me suis réveillé et me suis aperçu que les draps étaient trempés. Alors quand je les ai montrés à maman, j'ai respiré et je lui ai dit: « maman, ne t'en fais pas, tu as une machine à laver, c'est simple, tu mets le drap dedans, tu appuies sur le bouton et dans une demi heure tout sera parti comme ta colère » Maman était tellement furieuse que j'ai vu le sang monter et traverser son beau visage. Alors ne comprenant pas sa colère, je lui ai dit: « maman, pourquoi t'emportes-tu comme cela? Notre voisin fait bien pipi sur les fleurs de notre jardin, et tu ne lui dis rien! »

Maman, la vessie c'est comme une horloge. Ça fonctionne lentement, rapidement ou tombe parfois en panne. Pour te souvenir que depuis l'ouragan Katrina je ne maîtrise plus mon corps, je t'offre ce drap mouillé. Si un jour tu te demandes où mon corps se trouve, pense à ce souvenir.

29 AOÛT 2009

Aujourd'hui la maîtresse nous a grondés et nous a dit d'apporter un mouchoir. En effet son meilleur élève mange ses morves. Alors nous avons reçu un joli mot qui priait les parents d'apporter des mouchoirs en classe. Quand maman a fini de lire le mot, elle m'a dit: « il faut que tu apprennes à te moucher comme un grand, mon petit Bouddha. Maman a alors placé le mouchoir sous mon nez et a dit: « souffle comme l'ouragan Katrina! » Alors j'ai vraiment poussé très très fort ma morve, comme si j'avais soufflé, bavé ma haine sur le cyclone car il avait tué tellement de gens innocents! »

Quand tu voudras déverser ta colère contre l'ouragan, alors prends mon mouchoir!

29 AOÛT 2010

C'était le jour de l'anniversaire de l'ouragan et Maman est arrivée dans ma chambre, en faisant une tête pas possible. Elle m'a avoué que le père Noël n'existait pas! J'ai cru que j'allais mourir de honte d'avoir cru à un bonhomme gros et moche qui venait du Pôle Nord pour m'apporter des cadeaux tous les ans! Mon corps tremblait ce jour là lorsque maman m'a annoncé cette nouvelle fracassante. Cette révélation m'a fait pleurer: « quoi, ai-je-dit à maman, tu m'as menti et tu es restée impunie jusqu'à maintenant! Tu me grondes quand je mens, et tu me fais pleurer tandis que toi, on ne te dit rien! »

Pauvres de nous, les adultes ont une grande imagination pour nous expliquer leurs dépenses de noël.

29 AOÛT 2011

Depuis que les gens ont peur de l'ouragan Katrina et qu'un autre cyclone puisse un jour détruire la Nouvelle-Orléans, j'ai réfléchi à mes peurs et à mes angoisses. Voici la liste de celles que j'ai dressées et qui font mal à mon pauvre corps: la peur de mourir (ma mort ferait souffrir maman), la peur d'être puni; la peur des mousti-ques; la peur des fourmis (maman se plaint tout le temps d'avoir des fourmis dans les jambes); la peur des grandes personnes; la peur de l'échec scolaire.

29 AOÛT 2012

J'ai fait une expérience aujourd'hui, comme maman se plaint qu'elle a des fourmis dans les jambes, j'en ai ramassé une et l'ai mise dans mon slip. Quelques minutes après elle me chatouillait tellement que je ne pouvais m'empêcher de me gratouiller les parties interdites. Alors je suis venu voir maman et lui ai annoncé: « Maman, moi aussi j'ai des fourmis qui me chatouillent, devine où! »Et là je n'ai pas compris pourquoi, elle a rougi!

29 AOÛT 2013

Maman a décidé que l'on célèbre la fête des corps disparus le 29 août, jour du passage de l'ouragan, alors j'ai eu une bonne idée pour qu'elle se souvienne de moi. J'ai créé une boîte musicale dans laquelle j'ai déposé mes sensations: mes baisers voluptueux qui touchent la joue de maman; mon odeur de lilas que maman respire; mes caresses sur sa peau qui ressemblent à la brise; ma voix douce et mélodieuse. Cette boîte que je t'offre pour la fête des corps disparus de l'ouragan Katrina est magique et c'est comme une boîte de musique. Si un jour tu veux sentir, respirer mon corps, maman, ouvre-la et sens-la!

29 AOÛT 2014

J'ai invité mes deux voisines, Claire et Christine à fêter mon anniversaire. Cette journée était très riche. Nous avons tout d'abord regardé ensemble un film, la chasse au trésor, ensuite nous avons décidé que je me déguiserais en loup de mer, c'est à dire un pirate à une jambe.

Pendant toute la journée, j'avais vanté à Claire et à Christine les mérites de voyager en mer, de piller les îles, de détruire d'autres navires. Mes amies étaient ravies et brûlaient d'envie de voir mon costume. Mais quand elles m'ont vu surgir avec une balafre sur la joue droite, une jambe en bois que j'avais fabriquée, des cheveux crasseux et des ongles noirs, elles ont poussé des cris, en se blottissant l'une contre l'autre.

« Au secours un monstre à une jambe est parmi nous! » ont-elles crié à plusieurs reprises.

Je ne sais pas pourquoi mon aspect physique les terrifiait, mais j'ai réalisé qu'être différent des autres pouvait susciter la peur, la terreur. Elles étaient dingues!

Maman, pour te rappeler ce souvenir, range mon costume de pirate et là tu pourras penser aux corps des victimes de l'ouragan Katrina.

29 AOÛT 2015

Depuis le passage de l'ouragan Katrina je m'amuse à faire des bulles de savon et chaque fois que je les fais éclater, je vois les yeux de maman sombres comme les ténèbres. Elle pense en fait aux victimes de l'ouragan dont le corps a disparu et que la vie est bien éphémère. Alors pour la réconforter, je lui ai dit: « N'ouvre pas le flacon, comme ça les corps des disparus resteront en vie! »

29 AOÛT 2016

Chaque fois que je désobéis, maman m'envoie au lit sans manger. Le jour de l'anniversaire de l'ouragan Katrina, la punition avait un goût amer en pensant à mon corps qui mourait de faim. Je n'aime pas cette punition parce que toute la nuit j'entends mon ventre gargouiller, je suis prêt à manger n'importe quoi, même des fourmis. Normalement quand j'ai faim je roule mon corps sous les draps pour me divertir, mais cette nuit là mon ventre grondait tellement fort que j'ai mâché mon oreiller. Je me suis demandé si les disparus de l'ouragan avaient eu besoin d'un oreiller ce jour là pour se protéger de sa folie.

29 AOÛT 2017

J'ai invité SANDRA chez moi et au cours de notre discussion, nous avons décidé que notre amour restera eternel. Elle m'a dit: «comment est-ce possible? Cela existe? Maman et papa sont divorcés, alors parler d'amour éternel entre eux, c'est un peu fou!» En parcourant ma chambre, nous avons trouvé un manuel « les nuls en amour ». Nous l'avons consulté et nous avons appliqué les idées, voire les théories de cet auteur d' un million de livres vendus dans le monde. Comme il fallait absolument laisser des traces éternelles sur le corps de Sandra, j'ai mordu ses lèvres; je lui ai fait plein de suçons sur le cou, les seins et j'ai ensuite griffé sa joue droite. Comme l'auteur de ce best seller avait insisté que je devais dévorer le corps de ma copine, j'ai plongé mon nez sous ses bras et l'ai mordue partout. La pauvre Sandra, elle n'a pas du tout aimé et est ressortie de la maison avec des cicatrices de guerre. Elle criait: « plus jamais ça! »

29 AOÛT 2018

Comme je grandis trop vite et qu'il faut absolument être un homme mûr, réfléchi et responsable dans la vie, le professeur de technolo-gie m'a posé des questions sur mon avenir: « que désirez vous faire plus tard et pourquoi? »

A cet instant j'ai senti mon corps trembler, car depuis le passage de l'ouragan Katrina, l'avenir m'apparaît bien sombre. Puis je me suis détendu, je me suis massé les bras, les jambes et j'ai répondu que j'aimerais être un ingénieur IT. Pourquoi? Parce que les gens me prendraient au sérieux et quand on lira les deux lettres IT, on pensera que je suis intelligent, intellectuel et que je fais partie de l'intelligentsia. Lorsque le professeur a lu la réponse, elle a dit devant la classe; et pourquoi pas 'I' comme ingénieur et 'T' comme Tartuffe?

La jeune femme interrompit soudain la lecture de son journal.

— C'est tout ce que j'ai écrit pour l'instant.

— Ces souvenirs sont amusants et émouvants, lui dis-je. C'est déjà pas mal d'avoir inventé ces souvenirs qui gravitent autour du corps de votre fils.

— Mais j'ai peur de ne pas finir mon journal. Je m'accroche tous les jours à cette pensée: « demain, demain, en ce même endroit, j'écrirai encore les étapes de la vie de mon fils en attendant de retrouver son jeune corps vivant. »

— Mais oui vous allez continuer et j'attends avec impatience la suite, lui dis-je en la réconfortant. Pourquoi ne pensez-vous pas aux événements majeurs de la vie de votre fils?

— C'est à dire?

— La fin de ses études, l'entrée dans le monde du travail, le

— mariage, l'arrivée d'un enfant etc.

— Excellente idée, Mademoiselle Ryder. Vous savez, je pense que votre Homère vous rend heureuse, et vous devriez écrire un essai sur « le bonheur avec Homère ».

— Ah! ah!

— Vous riez, oui c'est vrai, nous parlons du bonheur avec Confucius, avec le taôisme, et le bouddhisme, mais on n'oublie combien Homère a inspiré de grands auteurs comme Samuel Butler, Victor Hugo, Shakespeare et James Joyce. Vous, il vous donne de l'espoir.

— Oui, mais depuis que j'ai rangé mon manga de l'Odyssée, j'y pense moins.

— Ah je comprends, la sortie approche!

— Comment ça?

— Eh bien c'est à vous de prendre en main votre destin, de choisir entre l'aile gauche et l'aile droite. Bon, il est temps pour moi de retourner dans ma chambre!

Sur ce elle me salua et se dirigea vers le chemin sinueux du jardin qui menait à l'aile droite.

Quelques minutes plus tard, je sortis à mon tour. Quand je traversai les couloirs sombres, je vis une porte entr'ouverte. Je frappai un coup, attendis, et un couple me fit entrer. Ils avaient à peu près cinquante ans. Ils logeaient dans la chambre du croyant et de l'athée.

XXXIII - La Chambre Du Croyant Et De L'athée

« Si Dieu n'existe pas,
tout est permis. »
de FIODOR DOSTOÏEVSKI

— Bonjour, dis-je en leur serrant la main, je me demandais qui vous étiez.

— Eh bien je m'appelle Emma et voici mon mari, Charles.

— C'est curieux, vous portez les mêmes prénoms que les époux Darwin.

— Ah bon?

— Oui, ce sont leurs prénoms.

— Mademoiselle, dit Emma, puis-je vous poser une question?

— Bien sûr laquelle?

— A votre avis, qu'est ce qu'il y a en haut?

— Eh bien des chambres, répondis-je.

— Mais non dans l'au-delà!

— Ah l'au-delà! Eh bien je pense qu'on peut y trouver l'ange Gabriel ou le grand sage Confucius.

— Pourquoi, vous y êtes allée?

— Non et vous?

— Non, bien sûr que non, mais je crois en un ailleurs après la mort.

— Ne faites pas attention à ce que dit Emma, interrompit Charles. Ma femme vit dans un autre monde depuis la disparition de notre fils Antoine. Pour donner un sens à sa vie, elle s'est tournée vers Dieu. Elle a aussi consulté des voyants, des mediums, des vaudous qui l'ont escroquée. Ils lui ont tous fait croire que notre fils allait bien et qu'il était en vie, mais qu'il lui fallait du temps pour retourner chez nous. Comme il avait dix huit ans le jour de l'ouragan, ces charlatans ont tous raconté qu'il faisait une crise d'adolescence. Emma est prête à croire n'importe quoi pour assouvir son besoin de donner un sens à sa vie et pour calmer sa peur de la mort. Le commun des mortels, excepté les athées dont je fais partie, a besoin de croire en quelque chose.

— N'écoutez pas mon mari, il est d'un pessimisme! Mademoiselle, d'après-vous que se passe t-il après la mort?

— Eh bien nous montons au ciel où nous serons jugés en fonction de nos mérites, de notre bonté et de nos actes. Selon les bouddhistes, les méchants seront transformés en rats, en cafards, en crapauds et les bons resteront humains!

— Et vous y croyez? D'après vous l'être humain est meilleur que l'animal? demanda Charles en ricanant.

— Oui, je pense et vous?

— Non! Mais dites-moi mademoiselle, où étiez-vous avant votre naissance ?

— Eh bien dans le ventre de ma mère?

— En avez-vous gardé des souvenirs ?

— Non, je ne m'en souviens plus!

— Eh bien après votre mort, cela sera pareil, le néant, l'oubli.

— Vous voulez dire que nous ne serons rien! dis-je en me mordant nerveusement les lèvres.

— Exactement!

— Et notre corps?

— Notre corps sera rongé par les asticots et nous deviendrons poussière. Et puis plus rien!

— Mais non Charles, dit Emma en soupirant, notre esprit restera eternel et le corps de notre fils est entre les mains de Dieu. Dieu veille sur notre Antoine.

— Ecoute Emma, quand je balaye les poussières, continua Charles, je pense à la dégénérescence de notre corps. Depuis le passage de l'ouragan Katrina, je ne participe plus à la vie car je sais qu'un jour je mourrai comme un ordinateur qui tombe en panne ou que l'on débranche. Quand je vois le corps des gens, il ne m'apparaît que des squelettes, ou des primates qui prolifèrent sur la terre.

— Mais comme le corps de votre fils a disparu, pensez-vous qu'il est mort? l'interrompis-je.

— Non, il n'est pas mort, répondit-il avec virulence, je garde l'espoir de retrouver son corps tandis que ma femme en a décidé autrement.

— C'est-à-dire ?

— Eh bien, fit Emma, j'ai accepté l'inéluctable, la mort de mon fils.

208

— Mais comment pouvez vous faire cela? répondis-je sur un ton de reproche, vous n'avez pas encore retrouvé le corps d'Antoine!

— C'est Dieu qui m'a fait accepter la réalité. Avant de me tourner vers lui je voulais rejoindre mon fils. J'étais dans une situation désespérée. Dieu est venu me délivrer de mes tourments. Il s'est montré à moi, il m'a parlé, je l'ai écouté et il m'a envoyé monsieur Espoir.

— Monsieur Espoir est donc un apôtre! Est-il le Messie?

— Mais non pas du tout! répondit elle en levant les yeux au ciel. Il m'a guidé en me parlant de son auberge et des rescapés de l'ouragan qui avaient eux aussi perdu l'un des leurs et qui n'avaient pas retrouvé son corps. J'ai eu la force d'enfermer les souvenirs douloureux de mon fils et d'accepter sa mort. Les tiroirs m'aident à affronter mon destin. Je range aussi mes confessions et plus je les ensevelis dans ces armoires plus j'ai l'impression de me vider mes péchés. Je contiens la douleur d'avoir perdu mon fils de dix huit ans, je digère cet événement tragique et je parle à Dieu. Tous les jours j'entends la voix du seigneur qui m'annonce que lorsque j'aurai fini de déverser toutes mes souffrances dans ces tiroirs, je découvrirai la lumière et je rependrai goût à la vie. Alors je l'écoute et je lui écris.

— Ah bon! Vous avez l'adresse de Dieu?

— Non, bien sûr que non. Ce sont juste des lettres que je lui écris et que je range dans les tiroirs, et cela me soulage de parler à un être supérieur qui comprend les êtres humains.

— La malheureuse elle délire! intervint Charles. Mademoiselle, n'écoutez pas Emma. Ce qu'elle dit n'est que le fruit de son imagination. Son cerveau a créé ces voix, un peu comme les illuminés qui croient aux martiens. Ma femme parle à un fantôme. Tous les jours, elle s'agenouille devant les tiroirs et demande à Dieu de lui montrer le chemin et de la guider dans ses rangements. Mais nous pouvons demander à la femme de ménage de nous aider. Elle est payée pour faire cela. Ma femme n'a plus besoin de prêtre pour faire ses confessions, les tiroirs l'ont remplacé et lui ont pardonné ses péchés!

— Charles, les voies du seigneur sont impénétrables! Tu es en colère contre Dieu et tu lui en veux de la mort de notre fils. Mais Dieu n'est pas responsable, c'est l'ouragan Katrina qui a tué notre fils. Tu en veux plus à Dieu qu'à cette criminelle de Katrina.

Depuis la mort d'Antoine, tu nies l'existence de Dieu. Tu te moques de moi parce que Dieu m'aide à surmonter mes douleurs et mes souffrances. Et pourtant c'est bien lui qui me donne la force de continuer à vivre. Dieu ouvre la porte de la résilience!

Ma chère Emma, si ton Dieu existait, il aurait épargné la vie de notre fils. Depuis des siècles, on parle de Dieu ou plusieurs dieux, du mal, des péchés, mais où était Dieu quand l'ouragan Katrina a tué des gens innocents? Où était-il? Dormait-il? Etait-il en état de choc de voir tant de haine, de méchanceté, de folie dans ce monde?

Charles, c'est parce que l'homme a voulu être l'égal à Dieu, que le mal est arrivé. C'est de nos jours la course au profit et aux péchés. Et puis tu oublies que la mort d'Antoine n'est pas une punition!

— Si Dieu existe vraiment pourquoi ne nous ramène t-il pas le corps de notre fils?

Un silence pénible pesa dans la chambre. Pendant ce long silence, je me rendis compte que les tiroirs étaient mal emboîtés et mal associés; ils évoquaient la division entre deux mondes: un de l'athée, l'autre du croyant. Emma et Charles ne s'étaient pas entendus pour ranger les souvenirs de leur fils.

Mademoiselle, reprit Emma, après l'ouragan avez-vous vu une personne qui pouvait vous comprendre?

— C'est à dire?

— Un prêtre?

— Non!

— Un pasteur?

— Non!

— Un imam?

— Non!

— Un moine bouddhiste?

— Non!

— Alors qui?

— Un psychiatre!

— Un psychiatre, répéta Emma qui fut frappée d'effroi et en avala même trois verres de beaujolais.

— Vous me direz, dit Charles, ce monde global, multi-polaire et multiculturel nous offre beaucoup de choix et de métho-des thérapeutiques.

— Et pourquoi êtes-vous allée voir un psychiatre? demanda Emma.

— Eh bien c'est à cause du poète Homère et de son Odyssée.

— Ah oui, c'est donc vous la jeune fille qui fantasme sur Ulysse. Monsieur Espoir m'a parlé de vous. Cela est bien triste que de rêver d'un poète immortel et inaccessible. Vous êtes un peu comme certaines personnes atteintes du syndrome de célébrité. Elles ne voient que par Angelina Jolie, Bratt Pitt, et vous c'est Homère! Vous me direz les psychiatres sont inusables.

— Euh… non, ce n'est pas vraiment cela. Je n'ai aucun syndrome de ce genre, je recherche en fait mon père.

— Mademoiselle, vous serez pour les neuroscientifiques un cas à analyser, lança Charles. Tiens! Ils auront pour la première fois à travailler sur le cerveau d'Homère au féminin!

— Quelle horreur! s'écria Emma.

— Quelle gloire de savoir que je possède le cerveau d'Homère au féminin! répondis-je. Vous me direz, on a beaucoup rêvé et déliré sur le poète aveugle. On se demande même s'il n'y a pas eu plusieurs « Homères ». Peut-être que je fais partie des Homérides qui prétendaient descendre de ce grand poète grec ?

En les voyant désemparés, je leur dis: « c'est une blague ». Je dus le répéter plusieurs fois avant qu'ils me croient. Et encore je n'étais pas certaine de les avoir convaincus. Pour les rassurer je me mis à réciter une phrase de Victor Hugo « Le monde naît, Homère chante. C'est l'oiseau de cette aurore »

A ces mots ils me regardèrent béats. La citation de Victor Hugo les avait enivrés. Puis Emma poursuivit la conversation:

— Donc, vous avez fait une analyse sur vous-même et non sur Homère!

— Oui, je crois que c'est cela, mais je n'en suis pas certaine.

— En fait mademoiselle veut nous dire qu'elle a fait une analyse freudienne, répliqua Charles. Vous voyez de nos jours, la psychanalyse concurrence le christianisme.

— Ah? fis-je.

— Oui, mais laissez-moi-vous expliquer la différence. Quand vous allez à l'église, vous faites vos confessions à un prêtre derrière un parloir, de peur d'être vu. Vous en ressortez soulagé, tenant en main votre bible. Quand vous allez voir votre psychanalyste, vous apportez votre carte d'assurance, et vous vous asseyez confortablement sur un canapé. Là vous faites votre analyse qui vous coûte très cher. Après la séance, vous ressortez avec des antidépresseurs. Comme nous sommes pauvres, ma femme va voir un prêtre et cela lui convient très bien. Chacun ses prix et ses méthodes!

— Oh! Que tu es cynique! répondit Emma outrée des paroles de son mari.

— Et vous, au lieu de critiquer les croyants, ou les religieux, que faites-vous, dis-je en colère, pour surmonter l'épreuve de l'ouragan et de la disparition de votre fils?

— Eh bien je regarde les arbres qui poussent dans le jardin zen et les poussières qui s'entassent dans les armoires et je pense à la vie. Je mange aussi des chocolats car ils soulagent mon cœur et ils ont meilleur goût que les antidépresseurs. En contemplant les arbres je me sens dérisoire, insignifiant devant la force de la nature. Je me sens tout petit, pour ainsi dire rien. Et vous savez, mademoiselle Ryder, depuis que ma femme s'est tournée vers Dieu, la liste de ses interdits est impressionnante. Sa religion dit que le sexe c'est mal, que bien manger c'est mal, qu'avoir de l'argent c'est mal ou qu'être fier de soi c'est mal. Eh bien, ça donne envie de se convertir, n'est-ce pas? Elle ressemble à une none ascète qui vit dans une grotte. Depuis l'ouragan Katrina, elle est en diète sexuelle! Pourquoi avons-nous des organes de plaisir?

— Tais toi, Charles, interrompit Emma, gênée des commentaires inappropriés de son mari. Tu ne vois pas que tu parles à une jeune fille qui n'est pas majeure.

— Eh bien moi j'ai une solution, vous n'avez qu'à vous déguiser en paon!

— En paon? reprit Charles qui ne comprenait pas l'allusion.

— Oui, j'ai bien dit en paon parce que selon Darwin la queue et la parade nuptiale de cet animal sont des produits de la sélection sexuelle! Donc cela serait un bon moyen de reconquérir votre épouse, fis-je en clignant de l'œil.

Emma rouge de honte changea aussitôt de conversation.

— Mademoiselle, qu'avez-vous rangé dans vos tiroirs?

— Homère!

— Homère?

— Euh, je voulais dire le manga de l'Odyssée.

— Ah, ben moi j'aurais préféré ranger Angelina Jolie, ricana Charles. J'imagine que tout le monde s'est fait endoctriner par monsieur Espoir.

— C'est à dire ? demandai-je en me pinçant les lèvres.

— Les rescapés passent leur temps à vider dans ces nombreux tiroirs les souvenirs douloureux de Katrina enfouis dans leur inconscient, mais à votre avis, c'est pourquoi?

— Je ne sais pas, peut être que c'est pour se libérer du poids de la mort, des maux qui les rongent?

— Réfléchissez un peu, qui est vraiment monsieur Espoir? Moi je vais vous le dire!

A ce moment là, la porte s'ouvrit brutalement. C'était monsieur Espoir qui entrait dans la pièce accompagné du réceptionniste. Nous sursautâmes tous en le voyant.

— Bonjour, dit-il en souriant, je viens juste de rentrer de mon voyage d'affaires et je vous informe que l'un d'entre vous va loger sur l'aile gauche.

Charles recula d'un pas, puis se laissa tomber lourdement dans un fauteuil en cuir.

— C'est moi! s'écria joyeusement Emma. J'en étais sûre, Dieu m'a parlé hier soir et il me l'a annoncé. Je suis prête à franchir la porte de gauche.

— Pouvez-vous me laisser seul avec Emma? demanda monsieur Espoir.

— Oui bien sûr! répondit Charles.

L'aubergiste discuta à voix basse avec Emma, et je ne pus entendre ce qu'ils se disaient. Aussitôt qu'il lui eut fini de parler, elle empaqueta les souvenirs de son fils, les enferma dans une valise puis elle sortit. A cet instant, monsieur Espoir se tourna vers nous:

— Emma va séjourner sur l'aile gauche et rejoindre les autres rescapés qui ont accepté la mort de leurs proches, malgré leurs corps introuvables. Elle a fini par faire le deuil de son fils Antoine.

Une larme coulait de l'œil de monsieur Espoir. Puis il referma la porte et se dirigea vers l'aile gauche. Charles était consterné, à bout de souffle, frappé de stupeur.

Quand il se ressaisit, il me dit:

— Comment a-t-elle pu me faire cela? Accepter la mort de notre fils alors qu'on n'a jamais retrouvé son corps. C'est fou!

— Donc, si je comprends bien, votre femme est partie rejoindre votre fils au paradis.

— Quoi? C'est quoi ces délires? Vous ne comprenez rien de l'aile gauche, de la porte de gauche, du couloir de gauche, du jardin cartésien!

— Pourquoi je ne comprends rien!

— Eh bien les chambres de gauche représentent la fin de l'espoir! L'auberge est divisée en deux mondes: sur l'aile droite logent les rescapés de l'ouragan qui n'accepteront jamais la mort de leurs proches tant qu'ils n'auront pas retrouvé leurs corps. Sur l'aile gauche résident les rescapés qui ont accepté l'inéluctable, leur destin: vivre sans les corps de leurs proches disparus, et repartir à zéro. Ma femme Emma va bientôt sortir et elle a enseveli tout espoir de retrouver le corps de notre pauvre Antoine. Elle est folle!

Le voyant triste et désemparé, je sortis de la chambre et me dirigeai vers la mienne. Je n'avais pas eu le temps de lui demander qui était en vérité monsieur Espoir. Était-il vraiment un hôtelier? Quand je poussai la porte, monsieur Espoir m'attendait, assis sur une chaise:

— Bonjour Mademoiselle Ryder. Vous allez bien?

— Bien sûr, je viens juste de faire la connaissance des Darwin qui logent dans la chambre du croyant et de l'athée.

— Pourquoi Emma et Charles seraient-ils le couple «Darwin»?

— Eh bien parce que durant la majeure partie de sa vie de femme mariée, Emma souffrit profondément des opinions irréligieuses de son mari. Charles Darwin perdit encore plus la foi en un Dieu bienfaisant lorsque sa fille Annie mourut. Espérons que ce couple ne va pas divorcer! Savez-vous ce que pensait Darwin du mariage?

— Non, dites-le-moi!

— Eh bien, pour Charles Darwin, les avantages du mariage se résument à : « une compagne fidèle et une amie dans la vieillesse… mieux qu'un chien en tout cas »; et les inconvénients sont: « moins d'argent pour les livres » et « une terrible perte de temps »

— Tiens, c'est curieux, Mademoiselle Pénélope Ryder, vous ne me parlez pas d'Homère!

214

— Euh… y a-t-il d'autres chambres qui ne me sont pas accessibles? dis-je en changeant de conversation.

— Oui, une autre que vous ne pouvez pas visiter sans mon consentement. Elle est trop dangereuse. C'est un peu comme le cyclope, vous voyez!

— Ah?

— Oui, je ne peux rien vous dire pour l'instant, mais ne vous inquiétez pas, vous saurez tout à la fin de votre séjour!

— Je sais, je sais, répétai-je à maintes reprises.

— Bon, rendez-vous demain soir à minuit!

— Quoi? Mais je ne me réveille plus à minuit.

— Oui, je sais! Pendant mon absence les clients sont libres de faire ce qu'ils veulent, mais quand je reviens, tout est différent. Les clients recommencent à ranger leurs souvenirs dans les tiroirs à partir de minuit.

— Bon d'accord, dis-je en maugréant. A demain soir minuit!

XXXIV - La Chambre Des Aigris

Ce soir là, j'attendis calmement l'heure convenue. Et lorsque l'horloge sonna minuit, le propriétaire m'emmena dans la chambre des aigris. C'était un endroit très ancien et abîmé par le temps. Le plafond était jauni; les meubles pourrissaient et le papier peint s'en allait comme des écailles qu'on ôterait de la peau. Je remarquai aussi que le tapis étouffait la luminosité et dégageait des odeurs repoussantes.

Au milieu de la pièce se trouvait un vieillard exigeant, insensible et froid. L'ouragan l'avait aigri et rendu pessimiste. Il blâmait le monde entier de la catastrophe naturelle. Assis près des tiroirs, il ne rangeait que les souvenirs négatifs de sa fille qu'il méprisait. Au moment où il rangeait ses affaires, son épouse, chargée de paquets, se glissa dans la chambre: elle était vêtue d'un habit noir râpé.

— Dis-donc, te voilà bien en retard! dit-il d'un ton courroucé.

— Je sais, je sais, répéta-t-elle. Figure toi que notre ancienne rue était inondée, et il m'a fallu des heures pour la traverser. Heureusement, J'ai croisé notre voisine qui m'a donné des affaires de la gueuse.

— La gueuse?

— Oui, la fainéante de fille qu'on a eue! Elle a tous les traits de son oncle, une moins que rien.

— As-tu apporté sa carte de Revenu Minimum d'Insertion?

— Oui, et j'en ai bien honte.

— Tu me diras, les contribuables vont être soulagés, une assistée en moins!

— Et les funérailles? Qui va payer? demanda l'épouse.

— Oh, ne t'en fais pas! Si ça se trouve on ne retrouvera pas son corps!

— Et si on le retrouve?

— On l'enterrera sous la niche du chien.

— Bonne idée!

— Et l'assurance vie?

— Ah! Nous allons nous enrichir, mais là il faut d'abord trouver son corps.

— Oui, c'est un grand problème! Tant qu'on ne l'aura pas retrouvé, on ne pourra pas toucher l'assurance vie que nous avions souscrite.

— Que le monde est injuste! On a quand même versé de l'argent, il n'y a pas de raison que les assureurs le gardent.

— Il faudra peut-être falsifier les documents. Après tout, certains hommes politiques ne sont-ils pas corrompus?

— Oui, cela serait une bonne solution.

— Bon, dis-moi qu'as-tu apporté?

— Tiens, regarde!

Et l'épouse jeta ses paquets à terre renversant les affaires de sa fille qui étaient bien pitoyables à voir: deux pantalons usés et trois chemises trouées.

Le mari les examina et dit:

— Tu as eu bien raison d'apporter ses vêtements usés et troués. En effet, elle était responsable du trou de la sécurité sociale, et les travailleurs honnêtes s'usaient moralement et financièrement pour elle.

— Ah! Ah! fit l'épouse en éclatant de rire ;

Après un long moment elle déplaça un tabouret, monta dessus, ouvrit le tiroir principal de la commode, prit un cadre contenant la photo de sa fille et le montra à son mari.

En regardant la photo, je sentis un goût de larmes salées dans ma bouche. Le visage de cette jeune fille était blême et frêle, son regard triste, son corps couvert d'épines. Ce portrait montrait à quel point ce couple ne l'aimait pas.

Après avoir rangé le cadre dans un des tiroirs, l'homme montra à son tour les objets qu'il avait rassemblés pour dépeindre sa fille. Il y avait de vieux chiffons, des vieilles photos déchirées, des bouteilles usées, des montres cassées. Le plus terrifiant dans tout cela fut de trouver des clous dans un tiroir

— Tu as eu bien raison, dit l'épouse, de choisir ces clous, elle était tellement maigre!

Ne pouvant plus supporter d'entendre ces méchancetés, je leur dis en colère:

— Pourquoi êtes-vous venus ici?

— Pourquoi nous sommes ici? Eh bien, parce que l'ouragan a démoli notre maison, et Monsieur Espoir nous a accueillis.

— Mais pourquoi rangez-vous de vieux objets dans ces tiroirs?

— Parce que ce sont les seuls souvenirs qui nous restent de notre fille. Elle n'était rien pour nous. Elle nous rappelait l'oncle Sam, un vaurien et un moins que rien! Nous ne l'avons jamais aimée car son sourire nous rappelait cet oncle que l'on déteste. L'ouragan nous a soulagés d'un grand poids. Depuis des années elle profitait du système social!

J'allais répliquer lorsque je sentis une main prendre mon bras et me tirer vers la sortie. Je me retournai et aperçus le visage de l'aubergiste.

— Ne vous emportez pas! dit-il, ce couple est dépressif et leur cerveau est incapable d'emmagasiner les bons événements du passé. Leur esprit se comporte comme un ordinateur et parcourt la base de données afin de trouver des images négatives de leur fille. Comme ils vous l'ont dit, ils sont juste venus ici pour loger gratuitement! L'ouragan leur a rendu service: se débarrasser du poids fiscal lourd et coûteux de leur fille. Pour eux, ce n'était qu'une pauvre fille qui abusait du système social! Ils rangent leurs projections négatives dans leurs tiroirs pour exprimer leur colère et leur mépris envers leur fille.

— Leurs projections?

— Oui c'est cela, la projection est un mécanisme de défense du moi qui consiste à rejeter sur autrui des pulsions, des désirs et des pensées qu'on ne peut reconnaître pour siens. Ce couple que vous voyez a des projections négatives qu'ils rangent dans leurs tiroirs. Ils voient en leur fille, en fait, les traits et la personnalité de l'oncle Sam.

— L'oncle Sam est-il un descendant de Samuel Wilson, le fournisseur de viande de l'armée américaine pendant la guerre anglo-américaine de 1812?

— Je ne sais pas qui est leur oncle, je ne l'ai jamais vu. De nos jours les gens pensent plus à la Maison Blanche!

— Pouvons-nous faire quelque chose pour eux? Vont-ils s'en sortir et gagner un jour l'aile gauche?

— Tout dépendra de leur manière de ranger leurs tiroirs.

— C'est à dire? Pourquoi ces tiroirs?

— Vous savez bien que je ne peux rien vous dire à ce sujet. Revoyons nous demain soir!

Sur ce, il disparut dans l'épais brouillard qui venait de se lever.

Quant à moi j'étais triste, car aucun de ces rescapés ne m'avait aidée à retrouver Père. Je commençais à regretter d'être venue dans cette auberge et d'avoir séché tous les cours de civilisation grecque. Le livre d'Homère m'aurait plus réconfortée que ce séjour!

XXXV - La Chambre Des Intéressés

Minuit sonna. Je sortis rejoindre l'aubergiste qui m'attendait à l'intérieur de la chambre des intéressés où logeaient deux frères. La pièce était sombre et une pâle lueur venant du couloir tombait directement sur les objets qui étaient placés dans différents tiroirs. Sur la table s'amoncelaient un tas de crayons, des stylos, des plumes, de l'encre en abondance et une quantité de papiers. Etendus sur un divan, les deux frères prirent une feuille de papier et écrivirent en haut de la page: « fortune approximative du défunt! » Puis ils se mirent à estimer le montant de leur héritage et parvinrent à la somme de sept millions. Pendant tout ce temps là, je n'entendis que le bruit de leurs plumes sur le papier. Ils numérotaient les factures et faisaient l'inventaire des objets de leur père disparu. Les frères Charles et Jacques ne formaient qu'un seul être en deux personnes. Ce que Charles faisait, Jacques le faisait. Ce que Charles pensait, Jacques le pensait. On aurait dit qu'ils étaient deux frères siamois tellement leur corps et leur esprit étaient inséparables.

Quand Jacques eut fini ses calculs, il prit une tasse de thé et dit à son frère:

— Charles, j'ai lu les contrats d'assurance de notre père, et il est bien spécifié que si nous retrouvons son corps, nous hériterons tout l'argent.

— Et si son corps est introuvable?

— Eh bien, nous n'aurons rien.

— Jacques, tu plaisantes!

— Non, Charles, c'est dans les contrats.

— Tu me diras Jacques, je m'y attendais. Un homme odieux comme lui ne lègue pas facilement sa fortune.

— Et puis Charles, tu oublies que personne ne l'aimait! Qui pouvait supporter un homme aussi grincheux, odieux et avare.

— Tu as raison Jacques, et je pense que l'ouragan lui a donné une leçon.

— Ah! Quelle leçon?

— Eh bien, certains hommes riches pensent qu'ils sont immortels, invulnérables, et intouchables. L'ouragan lui a démontré le contraire en lui arrachant la vie. L'avarice, la dureté, l'âpreté du gain l'ont conduit à la mort, et l'ouragan a ainsi vengé tous les hommes qu'il a exploités et abusés. Tu me diras avec le monde de fous dans lequel nous vivons, son argent nous sera utile à l'avenir.

— Que veux-tu dire par là? demanda Jacques qui posa sa main sous le menton.

— Eh bien, nous allons affronter de plus en plus de difficultés avec l'effondrement à venir de la classe moyenne et la montée de la pauvreté.

— Ah bon?

— Oui et en plus avec la financiarisation de l'économie, le transfert de la production industrielle en Chine il y aura des coupes dans les budgets sociaux et de l'éducation. Son argent nous aidera beaucoup et nous pourrons quitter le pays s'il le faut.

— Oui, tu as raison. Dis-moi Charles, si la police retrouvait son corps, qui paierait l'enterrement?

— Certainement pas nous! Et puis, ne t'en fais pas Jacques! Nous hériterons d'abord sa fortune, ensuite nous nous déclarerons en faillite. Nous ferons les morts pendant un certain temps, et le notaire nous oubliera.

— Excellente idée!

Et les deux frères se congratulèrent en buvant une coupe de champagne.

Ayant ainsi parlé du testament de leur père, les deux frères examinèrent un tas d'objets et écrivirent leur valeur sur un carnet.

— Ces diamants, dit Charles, nous rapporteront pas mal d'argent en attendant qu'on retrouve sa dépouille. As-tu gardé la recette de ses desserts chocolatés saupoudrés de poussière d'or à 25.000 dollars?

— Non, je ne l'ai pas trouvée!

— Quel dommage, nous aurions pu ouvrir un commerce de gâteaux au chocolat d'or et nous enrichir!

— Heureusement, dit Jacques, j'ai pensé à temps à prendre ses chemises de soie, autrement on les aurait perdues.

— Perdues? Que veux-tu dire par là? demanda Charles.

— Eh bien, on l'aurait enterré avec une de ses chemises qui valent 7000 dollars!

— Dis donc, on a eu chaud!

— Bon, rangeons les contrats d'assurance et les objets de valeur dans ces tiroirs, et souhaitons qu'on retrouve son corps!

Il était plus d'une heure lorsqu'ils finirent d'estimer les objets et les documents de leur père. Sans faire de bruit, je m'éclipsai de la pièce et m'étendis sur mon lit, en réfléchissant sur le sens de tous ces tiroirs rongés par des insectes aussi cupides que les clients de cette chambre. Quelques heures s'écoulèrent et monsieur Espoir vint me déranger dans mon sommeil.

— Réveillez-vous! cria-t-il.

Je me frottai les yeux et de mauvaise humeur lui lançai:

— Quoi encore? Je ne me sens pas bien!

— Ah bon? Qu'est-ce qui ne va pas?

— Eh bien c'est à cause de la chambre des intéressés, dis-je en mettant ma veste.

— Ah? Mais qu'est-ce qui vous déplaît dans cette chambre?

— Pourquoi vous rend-elle malade à ce point?

— Parce que je me demandais comment ces deux frères pouvaient profiter de la disparition du corps de leur père. N'éprouvent-ils pas de la honte à s'enrichir de cette façon?

— Non, les pervers narcissiques n'éprouvent pas ce sentiment humiliant. Ils sont comme les perroquets qui n'ont jamais honte de répéter tout ce qu'on leur dit.

— Mais comment ne peuvent-ils pas être embarrassés de se comporter ainsi? C'est quand même leur père!

— Ça c'est un mystère, je ne suis pas le démiurge du cerveau humain, répondit-il. Tout ce que je sais c'est qu'en général les pervers narcissiques ont eu un père absent ou déficient.

— Ah bon? Mais ma mère n'a jamais eu de père, et je peux vous dire qu'elle n'est pas du tout une perverse narcissique! répondis-je en le rejoignant dans le couloir.

— Oui, il y a des exceptions. Tiens en parlant de honte, vous devriez rencontrer Vincent….

— Quel Vincent? Vincent Van Gogh? Ça alors!

— Décidément, mademoiselle Ryder, j'ai noté que vous aviez une sacrée imagination. Mais non, il s'agit de Vincent Beckett qui loge dans la chambre de la honte.

— Quel drôle de nom, songeai-je. Une chambre qui renvoie un sentiment négatif!

— Venez, suivez-moi, mademoiselle Ryder. Je note que vous vous plongez moins dans le monde d'Homère. Croyez-vous que votre père est toujours vivant?

— Ben oui, personne n'a retrouvé son corps, donc j'ai l'espoir de le revoir.

— Ah oui, c'est vrai, Ulysse est retourné à Ithaque.

XXXVI - La Chambre De La Honte
Le Naufragé Du Rêve Américain

Pendant que nous nous dirigions vers la chambre où logeait Vincent Beckett, monsieur Espoir se tourna vers moi et me demanda:

— Avez-vous déjà eu honte Pénélope?

— Euh, laissez-moi réfléchir… j'ai honte parfois d'avoir des mauvaises notes ou de mentir à maman.

— Ah c'est bien!

— Pourquoi c'est bien d'avoir honte?

— Non, je ne vous encourage pas à avoir honte mais à admettre ce sentiment. Savez-vous que Freud a ressenti un jour de la honte?

— Ah bon? Et pourquoi?

— Eh bien, il a eu honte de la situation de son oncle, accusé d'un trafic de fausse monnaie. L'escroquerie de son oncle avait fait même la une des journaux de Vienne! Le pauvre Freud s'est vraiment senti humilié.

— C'est incroyable qu'un grand homme comme lui ait pu éprouver la honte!

— Eh oui, mademoiselle Ryder, se sentir humilié peut toucher n'importe qui.

Arrivés devant la porte, monsieur Espoir frappa un coup et nous attendîmes quelques instants. Vincent nous ouvrit, l'air embarrassé, les yeux fuyants et la tête baissée.

— Bonjour dit monsieur Espoir, je vous présente Mademoiselle Ryder qui loge dans la chambre d'Homère au féminin.

— Ah oui! La jeune fille qui rêve de devenir le grand poète Homère, et qui fait des recherches sur sa vie au féminin. Dites-moi Homère était-il un homme ou une femme?

— Un homme aveugle qui était doué d'un talent unique, s'empressa de répondre monsieur Espoir. La tête d'Homère nous est tous familière: un homme chevelu et barbu. Le musée de

Munich possède même une sculpture de ce poète qui date de l'époque romaine.

— Alors pourquoi mademoiselle Ryder recherche-t-elle désespérément ce poète qui est mort depuis belle lurette? demanda Vincent.

— Euh non pas du tout, je recherche mon père, surnommé Ulysse le Grand. L'avez-vous vu? dis-je en montrant une photo de lui.

— Non, je ne l'ai jamais vu, mais cela devait être un excellent navigateur comme votre Ulysse. Au moins vous n'avez pas honte de votre père, vous en êtes fière, mes enfants sont bien différents. Ils ont honte de moi ainsi que ma femme.

— Ah bon? Mais pourquoi?

— Eh bien, après l'ouragan Katrina j'ai tout perdu, ma maison, mes économies, mon travail et ma famille a eu honte de moi. Vous me direz, j'ai honte d'être pauvre, mademoiselle Ryder et d'être au chômage. Avant j'étais un homme aisé, j'avais un travail, une famille, une maison, un compte en banque et l'ouragan m'a tout pris. Je n'avoue à personne ma situation, même pas à mes amis. J'ai perdu l'honneur et la face. J'ai honte!

— Mais il ne faut pas vous sentir humilié, cela peut arriver à tout le monde, répondis-je en le réconfortant.

— N'êtes-vous pas gênée de ce qui s'est passé à la Nouvelle-Orléans? dit-il en me regardant d'un air triste.

— Non, je trouve que nous avons fait de notre mieux pour nous en sortir, et vous?

— Eh bien moi j'ai honte de moi et de cette ville polluée, invivable et violente. Nous avons été impuissants devant l'ouragan qui nous a humiliés, dévêtus et dépouillés. Je me sens humilié, honteux, violé par cette force de la nature. J'ai honte de dire que j'habite à la Nouvelle Orléans où le taux de criminalité, de cambriolages, de saisies d'armes illégales et de drogue est si important. Depuis cette tragédie, ma famille vit au Village Renaissance, un camp de 650 caravanes plantées en rase campagne. La réalité fait honte à voir. « Nous sommes trop noirs et trop pauvres pour les habitants du coin. Ils ont peur de nous, ils nous méprisent, et nous sommes vus comme des naufragés du rêve américain ou des parias de la société de consommation! Ils ne veulent pas de mes enfants dans leurs écoles. J'ai connu l'horreur avec l'ouragan Katrina, mais là je vous avoue que je connais l'enfer! Pourquoi ces gens ont-ils peur de nous? Savent-ils que j'avais une belle maison, un poste de télévision dans chaque pièce, une voiture et que l'ouragan Katrina a tout englouti. J'ai pensé que les gens apprendraient une leçon importante de la vie: nous sommes tous mortels et vulnérables, mais non cela n'est pas du tout le cas. Je me sens humilié car les autres me jugent. »

— Ils n'ont pas peur de vous, dis-je d'un ton rassurant. Ils ont seulement peur en vous fréquentant de devenir comme vous, démunis et traités comme des citoyens de seconde classe.

Mes mots le firent réfléchir, puis il continua de me raconter le récit de sa vie.

— Après l'ouragan Katrina, le gouvernement nous avait promis que nous recevrions de l'argent du «Road Home» (le plan d'aide à la propriété privée) pour repartir à zéro. Mais rien! En effet pour les plus démunis, majoritairement des Afro-Américains, c'est à dire 68% de la population de la Nouvelle-Orléans, ce rêve est inaccessible. Je dois affronter une montagne de papiers à fournir, et c'est impossible. Et puis ceux qui sont incapables d'entretenir leur propriété sont désormais menacés d'expulsion par la ville. Plutôt que de tout perdre, beaucoup préfèrent céder leur bien pour une poignée de dollars aux promoteurs immobiliers qui sillonnent les quartiers noirs. Une grande partie de la population louisianaise est mal payée et exploitée par des marchands de sommeil. De peur de ne plus pouvoir payer leur motel et d'être condamnés à l'errance, de nombreux travailleurs démunis et exclus de la société acceptent des boulots ingrats. L'ouragan a tout balayé même leur honneur.

A part la honte qui ronge votre cœur, comment faites-vous pour survivre?

La foi, c'est la seule richesse qui reste et abonde à la Nouvelle-Orléans. Dans ce pays où la protection sociale n'existe pas, Dieu aide les pauvres à survivre, mademoiselle Ryder, un peu comme votre poète aveugle, Homère. Je suis peut-être pauvre, mais j'ai lu l'Iliade et l'Odyssée.

— Et votre femme, pourquoi n'est-elle pas avec vous?

— Catherine! Elle a honte de ma situation. Comment voulez-vous que ma femme aime un minable comme moi. Elle me repousse et cela me fait mal. En effet, être rejeté par son épouse et ses enfants dont j'espérais l'affection est une déchirure traumatique. Je lui ai même proposé de venir ici, mais elle a refusé, pourtant cela lui ferait du bien. D'après ce que je vois et entends des rescapés de l'ouragan situés sur l'aile gauche, ils ont appris à mieux vivre avec leur honte, leur passé douloureux, la perte d'un des leurs. Ils sont devenus des personnes résilientes, prêtes à affronter le monde extérieur. Vous savez c'est difficile d'affronter la réalité quand on a honte de soi, de ses origines et d'être au chômage. Avez-vous réalisé la situation de la Nouvelle-Orléans?

— Non, hélas, je n'ai pas vraiment réalisé ce qui s'est passé, tout ce que je faisais c'était de suivre le corps de mon père qui traversait les mêmes îles où Ulysse s'est rendu.

— Quelle chance vous avez eu! s'exclama-t-il! Alors vous n'avez pas vu la réalité, la violence qui fait rage dans toute la ville. Katrina a anéanti la Nouvelle-Orléans et la municipalité est à court d'argent faute de contribuables.

— Ah bon?

— Oui, la ville dépérit de jour en jour avec ses écoles publiques fermées, ses routes éventrées et ses égouts bouchés. La plupart des traumatisés de l'ouragan Katrina sont désocialisés, détruits par la drogue et par des séjours en prison. Comme dit le jardinier Saïd, nous sommes comme les Irakiens, des oubliés de tous!

— Ah comment cela? La Louisiane n'est pas en guerre!

— Oui, certes, mais nous sommes comme les Irakiens, des marginaux, des laissés pour compte.

— Mais notre pays dépense des milliards en Irak et en Louisiane!

— Oui, certes, mais avez-vous constaté des changements?

— Non, pas vraiment.

— Je vous le dis mademoiselle Ryder, en cas de catastrophe les gens ne réagissent pas comme Ulysse.

— Ah bon? Et pourquoi?

— Eh bien Ulysse voulait retourner dans son pays natal alors que certains fuient la ville pour éviter de payer les impôts ou la reconstruire. Seuls les résilients restent pour affronter la réalité!

— Vous savez, vous avez eu de la chance.

— Ah bon?

— Oui, votre Homère vous a protégée. C'est magnifique qu'un grand poète aveugle vous ait donné le courage de surmonter la disparition du corps de votre père. En fait, Homère vous a aveuglée pour vous sauver et éviter de sombrer dans une dépression. Il vous aide à surmonter la mort de votre père.

Mais mon père n'est pas mort! répliquai-je sur un ton irrité. On n'a pas retrouvé son corps.

— Ah oui, j'oubliais! Ulysse est revenu sur sa terre natale d'Ithaque, donc vous avez de l'espoir.

— Ben oui, je ne vois pas pourquoi mon père serait mort. Mais dites-moi que faites-vous avec vos tiroirs?

— Ah, c'est trop douloureux pour moi de les ouvrir.

— Et pourquoi?

— Eh bien je ne les ouvre pas parce que j'en ai honte. Ils sont verrouillés comme mon silence et si je vous parle de ma honte c'est que monsieur Espoir m'a permis de m'exprimer ici, loin du regard des autres. Je ne peux pour l'instant vous faire part de mon jardin secret qui se cache derrière mes tiroirs. Mes souvenirs sont verrouillés, et il m'est impossible pour l'instant de les partager. Ces tiroirs sont comme mes miroirs que je n'ose astiquer.

— Ah bon pourquoi?

— Eh bien parce que je ne veux pas voir l'image dévalorisée de moi-même. Ces miroirs sales que vous voyez représentent la souillure de mon âme. J'ai peur de me regarder dans la glace. Les miroirs me terrifient car j'ai peur qu'ils reflètent mon image délabrée. Je ne suis pas narcissique pour contempler mon visage. Je ne vaux plus rien. Je me sens nul, minable et inférieur aux autres. J'ai tout perdu, je n'ose confier à mes amis que je n'ai plus de travail. J'ai honte d'être pauvre, d'être un minable, j'ai tout perdu: ma maison, mon emploi, mon argent, mon assurance! Je me sens rabaissé sous le regard des autres. J'ai peur d'être jugé. Le regard des autres me fait peur. Mon bonheur s'est fracassé le jour de l'arrivée de l'ouragan Katrina. J'ai honte de ce qui m'est arrivé. Je ne suis pas comme tout le monde. La honte est tantôt un poison tantôt un abcès dans l'âme, martela-t-il en couvrant sa tête de ses mains.

— Et après avoir rangé vos tiroirs, que faites vous d'autre? demandai-je d'une voix douce.

— Ce que je fais?

— Oui, c'est cela, c'est bien ma question.

— Eh bien je me refugie dans la rêverie.

— La rêverie? Et pourquoi donc?

—Eh bien comme je suis malheureux, et ai une image dévalorisée de moi-même, j'ai besoin de rêver. Je peux ainsi m'affranchir de ma honte en m'évadant dans un monde fantastique. J'invente des fables extraordinaires. Je me plais dans mes voyages fabuleux. Et les films intérieurs que je produis mettent en scène mes désirs cachés, mes flétrissures. Dans mes rêves je m'invente une vie meilleure. Je suis un homme estimé, adulé et respecté. J'ai même écrit un roman.

—Ah oui? Et de quoi parle t-il?

—Il s'agit du tour du monde de mes souvenirs honteux en 365 jours.

—Ah c'est un peu comme Jules Verne avec son tour du monde en 80 jours.

—Exactement, dit-il. Vous savez les rêves sont comme des antidépresseurs qui soulagent mon âme blessée. Les songes m'apportent une brève euphorie et j'espère qu'ils me donneront la force de ranger le poids de mon passé douloureux et honteux dans mes tiroirs. Les rêves me protègent du monde réel, ils me permettent de souffler et de me ressourcer.

—Mais le rêve est un leurre! lui dis-je brusquement.

—Mademoiselle Ryder, le réel peut aussi vous tromper et vous désenchanter, répondit-il en baissant les yeux.

—Et après vos rêves, que faites-vous?

—Eh bien je reste crispé sur un trauma réel et j'essaye en vain d'affronter le poids de mon passé en rangeant mes souvenirs honteux dans mes tiroirs. Je me demande tous les jours comment je peux vivre éternellement la tête baissée. Je me sens si minable, j'ai honte de ce qui m'est arrivé. Je ne suis pas comme tout le monde, répéta-t-il à maintes reprises.

Comme il était désemparé, monsieur Espoir me fit signe de sortir. Dans le couloir je lui fis part de mes impressions:

—Ah Monsieur Espoir, dites moi, Vincent Becket va-t-il s'en sortir?

Bien sûr que oui!

—Ah oui?

—Vous voyez monsieur Beckett est comme tous les honteux qui aspirent à parler. Et il a fait d'énormes progrès en vous parlant. Maintenant il faut qu'il ait le courage de déverrouiller ses tiroirs. Il n'a pas perdu sa dignité en se confiant à vous car vous ne l'avez pas jugé. S'il arrive à partager les souvenirs humiliants et d'amertume qu'il a enfermés dans ses tiroirs avec les autres rescapés de l'ouragan, il pourra franchir la porte de gauche et devenir un homme résilient. Vous savez la honte est nécessaire pour développer l'empathie et la résilience. Sans humiliation et sans culpabilité, les rapports humains ne seraient que violence.

— Mais comment pouvez-vous être certain que monsieur Beckett va bientôt franchir la porte de gauche?

— C'est simple! Comme monsieur Beckett comprend d'où vient son malaise et qu'il sait discerner ses émotions négatives, il pourra mieux affronter la réalité et surmonter son traumatisme. Au lieu de se dire « je vais mal », monsieur Beckett se demande tous les jours ce qu'il ressent: « de la colère? De la honte ou de la culpabilité? » L'intelligence émotionnelle qu'il possède est un atout car cela lui permet de devenir résilient et de vivre mieux. On se libère de la honte en affrontant les souvenirs souillés, humiliants, pénibles qu'on a enfouis dans ses tiroirs. En plus les rêves qu'il invente lui permettent de se sentir mieux sous le regard d'autrui. Monsieur Becket va s'en sortir car il est sur le chemin de la résilience. Les tiroirs vont l'aider à suturer ses plaies.

— Ça alors, encore ces tiroirs!

— Soyez patiente mademoiselle Ryder, vous comprendrez le sens de ces tiroirs à la fin de votre séjour

— Oui, oui, je sais! grommelai-je. Dites-moi monsieur Espoir, les rescapés qui logent sur l'aile gauche ne sont-ils pas les descendants des fils de Darwin?

— Je ne sais pas, mais pourquoi me posez-vous cette question?

— Eh bien comme les darwiniens sont résilients ils peuvent affronter le froid, la faim et tous les problèmes de la vie quotidienne! Alors je me demandais si ces hommes résilients qui logent sur l'aile gauche ne descendaient pas de Darwin.

— Mais les darwiniens n'ont pas besoin de loger dans mon hôtel.

— Ah bon pourquoi?

— Et bien parce qu'ils se disent forts et qu' ils peuvent facilement surmonter n'importe quel traumatisme. répondit-il en descendant l'escalier qui menait devant la porte de son bureau. Mademoiselle Ryder, auriez-vous des noms de chambres à me suggérer?

Eh bien oui, je pense que vous devriez appeler une de vos chambres la chambre des égoïstes et loger à l'intérieur les personnes qui n'éprouvent aucune empathie pour les opprimés. Il y a des gens qui ne peuvent imager ce que le malheureux, l'opprimé, et le rescapé éprouvent. Ils sont indifférents à la souffrance des gens et vivent dans leur monde égocentrique. C'est un peu comme les ploutocrates. Il y a aussi une autre chambre où monsieur Beckett aurait pu loger…

— Ah oui? Laquelle ?

— Eh bien la chambre des rêves qui ouvre le chemin à la résilience.

— Excellent! s'exclama monsieur Espoir en entrant dans son bureau

— Elémentaire monsieur Espoir! lui dis-je en imitant la voix de Sherlock Holmes.

Je le saluai et quelques instants plus tard au moment où je rejoignais ma chambre, je fus frappée d'effroi. Un frisson glacial me parcourut l'échine. Je fus en même temps accablée de doutes. Le monde d'Homère dont Papa m'avait fait cadeau m'apparut comme une illusion. Je n'avais pas réalisé la gravité de la situation de la Nouvelle Orléans. Toute la nuit je trompai mon sommeil par des questions homériques et ne cessai de me demander si le grand poète aveugle Homère m'avait protégée pour fuir la réalité, une réalité impensable, effrayante et inacceptable: la mort de mon père. Pour dissiper mes angoisses, je relus mon manga en grec ancien puis je m'endormis en pensant au nouveau rescapé que j'allais rencontrer.

XXXVII - La Chambre Des Rescapés Du Suicide; La Chambre Des Immolés

La chambre des rescapés du suicide fut l'avant dernière chambre que je visitai. Je la redoutais, mais je n'eus pas vraiment le choix. L'aubergiste m'y emmena. Quand j'entrai, j'aperçus un homme, de taille moyenne, allongé sur un lit en forme de cercueil. Le bruit de mes pas le réveilla. Il se frotta les yeux et jeta sur moi un regard qui me terrifiait. Il écarta ses couvertures en maugréant:

— Que faites-vous ici? me demanda-t-il.

— Je suis là pour visiter les chambres des rescapés.

— Ah! ah! Ah! rit-il. Une personne qui tente de se suicider est un rescapé!

— Oui, je suppose!

— Eh bien, monsieur Espoir aurait dû me laisser mourir! Ici, c'est l'enfer! L'ouragan a détruit ma vie. J'ai perdu ma femme et ma maison. Savez-vous pourquoi je suis ici?

Non, je ne vois pas vraiment ce que vous faites dans cette auberge.

Eh bien, monsieur Espoir voudrait que je range les tiroirs de cette chambre. N'est-ce pas de la folie?

Ses paroles pétrifièrent l'aubergiste.

Je sais, je sais, dit il en regardant celui-ci, je dois rassembler les objets, les souvenirs de ma femme et les glisser dans les tiroirs. Ensuite, nous nous sentirons soulagés d'avoir vidé les boîtes de souvenirs de notre cerveau.

— L'avez-vous fait? lui demandai-je.

— Non, et c'est impossible!

— Et pourquoi?

— Parce que je suis négatif, or, le propriétaire de l'auberge voudrait que je range les souvenirs joyeux de ma femme dans ces tiroirs. Il faut être positif dans la vie, voilà ce que m'a dit ce monsieur!

La lumière dansait sur son visage sombre et éclairait ses yeux remplis des tempêtes d'amour qu'il avait échangées avec son épouse.

— Mais il y a toujours de l'espoir pour les personnes résilientes! lui dis-je.

— Ah! gémit-il faiblement. Que de temps perdu! L'ouragan a détruit ma vie. J'ai tout perdu, tout perdu. Je meurs. Et vous, vous me parlez de résilience. Allez, maintenant sortez d'ici!

Il appuya sa tête défaillante contre son oreiller, cherchant soutien et réconfort. A ce moment, l'aubergiste me dit:

— Laissez-nous, Pénélope! Attendez-moi sur le seuil de votre porte! Je veux d'abord l'ausculter et je n'aime pas qu'on me regarde.

« Que c'est étrange! songeai-je, un aubergiste qui fait un diagnostic médical à son client! »

Je fis ce qu'il me dit, et un silence sépulcral succéda au bruit de la porte. Trente minutes s'écoulèrent, et monsieur Espoir vint me rejoindre.

— Pénélope, dit-il, dans chaque mémoire de l'homme, il y a du bien et du mal, du bonheur et du chagrin. Et chaque individu réagit différemment en cas de traumatisme. Tout dépend du passé, des souvenirs qu'on a enfouis et rangés dans ses tiroirs.

— Les tiroirs? repris-je

— Ah, je ne peux vous en dire plus, vous saurez tout demain après….

Je lui coupai soudainement la parole lorsque je vis en lettres majuscules le nom d'une des portes opposées à celle de la chambre du suicide: la chambre des immolés. Je fus frappée d'effroi et mes lèvres se mirent à trembler, puis après avoir repris mon sang froid, je me tournai vers l'aubergiste.

— Monsieur Espoir, m'écriai-je, qui loge dans la chambre des immolés? Quelqu'un a-t-il mis le feu chez vous?

— Non, pas du tout. Je viens d'accueillir Irène, une jeune mère célibataire. Ma pauvre cliente s'est immolée trois jours après le passage de l'ouragan. Pour l'instant nous ne pouvons pas lui rendre visite.

— Et pourquoi?

— Cette mère de famille ne veut voir personne.

— Ah et pourquoi s'est-elle immolée par le feu?

— Eh bien, après le passage de l'ouragan, elle était psychologiquement éprouvée, fatiguée de la vie. Elle avait tout perdu: sa fille handicapée de sept ans, sa maison, son assurance maladie et ses aides sociales. Pour exposer sa douleur et la disparition du corps introuvable de son enfant elle a aspergé des flaques d'essence autour d'elle devant le palais de justice. Elle s'est transformée en torche humaine pour exprimer sa souffrance et cette injustice. Parmi les témoins se trouvait un pompier qui est vite venu la secourir. Irène a été partiellement brûlée aux jambes, mais sans conséquences. Elle peut encore marcher, mais il lui faudra du temps pour se remettre de son traumatisme, la perte de sa fille et de ses aides sociales.

— Ce geste d'une extrême violence me dépasse, dis-je d'un ton alarmant. Pourquoi s'immole-t-on par le feu?

— Eh bien, le feu évoque l'enfer, la souffrance, le désespoir et le dégoût de la vie. Les flammes peuvent aussi exprimer la pureté car elles purifient le corps de la victime de ce monde de plus en plus dur, matérialiste et hostile. Irène a mis le feu à son corps pour dénoncer l'injustice, le chômage et les inégalités sociales que l'ouragan Katrina a engendrés. Comme elle porte un regard
— désabusé sur le monde actuel elle a voulu mettre fin à ses jours.

Mais dites-moi monsieur Espoir, pourquoi n'avez-vous pas logé Irène dans la chambre du suicide?

— Ah, excellente question mademoiselle Ryder. Ce sont deux situations opposées. Les personnes qui s'immolent choisissent un lieu public et peuplé dans le but d'avoir des témoins. Irène a choisi le palais de justice car elle ressent de l'injustice au fond d'elle. Elle désigne la société comme responsable en s'auto-détruisant. Le choix du lieu d'Irène n'est pas anodin, elle a choisi le palais de justice qui est symbole de pouvoir. Quant au suicide, il consiste à se tuer dans un cadre privé. En général cela touche les proches qui se sentent coupables de n'avoir pas pu aider le suicidé, alors que l'immolation par le feu est un acte de protestation publique, un j'accuse à la manière de Zola. On peut cacher le suicide mais on ne peut pas ignorer une immolation par le feu. C'est un spectacle tellement horrible qu'il attire les médias.

— Ah oui je comprends maintenant la différence. Irène est un peu comme les tibétains qui s'immolent pour provoquer un changement de la situation de leur peuple.

— Oui, c'est un peu cela. Irène voudrait plus de justice et de compassion envers les victimes de l'ouragan Katrina et les plus de 46 millions de personnes qui vivent sous le seuil de pauvreté aux Etats-Unis.

— Que range Irène dans ses tiroirs?

— Elle range des images de feu, les photos de sa fille et de Martin Luther King. Ce n'était pas facile pour elle d'élever une enfant handicapée et puis elle a sombré en apprenant la disparition de son corps. Les images de feu qu'elle enfouit dans ses armoires expriment bien sa descente aux enfers.

— Va-t-elle s'en sortir?

— Tout dépendra des souvenirs douloureux qu'elle aura absorbés, acceptés et rangés dans ses tiroirs.

— Encore ces tiroirs? Mais que veulent-ils dire? demandai-je en poussant un profond soupir.

— Ah, mademoiselle Ryder, vous saurez tout demain après avoir visité la chambre interdite.

— La chambre interdite, vous voulez dire que nous allons rendre visite à un cyclope.

Il éclata de rire et me donna rendez vous pour le lendemain, à la même heure.

XXXVIII - La Chambre Du Psychopathe
Le Tueur De Jazz De La Nouvelle-Orléans

Dehors le vent hurlait; les volets claquaient contre les murs. Un courant d'air glacial circulait dans le couloir sombre qui menait vers la chambre interdite. Pour calmer mes angoisses, je me tournai vers l'aubergiste en lui posant des questions sur le fameux client de cette chambre inaccessible aux autres rescapés de l'ouragan Katrina.

— Monsieur Espoir, vous m'avez parlé d'une chambre où logeait un cyclope.

— Vous voulez dire le client que j'ai hébergé dans la chambre interdite?

— Oui, c'est cela. Je me demande si vous n'aviez pas accueilli en fait le fantôme du célèbre cyclope Polyphème, fils du dieu de la mer, Poséidon.

— Mon auberge serait donc hantée par le célèbre cyclope Polyphème? Répéta-t-il en éclatant de rire.

— Je ne vois pas pourquoi vous vous moquez de moi!

— Bon, excusez-moi, éclairez-moi un peu! Je ne comprends pas pourquoi mon auberge serait hantée.

— Eh bien comme la Nouvelle-Orléans est la ville la plus hantée des Etats-Unis, j'ai pensé que vous aviez logé une âme errante.

— Ah bon, il y aurait donc des fantômes qui errent çà et là dans la ville? ricana-t-il.

— Quoi? Vous n'êtes pas au courant de la réputation de notre ville dans le monde entier?

— Non, je ne fête pas Halloween.

— Eh bien, dans l'ancienne forge de Bourbon Street erre, dit-on, le fantôme du célèbre pirate Jean Laffitte! La cathédrale saint Louis serait hantée par un prêtre espagnol, et l'hôtel Charles Street par des militaires! Donc je me disais que votre auberge serait peut-être hantée par le fantôme du célèbre cyclope d'Homère, n'est ce pas?

— Non, pas du tout. J'y ai logé un psychopathe, surnommé le tueur de jazz de la Nouvelle-Orléans.

— Pardon?

— Oui, j'ai hébergé un psychopathe pendant plusieurs mois. — Voulez-vous que je vous montre sa chambre?

— Non merci, j'ai déjà vu le film le silence des agneaux avec Jodie Foster, mais cela ne me dit rien du tout! Je préfère mon monde homérique.

— Ah oui, j'oubliais vous préférez le monde d'Homère au féminin.

— Oui, c'est cela. Dites-moi monsieur Espoir, pourquoi voudriez-vous que je rende visite au Docteur Jekyl et Mister Hyde?

— Ne voudriez-vous pas comprendre le sens de votre vie?

— Le sens de ma vie? repris-je. Mais il n'y a aucun rapport entre la disparition de mon père et un psychopathe!

— Oui il y en a un. L'ouragan Katrina s'est comporté comme un psychopathe qui n'a pas d'émotions, de cœur, et tue des gens innocents. Pour bien saisir la comparaison, il faut visiter la chambre de cet ancien musicien de jazz, devenu un tueur.

— Comment? C'est impossible qu'une trompette magique puisse transformer le cœur d'un homme en assassin!

— Et pourquoi donc?

— Eh bien, parce que le jazz assagit et apaise les âmes en détresse.

Oui, vous avez raison, mais parfois certains cerveaux déraillent. — Voulez-vous donc que je vous parle de ce psychopathe? Ne vous inquiétez pas il n'habite plus ici.

Je fus soulagée et nous nous dirigeâmes vers la chambre en question. Quand j'y entrai, je notai que les murs étaient tapissés de rouge, ce qui rendait le lieu calme et reposant. Je ne pouvais imaginer qu' un psychopathe ait pu vivre dans un environnement aussi chaleureux.

— Pourquoi ce rouge et ces couleurs gaies?

— Eh bien parce qu'une chambre tendue de noir n'éveille que des idées sombres alors que tapissée de rouge, sa vue produit une sensation gaie. La lumière a un effet thérapeutique chez les malades dépressifs. Vous n'allez pas me croire mais le psychopathe a adoré la couleur rouge.

— Bien sûr, cela lui rappelait le sang, un peu comme Frankenstein ou Dracula. ajoutai-je avec humour.

— Oui, peut-être, mais cela le rendait plus calme.

— Sans blague!

— Voulez-vous que je vous parle de ce criminel et comment on peut devenir un psychopathe et ressembler à l'ouragan Katrina?

— Ah oui, dites-moi, cela m'intéresse.

— Bon alors, je vais vous raconter la vie de ce psychopathe nommé John Vice et vous comprendrez tout sur le sens de cette chambre.

— Oui, oui dites-moi, répondis-je intriguée.

— Eh bien tout d'abord John Vice naquit à la Nouvelle-Orléans. Fils d'une mère prostituée, il ne connut jamais son père. Abandonné à sa naissance, il grandit dans une pauvreté extrême, élevé par une grand-mère alcoolique. Très tôt, John Vice montra un comportement étrange. Chaque fois que sa grand-mère l'interdisait d'écouter du jazz, il mettait en pièces ses jouets et déchiquetait les insectes. La vue du sang l'enivrait et le rendait heureux. A plusieurs reprises, ses camarades de classe qui lui rendaient visite retrouvèrent des mouches décapitées. Il leur expliquait que ces insectes n'aimaient pas le jazz. Il leur racontait aussi que son jeu favori consistait à rêver de ses propres meurtres et à tuer ceux de ses camarades qui détestaient la musique de jazz. A treize ans il fut arrêté pour la première fois pour avoir agressé un homme qui avait interdit aux jeunes d'écouter Louis Armstrong.

— C'est incroyable!

— Oui, vous avez raison.

— Et puis après que devint-il?

— Eh bien, à sa sortie de prison, d'autres délits s'enchaînèrent, il fut accusé de vol de voitures, de cd et d'instruments de musique. Tous ces objets avaient un lien avec la musique. La police l'arrêta et il fut condamné à dix ans de prison. Ayant à peine été à l'école lorsqu'il était enfant, il y entra analphabète et s'aperçut qu'il pouvait s'instruire et apprendre le jazz. Il apprit rapidement à jouer de la musique, à composer des mélodies. Il s'intéressa beaucoup à l'histoire et à la littérature. Après avoir purgé sa peine, il étudia la musique puis devint professeur dans une école prestigieuse de la Nouvelle-Orléans où il rencontra un jeune professeur,

Claire Leman, qui le trouvait ridicule. Comme elle détestait le jazz et surtout la musique de Louis Armstrong, elle fut sa première victime. La police arrêta un faux coupable. Un jeune homme de dix sept ans, handicapé mental à qui Claire Leman avait donné des cours de soutien. Mais il fut relâché faute de preuves.

— Ouf! fis-je. Et comment se passaient les cours de John Vice?

— Eh bien, c'était un excellent professeur et personne ne remarqua son comportement étrange qu'il montrait parfois à ses élèves.

— Ah oui? Lequel?

— Eh bien dans ses cours, John Vice demandait à ses étudiants s'ils connaissaient des personnes qui détestaient le jazz. Quand il avait recueilli les informations, il réussissait tout le temps à pénétrer dans les maisons des victimes et les assassinait. Il fut responsable de la mort de trente personnes et pour compter les corps, il empilait les têtes des hommes, et les nez des femmes et des enfants, puis les enterrait dans son jardin. Le jour de l'ouragan Katrina, la vérité éclata quand sa maison fut balayée, les passants, les policiers, les secouristes découvrirent tous les cadavres qu'il avait violés puis décapités.

— Quelle horreur! Mais comment se fait-il que son entourage n'ait rien pu voir?

— C'est une excellente question! D'après moi ces personnes dangereuses sont comme invisibles. Lorsque le directeur de l'académie fut informé des crimes de John Vice, il ne pouvait le croire. Il aurait même déclaré: « je n'avais pas vu qu'il était capable de faire cela, il était si gentil et c'était l'un des meilleurs professeurs de mon école! » Ce manque de discernement s'explique certes par le charme et les techniques de manipulation de John Vice, mais aussi parce qu'il s'adaptait bien dans notre société; c'était un excellent professeur qui ne causait aucun problème dans son entourage et les parents l'adoraient.

— Mais dites-moi comment est-il arrivé ici? demandai-je intriguée.

— Eh bien trois jours après la découverte de ses crimes, je le reçus.

— Ah bon? Mais pourquoi?

— Parce que les hôpitaux psychiatriques et les prisons étaient fermés.

— John vice n'a pas essayé de vous tuer?

— Non, il m'avait envoyé le mot que voici: « cher monsieur Espoir, si vous ne voulez pas mourir, écoutez de la musique de jazz. » Alors j'ai embauché les meilleurs musiciens de la ville pendant son séjour et il n'y a eu aucune victime. Et puis la police est venue le chercher et j'ai dû m'absenter pendant ces trois jours pour assister à son exécution. Il n'a eu aucun remords. Avant de mourir il m'a juste dit: « seul le jazz aura le droit de me réveiller et de me sauver de l'enfer. »

— C'est incroyable le jazz était perçu comme un dieu! m'écriai-je. — Monsieur Espoir vous auriez dû appeler cette chambre, la chambre de l'ouragan Katrina.

— Excellente idée! Je réalise que vous vous plongez moins dans le monde d'Homère.

— Dites-moi monsieur Espoir, que rangeait John Vice dans ses tiroirs?

— Eh bien en fait, il ne les a jamais ouverts car il ne ressentait aucun remords, regrets ou scrupules, c'est pour cette raison qu'ils sont vides de souvenirs douloureux et d'émotions.

— Comment se fait-il que ses tiroirs soient vides d'émotions, de regrets et de remords? Cela me semble impossible!

— Eh bien oui, vous avez raison de penser comme cela, mais les psychopathes n'ont pas d'esprit moral. Quand vous en avez un vous refusez la violence et vous traitez autrui avec respect. Vous aidez les gens dans le besoin. Vous prenez des décisions en prenant en compte les sentiments et les opinions d'autrui. Le cerveau émotionnel des psychopathes est en revanche endommagé bien qu'il possède une logique impeccable. Ils sont incapables de ressentir de la tristesse ou de la joie. Cette sorte de vide émotionnel explique leurs crimes. L'absence de conscience vient de l'incapacité à éprouver des émotions spontanées envers autrui, donc à pouvoir créer un attachement profond.

— Donc si je comprends bien, le cerveau inconscient de John Vice qui l'aide à distinguer le bien et le mal était abîmé, c'est pour cette raison qu'il ne compatissait pas avec ceux qui souffrent.

— Oui, c'est exact Mademoiselle Ryder. Vous avez très bien compris la situation.

— Et comment a-t-il réagi en apprenant la venue de l'ouragan Katrina?

— Eh bien, quand j'ai montré à John Vice une vidéo où étaient mis en scène l'événement de L'ouragan Katrina, les maisons détruites, les gens qui hurlaient, criaient, souffraient d'avoir perdu l'un de leurs proches, il ne ressentait rien. Il ne réagissait pas et ne s'en émouvait pas. Les actes de violence le rendaient calme. John Vice n'a rien compris à l'événement tragique qui a bouleversé la Nouvelle-Orléans. Au contraire, il jubilait en voyant autant de violence, de corps déchiquetés. Il en a même ramassé pour les entasser dans son jardin. Les visages terrorisés ou épouvantés ne le terrifiaient pas. Pareil cerveau s'ennuie, se lasse des expressions de peur ou de terreur. Par conséquent, John Vice n'a ressenti aucune gêne à tuer, faire du mal, terrifier les autres. L'agression ne le perturbait pas, la terreur ne le terrifiait pas. Pour lui la violence était un bien, un calmant! John Vice avait tout perdu sauf la raison.

— Mais pourquoi les médecins s'intéressent-ils à ces cerveaux bizarres?

— Eh bien parce qu'un cerveau malade aide les neuroscientifiques à mieux comprendre le fonctionnement de notre cerveau et aussi certaines maladies comme la maladie de Parkinson ou les tumeurs au cerveau.

— Je me demande comment une telle incapacité à reconnaître l'autre est-elle possible? Et comment repérer les psychopathes qui sont parmi vos clients?

— Eh bien je les invite à déverser leurs souvenirs dans leurs armoires et quand j'aperçois que certains d'entre eux ont des tiroirs vides d'émotions je soupçonne que ce sont des psychopathes!

— Ça alors! Comment des tiroirs peuvent vous aider à comprendre la personnalité d'un psychopathe? C'est incroyable!

— Oui, je sais! répondit monsieur Espoir.

— Mais dites-moi pourquoi avez-vous demandé aux rescapés de l'ouragan Katrina de ranger dans leurs armoires leurs souvenirs douloureux?

— Ayez patience! Vous saurez tout demain matin dans mon bureau.

Sur ce il me salua et s'enfonça dans les couloirs sombres de l'auberge.

De retour dans ma chambre, je me mis à réciter la citation de Baudelaire que Père évoquait quand je me demandais pourquoi certains hommes tuaient:

« Seigneur, ayez pitié, ayez pitié des fous et des folles! Ô Créateur! Peut-il exister des monstres aux yeux de celui-là qui sait pourquoi ils existent, comment ils se sont faits et comment ils auraient pu ne pas se faire ».

XXXIX - Le Cerveau Est Une Armoire Avec Des Tiroirs De Rangement

C'était la dernière nuit que je devais passer dans cette auberge et j'étais toute excitée de connaître enfin la vérité sur mon père et le sens de ce séjour. Au petit matin, je fus surprise d'entendre l'horloge sonner neuf heures. Je me levai, m'habillai en un tournemain, puis me dirigeai vers le bureau de l'aubergiste. En passant devant la réception, j'aperçus une procession de gens qui sortait par la porte de gauche, emportant avec eux des tiroirs. Parmi eux, se trouvait une jeune femme qui demanda d'une voix faible:

— A-t-on eu des nouvelles de notre oncle?

L'homme, à ses côtés, parut embarrassé de répondre.

— Sont-elles bonnes ou mauvaises? poursuivit-elle pour l'aider à parler.

— Elles ne sont ni bonnes ni mauvaises, répondit-il.

— Avons-nous retrouvé son corps?

— Non!

— Mais alors pourquoi devons-nous partir?

— Parce que nous avons fini de ranger les souvenirs de notre oncle dans nos tiroirs. Notre séjour se termine aujourd'hui.

— Les tiroirs à charger dans les coffres des voitures étaient en grand nombre, ce qui obligeait les rescapés à faire plusieurs arrêts, et pendant ces temps de pause, les gens discutaient de leurs souvenirs qu'ils avaient scellés à tout jamais dans leur cœur.

Quand j'entrai dans le bureau de l'aubergiste, je vis d'après le dos des livres de la bibliothèque, qu'ils traitaient de neuro-sciences, de psychologie et de psychiatrie.

« Que tout cela est étrange! me dis-je, un hôtelier qui se met à lire des livres de médecine! »

Monsieur Espoir, accoudé sur les bras de son siège en cuir, me salua et m'invita à m'asseoir. Après m'être confortablement installée, je lui dis subitement:

— Qui êtes-vous, monsieur Espoir?

— Moi?

— Oui, vous! Êtes-vous vraiment un aubergiste?

— Pourquoi me posez-vous cette question?

— Eh bien, parce que je me demande pourquoi un aubergiste aurait garni sa bibliothèque de livres de psychologie et de neurosciences.

— Vous avez raison, je ne suis pas aubergiste.

— Quel est votre métier?

— Je suis neurologue.

— Neurologue! m'écriai-je. Mais alors pourquoi dirigez-vous une auberge? Je ne savais pas que votre profession était touchée par la crise. Il y a tellement de fous à soigner dans ce pays, vous ne pouvez pas être au chômage!

Il éclata de rire, puis il dit:

— Cette auberge appartient à mon pèrc. Lorsque l'ouragan s'est abattu sur la Nouvelle-Orléans, la moitié des hôpitaux a fermé, alors j'ai décidé d'accueillir un groupe de rescapés qui souffraient de troubles de post stress traumatique et de les soigner. Mais comment avez-vous entendu parler de moi?

— Eh bien c'est votre psychiatre qui m'a parlé de vous et de la disparition de vote Père que vous surnommez Ulysse le grand. Après avoir discuté longuement avec votre docteur, j'ai décidé de vous accueillir dans mon auberge. Alors dites-moi, avez-vous passé un bon séjour?

— Pas trop! La plupart des rescapés ne m'ont pas aidée à retrouver mon père, et je me demande pourquoi ils passaient leur temps à ranger les effets personnels de leurs proches disparus dans des tiroirs de mauvaise qualité. Que c'est étrange tout cela! Je ne pouvais que visiter les chambres situées sur l'aile droite, et non celles de l'aile gauche!

— Très bonne observation! dit-il. J'ai organisé les chambres selon les cerveaux droit et gauche. Les chambres situées sur l'aile droite représentent le cerveau droit, et celles situées sur l'aile gauche représentent le cerveau gauche.

— Les cerveaux droit et gauche?

— Oui, nous avons tous un cerveau gauche, logique, rationnel et un cerveau droit intuitif, émotionnel. En cas d'agression, le cerveau émotionnel n'a pas les moyens de prendre de la distance par rapport à l'événement. Il va donc le vivre au premier degré et graver le mot traumatisme. Lorsqu'un évènement tragique bouleverse notre vie (la mort d'un proche, un viol, un accident, une humiliation, la perte d'un emploi), il ouvre une «plaie» dans notre cerveau émotionnel. Tout traumatisme émotionnel laisse une « cicatrice » dans notre cerveau. Cette situation est comparable à celle d'un ordinateur attaqué par un virus informatique. Elle nous empêche comme lui d'avoir accès à toutes nos ressources pour bien fonctionner. Quant au cerveau gauche, il prend de la distance pour analyser, disséquer et digérer l'événement. Il va transformer le traumatisme en mauvais souvenir et le ranger dans la boîte à souvenirs que nous avons tous. Pour guérir d'un traumatisme, il faut que la personne qui en est victime accepte et absorbe ses mauvais souvenirs, établissant ainsi un équilibre entre son cerveau droit émotionnel et son cerveau gauche logique.

— Pourquoi ne pouvais-je pas cohabiter avec les clients des chambres situées sur l'aile gauche?

— Eh bien parce que le cerveau droit et le cerveau gauche communiquent très mal en cas de traumatisme. Les rescapés de l'ouragan, dont le cerveau émotionnel est très agité, séjournent sur l'aile droite de l'auberge pour vider leurs boîtes à souvenirs douloureux dans leurs tiroirs et s'exprimer. La parole, les images mentales concrètes sont très efficaces pour surmonter un traumatisme. Quand les clients acceptent la disparition de leurs proches, je les transfère sur l'aile gauche. Comme ils ont réussi à rétablir un équilibre entre l'émotion et la raison, ils ressortent ensuite par la porte de gauche de l'auberge, emportant avec eux les tiroirs bien rangés remplis de souvenirs.

— Mais pourquoi des tiroirs? l'interrompis-je

— Parce que le cerveau est une armoire avec des tiroirs de rangement.

— Notre cerveau est une armoire avec des tiroirs de rangement! m'exclamai-je

— Attention! Ce n'est qu'une image, car le cerveau est plus complexe que l'on ne croit. Les rescapés de l'ouragan doivent vider les souvenirs de leurs proches disparus dans des tiroirs pour exprimer leurs pensées, leurs émotions et leurs images mentales. Je veux en fait voir concrètement ce que les rescapés de l'ouragan pensent. Les machines modernes ne me dévoilent pas tout le temps les idées, les pensées de mes patients. Ils me dissimulent souvent des secrets douloureux. En plus de leurs souvenirs douloureux, ils déversent leurs mécanismes de défense ou leurs forces intérieures dans leurs tiroirs.

— Leurs mécanismes de défense? repris-je, en me grattant le front.

— Oui, ce sont des stratégies de survie qui permettent aux traumatisés de se protéger des blessures de la vie, par exemple la perte d'un être cher et aussi de se prémunir de la réalité qui fait souffrir. En fait les mécanismes de défense protègent son soi.

— Ah, donc les rescapés de l'ouragan dans votre auberge sont tous des malades mentaux!

— Vous avez tort, rétorqua monsieur Espoir, nous croyons souvent que les mécanismes de défense sont réservés aux grands malades psychiatriques et, particulièrement, aux psychotiques. Cette idée est largement répandue, mais ces mêmes mécanismes jouent aussi dans la vie des gens plutôt sains d'esprit, comme vous ct moi! Regarder les mécanismes de défense à l'intérieur des tiroirs nous aide à comprendre certains comportements manifestés par les rescapés de l'ouragan et nous apprend également beaucoup sur nous-mêmes .

— Combien il y a de mécanismes de défense?

— On en compte vingt sept.

— Vingt sept ! m'exclamai-je. Et quels sont les mécanismes de défense que les rescapés de l'ouragan rangent dans leurs armoires ?

— Eh bien, les principaux mécanismes de défense que les rescapés vident dans leurs tiroirs sont les suivants: le déni de la réalité, comme dans la chambre des illusions; la projection (projeter sur une autre personne ce que nous n'acceptons pas de nous-mêmes); le transfert de qualités agréables ou non sur une autre personne; la sublimation, l'humour, le refuge dans la rêverie, l'anticipation, l'évitement, la fuite des problèmes, l'idéalisation d'une personne; la rationalisation (expliquer logiquement un comportement irrationnel); la justification ; l'isolation, le refoulement d'émotions négatives ou désagréables.

— Ah, j'ai compris, les mécanismes de défense sont en fait nos ressources intérieures.

— Oui, c'est cela. Mademoiselle Ryder, avez-vous lu Harry Potter ?

— Oui, mais pourquoi me posez-vous cette question?

— Eh bien, savez-vous que la saga de Harry Potter comprend d'importants mécanismes de défense, comme la rêverie, l'isolation, le déni de la réalité et l'idéalisation ?

— Non, je ne le savais pas, mais je comprends pourquoi mes camarades de classe adorent Harry Potter. Mais vous voyez, cette saga n'est plus de mon âge.

— Ah oui, j'avais oublié que vous préférez le monde d'Homère au féminin !

— Dites moi monsieur Espoir, poursuivis-je, pourquoi avoir donné plusieurs appellations à ces chambres?

— Parce que les gens réagissent différemment en cas de traumatisme et ne font pas appel aux mêmes mécanismes de défense. Plus les rescapés de l'ouragan déversent leurs ressources ou leurs forces intérieures dans leurs tiroirs, plus ils découvrent et prennent conscience de leurs moyens de défense les plus adaptés à leur environnement. En plus, les mécanismes de défense qu'ils possèdent définissent leur personnalité.

— Mais ces rescapés ne m'ont pas aidée, lui dis-je en baissant les yeux.

— Vraiment! répondit-il, surpris.

— Non, ils n'ont jamais vu mon père.

— Oui, vous avez raison; mais je pense qu'ils vous ont beaucoup aidée à comprendre la situation dans laquelle vous êtes actuellement: vous n'acceptez toujours pas la mort de votre père. Vous êtes plongée dans un monde homérique rempli d'illusions.

— Mon père n'est pas mort! répliquai-je. On n'a pas encore retrouvé son corps.

— Même si vous n'acceptez pas sa disparition, poursuivit-il, il faudra un jour franchir la porte de gauche.

— Mais comment? lui demandai-je en sanglotant.

— Vous avez déjà fait un grand pas en avant en apportant l'œuvre d'Homère, cela vous a donné de la force, du courage pour revoir votre père en rêve, mais cela n'est pas suffisant.

— Que dois-je faire alors?

— Puisqu'on surnomme votre père, Ulysse le grand, je vous conseille d'entreprendre un voyage intérieur de l'Odyssée.

— Mais je ne peux pas le faire.

— Ah oui? Pourquoi?

— Eh bien, je n'ai pas d'argent!

— Vous n'en avez pas besoin. Les rêves structurés, la suggestion et l'imagination vous permettront de guérir de votre mal.

— C'est à dire?

— Avez-vous observé des objets, des paysages et des gens qui vous ont rappelé les îles sur lesquelles Ulysse s'est rendu?

— Oui, je les ai observés et imaginés.

— Mais, vous avez oublié d'apporter ces objets, ces souvenirs, n'est-ce pas?

— Oui, dis-je en baissant les yeux.

— Alors, il faudra les ramener ici et les déposer dans les tiroirs de votre chambre, et là, vous pourrez parler de votre père voyageant sur ces différentes îles. Après avoir accepté la situation, vous sortirez par la porte de gauche, chargée de tiroirs remplis de souvenirs. Vous aurez alors accepté la mort de votre père, mais son esprit sera toujours omniprésent dans les souvenirs que vous aurez rangés dans les tiroirs de votre cerveau. Alors êtes-vous prête à affronter votre destin?

— Oui! lui dis-je les larmes aux yeux.

— Affaire conclue! Revoyons-nous quand vous aurez rassemblé tous les souvenirs des voyages d'Ulysse.

— Monsieur Espoir, j'ai encore une question à vous poser.

— Ah oui laquelle?

— Pourquoi faites vous peur aux terroristes ?

— A votre avis?

— Je ne sais pas. Ah oui, parce que vous êtes humain, sensible et gentil?

— Oui, mais aussi parce que je suis un neurologue qui comprend le fonctionnement des cerveaux malades! Mais vous savez les terroristes nous aident à élucider le mystère du cerveau. Allez mademoiselle Ryder, je vous souhaite un bon voyage intérieur de l'Odyssée. Et qui sait un jour, j'aurai peut-être besoin d'un spécimen comme vous, le cerveau d'Homère au féminin!

A ces mots, il se leva, poussa la porte et sortit. Quelques minutes s'écoulèrent, et je me dirigeai à mon tour vers la sortie. Je poussai la porte, et pénétrai dans un long couloir qui devenait de plus en plus sombre, à mesure que j'approchais des chambres situées sur l'aile droite, j'avais l'impression que les tiroirs s'élançaient à ma poursuite et s'écriaient: « Pénélope, range ton manga d'Homère ici! »

Cette sensation me mit mal à l'aise et je crus perdre la raison. Mais j'avais beau courir, je n'arrivais pas à trouver la sortie. Je franchis plusieurs couloirs, et m'arrêtai devant une porte que j'ouvris. Quel ne fut pas mon étonnement quand je vis devant moi les chambres situées sur l'aile gauche! Je rebroussai aussitôt chemin et empruntai un autre couloir qui menait à l'aile droite. En effet, je jugeais préférable de ne pas traverser cette aile gauche, car je n'acceptai pas la disparition de mon père. De surcroît, mon cerveau droit émotionnel était très agité et incapable de digérer l'événement traumatisant de l'ouragan. Il était plongé dans le monde d'Homère. Plus j'avançais vers l'aile droite, plus je devais affronter les vents violents et émotionnels qui faisaient claquer les portes. Je me cramponnai au mur en essayant de m'abriter de ces rafales. Après avoir franchi plusieurs couloirs, j'aperçus soudain un énorme tiroir. Je pensai alors que mon imagination me jouait des tours. A cet instant, j'eus un moment de frayeur, et j'avais l'impression que toutes les portes s'ouvraient et se refermaient pour m'inviter à regarder à l'intérieur de ce mystérieux tiroir. Les aiguilles de l'horloge tournaient à toute vitesse. Il me semblait que ce meuble me fixait et me pressait à ranger les bribes de mon passé et les souvenirs de la guerre de Troie. Je jetai sur lui des regards inquiets. Le moindre bruit, réel ou imaginaire, le claquement des portes, le craquement des marches des escaliers, le timbre de l'horloge me firent tressaillir de peur. Après avoir longuement hésité, je repris mon sang froid et m'enhardis à ouvrir le tiroir, mais à cet instant, j'aperçus un homme dont la physionomie ressemblait à celle de l'aubergiste. Il me tournait le dos et avait les bras croisés et la tête penchée en avant. Je pensais alors qu'il serait content de me voir lui demander la sortie. Je m'approchai donc de lui et le touchai doucement à l'épaule. Il bondit sur ses pieds, et je découvris avec effroi un autre homme! L'image de cet inconnu disparut soudain dans l'obscurité. En me tournant vers une des portes, je compris alors pourquoi j'avais confondu la physionomie de cet inconnu avec celle de l'aubergiste; J'étais passée devant les chambres des faux souvenirs! Cela me rassura, et empruntai aussitôt un autre couloir qui donnait sur l'escalier de secours. Après avoir grimpé les marches, je poussai la porte, et en face de moi, un homme était là, dont le regard se croisa avec le mien.

— Oh! C'est vous! m'écriai-je.

— Oui, c'est bien moi, le pêcheur!

— Je suis désolée d'avoir embarqué illégalement sur votre bateau, mais je n'avais pas d'argent.

— Ne vous inquiétez pas! Monsieur Espoir m'avait chargé de vous accompagner à l'hôtel. C'est moi qui ai déposé la lettre dans votre boîte, et fait en sorte que vous montiez à bord de mon bateau. J'ai été embauché pour accompagner les rescapés de l'ouragan, atteints de trouble de stress post-traumatique, à l'auberge du docteur Espoir.

— Mais pourquoi faites-vous cela?

— Vétéran du Vietnam, j'ai souffert de ce syndrome; le fait d'avoir tué des gens m'avait traumatisé. J'avais vingt ans quand je me suis engagé dans l'armée de terre et j'ai vécu mon retour au pays dans l'hostilité et les insultes. J'incarnais le premier échec militaire des Etats-Unis. Il était impossible de décrire la réalité du combat aux gens qui n'avaient jamais connu cette expérience: Sur un champ de bataille couvert de lambeaux de corps, marcher dans des flaques de sang, sentir l'urine, les explosifs… On ne voit pas ça à la télé, ça ne se raconte pas, m'expliqua-t-il. Atteint d'anxiété chronique, je vivais dans le silence, et dans la rue, je passai mon temps à vérifier derrière moi si quelqu'un ne venait pas pour m'abattre. Et puis un jour…

— Et puis un jour?

— J'ai voulu me suicider, comme beaucoup de vétérans.

— Ah bon?

— Personne ne pouvait comprendre le mal dont je souffrais, c'était très dur à mon époque de se confier à un conseiller qui n'avait pas combattu... Il y avait un mur entre nous. Alors j'ai voulu me noyer, mais mon médecin m'a secouru à temps et m'a soigné de ce syndrome. Depuis ce jour, je me suis mobilisé pour secourir toutes les personnes atteintes de trouble de stress-post traumatique. J'ai rencontré monsieur Espoir qui m'a parlé de son auberge et de ses expérimentations sur les rescapés de l'ouragan.

— Et la pêche? lui demandai-je.

— Pour survivre je me suis fait une grande amie, la mer. Elle me comprend quand je suis en colère, j'entends ses grondements, ses rugissements et ses souffrances. Voilà pénélope Ryder, vous savez tout sur moi, et j'espère que vous irez mieux.

— Merci de m'avoir ainsi aidée.

— Oh ce n'est rien! J'ai été heureux de le faire. Allez en route!

Nous traversâmes plusieurs ruelles dallées, bordées de villas, de maisons coloniales, de plantations, de cafés, de magasins, de restaurants. Le pêcheur connaissait bien la rive gauche animée et encombrée de voitures et de piétons. Nous allâmes ainsi par les rues étroites de la ville et nous gagnâmes le quai. Là, nous nous installâmes au milieu de sa barque et nous retournâmes chez moi.

Quand nous arrivâmes devant la palissade de la maison, le pêcheur s'effaça dans l'ombre des arbres de mon jardin. En pénétrant dans le salon, je vis Mère en larmes. Elle s'approcha de moi et m'étreignit dans ses bras. Pendant mon absence, elle avait lu la lettre que je lui avais laissée sur mon bureau et se demandait où se trouvait cette mystérieuse auberge. Elle se rendait tous les jours au jardin de la Louisiane pour se recueillir devant les deux chênes. Elle n'avait pour compagnons que le silence et la solitude. Après que je lui eus raconté en détail mon séjour chez l'aubergiste, elle me dit, l'air circonspect: « Pénélope, tu n'as pas besoin de me mentir! Je sais très bien que tu as fait une fugue! »

Mais maman, cette auberge existe bien!

Elle me fit signe de me taire et sortit en trombe de la pièce. Quelques minutes s'écoulèrent et je me refugiai dans ma chambre, songeant aux objets que je devais ramener à l'auberge.

Les jours qui suivirent, je restai dans le jardin de la Louisiane. Mon comportement était aussi mystérieux que la disparition du corps de Père. Dans mon paradis épicurien, le livre de l'Odyssée posé près des deux chênes, je ne me sentais plus enchaînée. Je regardais les fleurs qui différaient selon les saisons chinoises: l'Iris au printemps, le lotus en été, le chrysanthème en automne et le prunier en hiver. Pendant toutes mes promenades dans ce jardin, j'entrepris le voyage intérieur de l'Odyssée, et rassemblai les objets qui me rappelaient les îles sur lesquelles Ulysse s'était rendu, imaginant père les traverser. Puis un jour, j'ouvris ma valise dans laquelle je déposai avec soin un cheval de bois (le cheval de Troie), une part de gâteau à la fleur de lotus(l'île des Lotophages), un article sur le pillage en Louisiane (l'île des Cicones), une baguette magique Barbie (la magicienne Circé), un poster de la petite sirène (l'île des sirènes), un jeu de tarot (le royaume d'Hadès), un caillou provenant de la grotte (le cyclope), et le fameux sac de pommes de terre vide(les quatre vents). Après avoir fermé ma valise, je m'empressai de me rendre à l'auberge. Ce matin là, aucun nuage ne courait dans le ciel et je me sentis libre comme le vent. Arrivée devant l'auberge, je poussai la porte, et me précipitai dans ma chambre appelée la chambre d'Homère au féminin, pour ranger les souvenirs de Père dans les tiroirs. Tout en pliant mes affaires, j'espérai un jour franchir la porte de gauche; c'est à dire la porte de la liberté et de la raison. Et depuis que je suis à l'auberge j'attends ce jour.

Fin

Un homme, passionné de l'Iliade et de l'Odyssée, marche dans les rues de la Nouvelle-Orléans, sous une chaleur étouffante, qui enveloppe ses pieds mouillés par l'humidité. Les yeux remplis de larmes de joie, il emmène sa fille de dix ans, Pénélope, dans le jardin qu'il a construit et baptisé « le jardin de la Louisiane », et lui promet que chaque fois qu'il rentrera de ses voyages en mer, il la retrouvera dans ce lieu.

— Pénélope, ce que tu vas voir est unique. J'ai bâti ce jardin pour rendre hommage au grand poète Homère et à la Grèce antique qui a instauré la démocratie.

— Ah bon ? Et qu'allons nous faire là bas ? demande Pénélope intriguée.

— Eh bien, la coutume que j'ai instaurée veut que chaque fois que nous irons au jardin de la Louisiane, nous devrons adopter un personnage de la guerre de Troie et jurer de préserver les langues et les cultures anciennes. Ainsi, les coutumes anciennes dont personne ne se souvient et qui se sont évanouies avec le temps continueront de vivre dans ce lieu.

— Ce jardin est-il accessible à tous ?

— Oui bien sûr, et il sera gratuit.

— Et même l'âme de grand-mère pourra errer dans ton jardin ?

— Aussi, répond-il en baissant la tête. Les morts ont aussi leur place dans mon jardin et tu sais, continue-t-il, j'y inviterai aussi les gens à réfléchir sur la responsabilité de l'homme face à la précarité de sa vie.

— Et tu crois qu'ils le feront ?

— Certainement, certainement... Maintenant rentrons, dit-il songeur.

Table des matières